EUFORIA

EUFORIA

SONIA LERONES LOSILLA

MUNYX
CONTEMPORÁNEA

Primera edición.

Euforia.

www.munyxeditorial.com

Impreso en España.

ISBN: 978-84-123247-8-5

Depósito Legal: DL T 326-2021

Esta dedicatoria se divide en dos:

I

Para aquellas personas que se consideran lunas,
siempre orbitando alrededor de algo más espléndido.
Recordad que todos tenemos luz propia,
polvo de estrellas recorriendo nuestras venas.

II

Para Rolly, Lidia y Carol, sois mi luz.

Is this the place we used to love?
Is this the place that I've been dreaming of?[1]

Somewhere only we know, Keane

저기 멀리서 바다가 들려
꿈을 건너서 수풀 너머로
선명해지는 그 곳으로 가
Take my hands now
You are the cause of my euphoria[2].

Euphoria, BTS

---

[1] ¿Es este el lugar que solíamos amar? ¿Es este el lugar con el que he estado soñando?

[2] Oigo el océano a lo lejos, a través de un sueño, más allá del bosque. Voy hacia ese lugar, que se va volviendo más claro. Ahora coge mis manos. Eres la causa de mi euforia.

Agosto

TRES AÑOS ANTES

Primer amor

JUN

Sentía la dureza del muro bajo los pies. Las ondulaciones se me clavaban en las plantas, pero tenía la atención puesta en las caras de mis amigos, así que aquella molestia pasaba desapercibida.

Los tres se habían sentado en la parte baja del muro que se perdía hacia el mar, sobre el acantilado. Estábamos disfrutando de aquel amanecer; de los destellos que arrancaba el sol a la superficie azul.

El hermano de Seju nos había traído. Taeju se había ido a dormir sobre las dos a su furgoneta, estacionada en el diminuto aparcamiento a nuestras espaldas. Nosotros cuatro nos habíamos quedado despiertos hasta tarde, aunque yo no pude dormir en lo que restó de noche.

Aquel lugar estaba tan aislado que no solía haber gente. Pero estaba vivo de alguna forma; mis amigos dotaban de color todo lo que tocaban y, en aquel instante, había tanta luz en ellos que me sentía abrumado. Como si por lo que habíamos pasado en esos últimos meses quedara borrado, olvidado, en un suspenso momentáneo. Aunque yo sabía que no era así. Aquel paréntesis duraría poco.

La playa de nuestra derecha se cortaba al llegar al borde de la montaña que escoltaba el espacio. Nosotros habíamos abandonado la suavidad de la arena por el duro asfalto del aparcamiento sobre la colina, dejando la playa a lo lejos. El hermano de Seju se quería ir. Nos esperaba sacando el brazo por la ventanilla del asiento del conductor, unos metros más atrás. Nosotros estábamos aprovechando los últimos instantes antes de irnos. El amanecer había pintado el cielo de violeta y la vista era tan espectacular y mágica que te quitaba el aliento.

Bajé el rostro.

Era finales de verano, por lo que aún hacía calor. Llevaban camisetas de manga corta que ondulaban como capas a su alrededor. Les colgaban las piernas en dirección al mar, a una altura demasiado importante como para que no hubiese cierta incomodidad. Momji se había dado la vuelta, decía que le daba vértigo. Seju dijo algo que hizo que el resto se riera, Luha el que más.

Yo estaba un poco más alto, ya que el muro ascendía en forma de escalera. Me había puesto de pie. Lo habíamos visto usarse de trampolín en la parte más baja, pero a ninguno se nos pasó por la cabeza imitarlos; cuando llegaban al agua gritaban de dolor. Seju no sabía nadar, y dudaba que Luha o Momji lo hicieran mejor. Yo sí sabía, me encantaba nadar.

Sí, en pasado. Porque ahora no tenía mucho respeto por nada. Aunque lo cierto era que intimidaba solo con mirar hacia abajo. El mar estaba algo revuelto y no invitaba a dejarse abrazar por él.

La capucha de la sudadera mostaza y negra amortiguaba sus voces, haciendo que mi mundo se redujera y me sintiera dentro de una burbuja. Pero no de una burbuja protectora, pues los pensamientos me habían cercado y me mordían cada fibra. Gritaban y se revolvían por mi interior, destrozándome. Los ojos me escocían con la brisa marina, aunque quizá solo estaba llorando. Ardía un fuego por dentro, a través de las venas, arrasando como una fiebre con mi conciencia. Notaba sus dedos despedazando todo lo que conocía de mí. Lanzando el ovillo de lo que me ataba como una persona cuerda hacia su caos.

Esa luz que desprendían no hacía más que contrastar con la persona que era ahora, con aquel individuo que parecía otear el horizonte cuando estaba intentando sobrevivir a un naufragio. Me estaba ahogando y no había nadie que pudiera sacar mi cabeza para que me quedara en el mundo.

Un último vistazo a mis amigos fue suficiente para dejar de pisar el muro, aquella superficie que me dañaba, que se clavaba en mi piel como si fueran pinchos.

A veces la mente también incidía con fuerza y te hacía sangrar.

Seju se había girado con una sonrisa, buscándome. Parecía querer contarme el mismo chiste que a ellos. Sus ojos oscuros ascendieron hasta dar con mi rostro justo en el momento en que mostraba aquella determinación, justo para hacerle borrar esa mueca durante mucho tiempo. Recordaré siempre aquella expresión inocente siendo ocultada tras una máscara de incomprensión. Porque él no se asustaba, no de mí. ¿Quién podría pensar que mi mente estaba nublada por semejante dolor? Ninguno de ellos.

Ese segundo en el que nuestros ojos se cruzaron duró más que una larga conversación. No me veía capaz de saltar, pero, cuando empecé a moverme, el miedo ascendió hacia mi garganta, y creí que era mejor sentir aquello que seguir siendo pasto de las llamas que venían de dentro y que me estaban calcinando.

Oí un grito. Aunque no sé si fue suyo o mío.

Recuerdo que pensé: ojalá tener unas alas para escapar.

Entonces salté hacia el mar. Y dejaron de importar la burbuja, los pensamientos, mis amigos.

Quizá, incluso la amistad más fuerte se vuelve frágil. Fácil de matar. Aquella época dorada se devaluaba, se transformaba en bronce, se oxidaba. Qué iluso por pensar lo contrario, cuando nada dura para siempre.

Diciembre

PRESENTE

Capítulo 1

TERRÓN DE AZÚCAR

JUN

Las montañas que bordeaban Gyeongju aparecieron a lo lejos, haciendo que recordara el día en que me fui. En aquel momento, realicé el mismo recorrido, aunque en dirección a Seúl. No sé qué buscaba exactamente, pero no lo hallé interponiendo tantos kilómetros de por medio. ¿Quién me creía entonces? A veces le echaba la culpa de aquel comportamiento a mi yo adolescente lleno de inseguridades y defectos, pero era una mentira que me contaba para no ver la verdad. Que seguía siendo el mismo mocoso de trato difícil.

Coloqué la mano en el cristal del tren que me llevaba a mi ciudad natal. Había subido buscando perdón; una vocecita me repetía de forma incansable que era el momento propicio, que estarían receptivos, que se alegrarían de verme. Como en los viejos tiempos.

Observé mis pertenencias en el compartimento superior. Traía un maletín con algunas cosas para trabajar y una bolsa grande de viaje en la que había metido ropa para pocos días. Ni siquiera sabía si quería visitar a mis padres. Quizá debía hacerlo igualmente.

La estación Singyeongju era la misma de tres años atrás. Un andén inmenso y moderno. En mi mente distaba un poco de la ciudad, más antigua, cuyo cielo se dividía dada la cantidad de cables y más cables que se enredaban sobre nuestras cabezas. Me detuve a comprobar la ondulación del techo de la estación. No entendía cómo el tiempo pasaba sobre todos nosotros y, sin embargo, no se atrevía a tocar los edificios. Como si lo único que pudieran soportar fuese el polvo, y nosotros tuviéramos que sufrir todas las edades y fenómenos porque podíamos con ello. El tiempo era irónico. En nosotros no dejaba que se acumulara el polvo. Solo cuando nos llegaba el final. Ahí ya no había otra alternativa.

Me colgué la bolsa de viaje negra. Fue un regalo de Luha. Decía que era muy desordenado y que me sería mucho más sencillo encontrar mis cosas en una bolsa con muchos bolsillos interiores. Lo cierto es que acertó con ello. No sé si de la forma en la que él había pensado, aunque sí que daba antes con lo que andaba buscando.

No sabía qué esperar. Qué habría hecho la vida con ellos. A dónde los habría llevado. Quizá habían montado algo juntos. Si no me hubiese marchado, podría haber sido de los cuatro. Una vez hablamos de abrir un restaurante, pero ninguno tenía una auténtica vocación por ello. Nuestras personalidades eran muy distintas, nuestros objetivos también.

Momji escribía muy bien, nos descubría música de esa que cuenta una buena historia, de las que se introducen bajo tus uñas para decirte algo. A veces lo había escuchado cantar y, aunque le diera vergüenza, Luha y él podrían haber hecho duetos espectaculares. Tocaba el piano. Él decía que no era nada especial, que ni siquiera era preciso, pues había aprendido solo. Pero ninguno de nosotros tenía nociones de música, así que a mí me parecía muy bueno. Era callado y sarcástico, y el más listo de nosotros sin ninguna duda.

Luha era un sentimiento andante. Bailaba y también tenía una voz muy bonita. Sentía mucha inseguridad con todo, pero luego era impecable. Llevaba lentillas azules y, cuando se reía, sus ojos desaparecían en una línea. Era muy tímido, lo que contrastaba con que luego las chicas siempre repararan en él. Solo en él. También era capaz de copiar las coreografías de los grupos de moda y bailarlas con una fuerza que a mí me maravillaba. A veces las hacía con él porque era entretenido. Estuvo durante un tiempo ingresado en el hospital. Tuvo una época de anemia que lo dejaba muy pálido y sin fuerzas. Momji y él eran los más bajitos de la clase. Momji, quizá, algo más.

Seju era mi mejor amigo. Desde el instituto, habíamos coincidido todos los días. Me sacaba algún centímetro, pero no siempre fue así. Era el divertido, el de los planes, el que nos llevaba a vivir los mejores momentos. Tenía un carácter impulsivo, algo narcisista, se reía a cada rato y ponía caras para que te rieras con él. Vestía de forma muy personal. Venía de una familia adinerada, de ahí que tuviera cierta arrogancia. Su habitación era enorme, y su armario no lo era menos.

Juntos nos divertíamos y, a pesar de ser muy diferentes, había algo que nos unía más allá de compartir la misma clase en el instituto. Era una especie de magnetismo que hacía que nos necesitáramos, que dependiéramos los unos de los otros. Con estos tres años de por medio, quería comprobar si había sido un sentimiento común o era algo que solo había sentido yo.

La estación de tren estaba fuera de la ciudad. Cerca de la entrada, podías contemplar un túmulo funerario que era la antesala de los muchos que podrías encontrar en Gyeongju. El autobús me dejó, tras más de media hora de recorrido, a pocos minutos andando del hotel. La calle estaba iluminada por las farolas y por las luces de los escaparates. Sabías que era época de fiestas cuando veías tantos motivos navideños. Los colores bañaban la acera y las caras de los viandantes. Yo me veía en el reflejo difuso, con aquel abrigo sobrio, el pelo corto, aunque conservando ese flequillo que se abría por el remolino que nacía a un lado de mi frente. Me sentía extraño, como si aquellos años me hubieran transformado. Seguía llevando ropa oscura, pero algo en mi semblante era distinto. Parecía un pez golpeando una superficie seca, boqueando, intentando sobrevivir. Me detuve, ajustando mejor la bolsa de viaje en mi hombro, buscando recomponer aquella imagen. El niño había quedado atrás. En aquel momento, ese Jun sonriente se había perdido. Estiré la comisura de los labios hasta que se formaron unos hoyuelos en mis mejillas; solo quería comprobar si podía encontrarlo. Pero ahí solo estaba el Jun de veintiún años.

Seguí por la avenida. Había tanta luz que no se intuían las sombras ocultas en los recovecos de las calles. Todos tendíamos a ignorar su presencia, a pasar de largo, indolentes a su sufrimiento. Eran solo sombras que no interactuaban con el entorno. Las creíamos cobijadas, adheridas al paisaje. Yo también estaba ciego a su presencia, porque, si reparaba en sus ojos, sabía que no podría reaccionar. Por eso miraba al frente, con el corazón de acero, trazando una barrera donde nada pudiera tocarme o afectarme. Si no lo veía, no existía. Y así me había comportado con todo en mi vida. Si no veía… Se suponía que no me dolía.

Mis pies me habían llevado de forma automática a un aparcamiento, cerca del pequeño río que abrazaba Gyeongju al oeste. Pero aquel no era mi destino. Saqué el teléfono móvil y busqué la calle del hotel. Era una construcción nueva, y aún no lo ubicaba.

Volví sobre mis pasos. En ese tiempo fuera, la ciudad también había cambiado.

Al ir a girar en una esquina, un letrero en el suelo llamó mi atención. No por lo que decía en sí, sino por la letra. Era un cartón que pedía limosna. Aquellos caracteres evocaron un recuerdo poderoso que hizo que alzara los ojos hacia la sombra acurrucada en el porche de una sucursal bancaria cerrada.

Lo que más me impactó no fue encontrar a alguien pidiendo, pues en Seúl solían rondar por las diferentes líneas de metro, sino que fuera alguien joven. En Corea del Sur los indigentes eran mayores; tenían la probabilidad más alta de acabar en la pobreza ya que no eran capaces de producir para el país por su avanzada edad. El sistema de pensiones no los había podido amparar. Fue una medida que se implantó en los ochenta y la mayoría no pudo cotizar hasta llegar al mínimo. No era raro verlos recoger cartones u otros residuos para venderlos.

Me detuve un instante, solo por curiosidad.

Al percibir que alguien lo observaba, el chico volvió su rostro, dándole de forma difusa la luz de las farolas. Entonces lo reconocí.

Podría haber tirado la bolsa de viaje y el maletín; lo había visto hacer en muchas películas; o decir que el corazón se detuvo en mi pecho y dejé de respirar. Sin embargo, solo sentí que me temblaba el estómago.

¿El arrepentimiento caducaba? ¿Había una fecha en la que ya no podías pedir perdón? ¿Cuándo era muy tarde para decir «lo siento»?

Habían pasado muchos años y, al verlo de nuevo, solo me salía correr hacia él, arrodillarme y suplicar. Porque, en ese momento, lo comprendí: el tiempo no cura; el tiempo alarga la agonía.

Quizá, si no hubiera saltado, no habría ocurrido nada. Habríamos permanecido juntos. No nos habríamos herido tanto como para tener que poner entre nosotros tantas ciudades. Tanta distancia.

Era el más débil de los cuatro. Siempre lo supe. Jamás entenderé por qué se hicieron mis amigos. Por qué hicieron tanto por mí. Por qué me porté así con ellos.

Los ojos de aquel terrón de azúcar eran los mismos. Marrón oscuro, del color de la madera al arder. Me lanzaron al fuego de la añoranza, a prender las cenizas de lo que sentía por él.

Su delgadez me sacudió como un vendaval. De pronto, fui consciente de su sufrimiento. Por el que pasaba ahora y por el que estuvo pasando durante esos años. Lo había abandonado. Así de egoísta había sido. Me había clavado espinas en los ojos para no verlo, para culpar a una ilusoria ceguera cuando llegara el momento de enfrentarme a mis actos. Porque era un cobarde, pero nunca más. No por mí, yo ya había demostrado ser la peor persona del mundo.

Debía recuperarlo.

Su mirada reparó en la mía. Apenas eran unas líneas finas de lo débil que estaba. No reaccionó al encuentro, aunque sabía que me había visto porque sus pupilas estaban fijas en mi silueta. Se abrazaba el cuerpo con aquellas manos de dedos largos cubiertas por guantes. El gorro de lana lo tenía encajado hasta las cejas y asomaban varios mechones largos por debajo. Los surcos que el hambre había dejado marcados en el que fue su precioso rostro caían como cascadas por sus mejillas. Sus cejas se contorsionaban en una mueca desdibujada. Siempre tenía el ceño fruncido, pero, en aquel momento, la provocaba el esfuerzo de mantener los párpados en alto.

—Momji —pronuncié su nombre tras muchos años. Tras tantos que hizo eco dentro de mi pecho y chocó contra mis ventrículos. Me encogí ante la sacudida. Merecía aquel dolor—. ¿Sabes quién soy?

Dejé la bolsa de viaje a un lado y me incliné sobre él, quitándome el abrigo negro. Se lo puse sobre los hombros. ¿Cómo podía nadie soportar aquel frío, aquella situación? Mi amigo volvió el rostro, ocultándose, y cerró los ojos.

—Dime, Momji, ¿qué necesitas? ¿Estás enfermo?

Estaba pálido y tenía los labios agrietados. Desde aquella cercanía, podía olerlo y no era nada agradable.

No se movió, aunque su boca se separó un instante para susurrar un vencido:

—Vete.

—Ven, Momji. Ven conmigo. Ven a mi hotel. Podrás darte una ducha, comer lo que quieras y descansar en una cama de verdad.

Aquellas líneas estrechas que tenía por ojos volvieron a enfocarme con esfuerzo.

—¿Crees que es eso lo que quiero?

—¿Qué quieres entonces? —Sabía que mi voz sonaba desesperada, pero no podía fingir que aquella situación no me estaba arañando por dentro—. ¿Qué necesitas?

—Que me quites tu abrigo de encima.

Su frialdad no me pilló desprevenido. Momji era cortante. Su humor era serio. Al resto le costaba pillarlo. Desde el comienzo, me cuestionaron acerca de por qué me gustaba estar con él. Yo no sabía responder que tenía algo especial. Que era la persona más pura que jamás conocería. Que era el que menos cosas necesitaba y el que más feliz era.

Hizo un gesto con la mano. La alzó un instante, como simulando que cogía algo del aire, y luego se acercó el puño al corazón.

—Todo lo que necesito está aquí —murmuró apoyando de nuevo la cabeza contra la pared rugosa.

La voz se le quebró, como si se desvaneciera. Temí aquello. Perderlo teniéndolo al alcance de mis yemas.

—Te voy a llevar al hospital. Cógete de mi cuello —lo urgí. Hizo oídos sordos. Entonces recordé cómo me llamaba él cuando me ponía pesado—. No seas crío.

Ante esas palabras, volvió su rostro hacia mí. Era, con toda probabilidad, la única vez que aquel término salía de mis labios. Pero necesitaba activarlo, que me hiciera caso. No podía dejarlo así.

—Sé lo que tengo. No necesito ir a ningún hospital.

Observé su expresión. Estaba midiéndose conmigo.

—Entonces ven a mi hotel. —Lo agarré de la manga para intentar que se levantara—. No pienso dejarte aquí.

Los ojos de Momji repararon en la gente que cruzaba por el paso de cebra de enfrente. Había anochecido, pero todavía quedaban algunas personas volviendo a sus casas después del trabajo.

—No montes un numerito, anda.

Sus dedos se posaron en mi pecho, dándome un ligero empujón. No creía que tuviera fuerzas para más.

—Si no te levantas tú, te llevo en brazos —dije—. Sabes que puedo contigo. Ahora mismo no creo que opongas mucha resistencia.

—Quizá tengo un arma bajo este cartón.

Me miró entrecerrando los ojos.

—Seguro que tienes una —repliqué con un atisbo de sonrisa. No iba a intimidarme, aunque lo viera capaz de hacer cualquier cosa—. A lo mejor sigues conservando la navaja de tu madre. Te gustaba guardarlo todo.

Se estiró un poco y se alejó de mí. Se apoyó de nuevo en la pared cerrando los ojos.

—Me ha gustado verte. Ahora vete a tu hotel.

—Momji, vas a venir conmigo.

—No seas pesado, Jun —murmuró.

Aquel nombre explotó en mis oídos. Cuando yo pronuncié el suyo, algo afilado se me clavó en el pecho, pero, al escuchar el mío, me asqueó. Quise lanzarlo lejos y desintegrarlo. Arrebatarle a Momji sus labios para que no lo volviera a pronunciar con aquel desdén.

En ese momento, me di cuenta de las consecuencias de mis actos al marcharme de forma tan precipitada. Los había herido a todos, aunque él no había podido seguir. Quizá supe en su momento que, de alguna manera, no lo haría.

—Vamos. —Lo agarré del cuello de su jersey y tiré.

Hizo caso a mi movimiento y siguió mi impulso, apartando mis manos con rapidez una vez estuvo en pie.

—Solo para que te calles. No voy a decir que no a una sopa —dijo con hastío. No lo recordaba tan bajito.

—Te puedo invitar a algo más que a una sopa. Puedes pedir *bulgogi* si quieres —sugerí.

Me encantaba la carne, y ese plato estaba hecho con tiras de ternera marinada y cocinado a la parrilla.

—Vale —suspiró.

Eché un vistazo a sus pertenencias sobre el cartón en el que se sentaba. Había una sábana sucia y una caja de galletas escondida debajo. Apenas llegaba la luz de las farolas a ese rincón, así que no sabía si había más bultos.

Se había quedado apoyado en la esquina mientras se ponía una mochila que parecía pesada.

—Déjame. —Le quité la mochila, desestabilizándolo.

—Puedo yo. —Trastabilló con sus pies y lo agarré del brazo.

—Si apenas puedes sostenerte.

—Son mis cosas.

—Tú lleva mi abrigo y mi maletín, y yo llevo tu mochila.

Le pasé el maletín oscuro, colgándome mejor mi propia bolsa de viaje y echándome al otro hombro su mochila. Estaba fuerte, así que podía con ambas.

—Primero tenemos que pasar por el hotel a dejar mi equipaje.

—¿Por qué dices hotel…? —murmuró.

—Hay humedades en casa de mis padres, por eso hice la reserva. Vamos.

Momji sopesó mis palabras con tranquilidad y asintió. Era terco en algunas cosas, pero recordaba que con él se podía hablar.

—¿Hace cuánto que no comes algo caliente?

—¿Qué más da? —replicó con voz calmada.

No podía hacerle andar mucho, ni hablar mucho. Parecía que iba a caerse en cualquier momento. Veía el sudor en su frente y sus pies tropezar con las baldosas.

—¿Tienes frío? —pregunté.

Se había dejado mi abrigo sobre los hombros, como si fuera una capa. Él negó. Una nube de vaho gélido abandonó sus labios.

—Puedes cerrártelo.

Se miró la ropa que llevaba, descolorida, dada de sí y entonces sí que introdujo los brazos en las mangas y se subió la cremallera. Para ocultarse. Se ajustó mejor el gorro, peinándose con los dedos los largos mechones, despejando su frente.

—No lo decía por…

—¿Tú no tienes frío? —preguntó mirando al frente, ignorando mi comentario.

Llevaba un jersey azul y unos pantalones oscuros ajustados.

—Me hospedo en el Sugar Hotel. No está lejos de aquí.

Momji se detuvo, receloso. Imaginaba que agradecía que fuera de noche por cómo iba, con su gorro gris, la ropa raída, y encima un abrigo de más de ciento diez mil wones, junto con el maletín que tampoco había sido barato. Parecía venir de otra época, casi de un estudio de grabación de un drama de ciencia ficción.

—¿Por qué haces esto? —murmuró—. ¿Quieres que me dé una ducha para poder ir por ahí a comer contigo como si no fuera un vagabundo?

—No, no tiene nada que ver.

—Solo me has reconocido en esa esquina y has recordado que una vez fuimos amigos.

Abrí la boca, pero la volví a cerrar. Era tal cual había dicho, si no fuera porque la razón principal de mi viaje habían sido ellos. La casualidad solo había obrado para que me encontrara con Momji primero. Me tendía la oportunidad de enmendar mis errores antes con él. Si es que quería escucharme.

—Fuimos más que amigos —dije finalmente.

—Sí, los cuatro éramos como una familia. Lo repetíais tanto que terminé por creérmelo. Pero acabé solo, ¿no? Abandonado.

También merecía esos reproches. Sobre todo, de él.

Siguió andando, adelantándose a mis pasos. Mi abrigo bailaba sobre su espalda estrecha. Sus piernas escuálidas asomaban por debajo.

Capítulo 2

LANGOSTA JUN

Por la zona se concentraban diferentes moteles y hoteles, pero encontramos el mío rápido. Era un edificio oscuro con unas ventanas cuadradas cuyo marco blanco destacaba por ser muy ancho. Había letreros con su nombre por toda la fachada. Miraras donde miraras, había un «Sugar Hotel» brillando.

Momji se detuvo en la puerta para que pasara primero. Mientras hacía el *check in*, se quedó en un segundo plano en la pequeña recepción. Hizo como que le interesaba mucho el mapa del mundo que decoraba una pared cerca del ascensor.

Después me acompañó en silencio hasta mi planta y entramos en la habitación. Era rectangular, con el baño separado por unos paneles difusos. Me asomé solo para ver cómo era. La ducha se situaba en una esquina, el retrete estaba separado y había una bañera con hidromasaje en el centro.

Sobre la cama, encima del cabecero, había un mosaico amarillo del que sobresalían ladrillos. Las baldosas del suelo eran grises y negras, y tenía un amplio escritorio bajo la televisión plana.

—No te han dado la más hortera, al menos —comentó Momji—. En la recepción tenían algunas fotos y eran grotescas.

Dejé la bolsa de viaje a un lado y su mochila donde pudiera verla. Fue entonces cuando reparé en que yo ya la conocía de antes. Momji la había llevado durante todo el instituto. Era de un tono verde apagado, con un par de bolsillos grandes y cierre de hebilla. Tenía un agujero en un lateral que había unido con un imperdible. Momji se quitó mi abrigo y me lo tendió junto al maletín.

—Oye —le dije, algo apurado, soltando mis cosas sobre la cama—, puedes hacer lo que quieras, ¿vale? Usar el servicio, ducharte, dormir; aunque, si tienes hambre, lo primero es que comas algo.

Rebusqué en el maletín y le ofrecí unos *snacks* que compré antes de subir al tren. Quemaba mucha energía durante el día y, desde que tenía uso de razón, siempre había hueco en mi estómago para algo. Lo que fuera.

—Tienes una obsesión enfermiza con la comida —comentó quitándose los guantes.

Me pasé la lengua por el carrillo interior y me encogí de hombros. Quizá tuviera razón, buena parte de mis pensamientos diarios los ocupaban platos con salsas y carne.

Cuando cogió las patatas con sabor a miel con dos dedos y empezó a comer con lentitud, destensé el cuello. Me puse a sacar la ropa de mi bolsa de viaje y a doblarla un poco a mi manera. Le dio un golpe distraído.

—Es la de Luha —murmuró.

Asentí, sin atreverme a decir nada más. En su momento, fue un regalo caro, que no llegué a estrenar porque temía ensuciarla o romperla. Parecía más un bolso grande. Negro, elegante. Con diecisiete años, no supe apreciarla. Ahora parecía aportar distinción.

Me di la vuelta para colgar un par de camisas.

Momji no parecía mirarme, absorto en su acción de masticar, pero siempre observaba, te dieras cuenta o no. Aunque quizá ya no tenía ese superpoder. El tiempo podía no solo haber desgastado la relación, también todas nuestras virtudes.

—¿Ya has dejado de usar pantalones rotos?

Me miré las rodillas y sonreí.

—Sí. No puedo ir así a trabajar.

—Cómo has cambiado —musitó.

Me fijé en mis manos limpias y fuertes, en los pantalones formales y las camisas que me había traído por si acaso. Los había apilado y se tambaleaban un poco. Decidí colgar algunas cosas más. También llevaba un reloj pesado en la muñeca. De él sí que alardeaba porque había sido una de las compras más caras que había hecho. En lo laboral no me podía quejar, me había ido bien. Tanto como para independizarme y poder vivir en Seúl, aunque fuera en un apartamento minúsculo.

—Tenías un trabajo cuando me fui. ¿Qué pasó?

—Me echaron —murmuró.

—¿Por qué?

Momji dejó la mano suspendida delante de sus labios. Se había sentado en una esquina de la cama. Era una de esas personas que buscaban hacerse invisibles en el espacio, que se camuflaban en una esquina o empequeñecían incluso estando en el centro de una habitación.

Sus silencios eran más importantes que sus palabras. Yo lo sabía, aunque había perdido práctica. Antes me enorgullecía de poder saber todo lo que pensaba con solo observarlo, pero, en aquel instante, parecía haber un cristal que distorsionaba su imagen. Él sí que seguía conservando aquella intuición.

—Tuve un accidente con la moto de repartidor —dijo, quitándole importancia—. Necesitaba el dinero, así que fui a trabajar al día siguiente con la muñeca rota y un esguince de rodilla. Me pillaron y me obligaron a ir al hospital. Cuando me recuperé, no me dejaron volver.

Cerré el armario, depositando la bolsa en el suelo, cerca de la mesilla, y me senté a su lado.

—¿Has buscado alguna otra cosa?

—Jun, no vas a solucionarme la vida en un momento.

Siguió comiendo como si nada. Tenía varias manchas por la cara y el pelo lacio. Desde aquella cercanía tranquila, podía mirarlo sin que él encontrara mis ojos. Le era incómodo sostener la mirada de la gente. Su afecto parecía despegado, pero, cuando lo ofrecía, era puro.

Seju, sin embargo, siempre había sido de mirar de forma directa, sin rehuir a nadie. Como amenazando.

—Lo merezco.

Momji asintió. Me tendió la bolsa por si quería coger.

—¿Tienes algo que pueda ponerme después de la ducha?

Observaba el panel difuso que separaba el baño del resto de la habitación. Asentí masticando.

—Te va a quedar ancho… y largo —lo advertí.

—Vaya novedad.

—Ahora te lo paso —dije haciéndole un gesto para que entrara.

Escuché el sonido del agua al abrir el grifo y me senté justo donde Momji había estado hacía un momento. Necesitaba un instante para procesar aquello. No podía imaginar por lo que él había pasado. En qué circunstancias vivía. La angustia, la desesperación, el miedo.

Mi estómago me recriminaba el silencio de esos años, la despreocupación. Se me había vuelto del revés. Solo cuando murió mi abuela paterna el año pasado me ocurrió algo parecido; no pude comer en varios días. Ahora un cosquilleo llenaba mi apetito.

El jersey negro que le había prestado a mí me quedaba muy justo, pero él tuvo que darles varias vueltas a los puños. Tenía un detalle en rojo a un lado del pecho, una equis. Se miró en el espejo de pie de la habitación, atusándose el pelo recién lavado, acercándose, encorvándose para verse mejor. Me hizo gracia que actuara como si fuera coqueto. También se dobló el bajo de los pantalones.

En él, mi ropa decía otra cosa. Mostraba otra historia. Hablaba de alguien más seguro, con un mundo interior más profundo y unos valores de los que yo carecía. Mostraba a alguien serio, sarcástico, con cierta tendencia a la melancolía y una coraza de insensibilidad que no era real. La historia de alguien que, en la adversidad, no había cambiado.

—Deja de mirarme.

No había contacto visual, aunque Momji no lo necesitaba para saber lo que ocurría a su alrededor.

Bajé la cabeza.

Quizá, porque era el mismo de hacía un tiempo, me costaba comportarme de forma natural. Si lo hubiese visto peinándose delante de un espejo de aquella forma cuando íbamos al instituto, habría ido por detrás y le habría pasado la mano revolviéndole el pelo. Ahora no me atrevía.

—¿En qué trabajas? —preguntó—. Ya no corres.

—Soy como un asesor. Hago papeleo administrativo, pero también estoy a pie de campo. Estamos llevando al equipo que nos va a representar en los Juegos Olímpicos —expliqué juntando las palmas de mis manos—. Lo de correr lo dejé durante un año después de la lesión. No tenía un objetivo por esa época. Solo corría porque se me daba bien.

Momji asintió, satisfecho.

—Sigues entrenando. Se te ve fuerte.

—Sí, me gusta. No tengo mucho tiempo. Aun así, intento hacer algo todos los días.

—Incluso con la pierna mal.

—Ya… ya estoy bien —murmuré tendiéndole mi abrigo.

Lo rechazó saliendo de la habitación y apretando el paso. Se llevó consigo su mochila. Le insistí en que la dejara dentro, pero no dio su brazo a torcer. Se la echó al hombro en cuanto abrió la puerta.

Entramos en un restaurante de comida coreana tradicional. Por fuera parecía un sitio de los caros. Nos sentamos en el suelo, sobre un cojín claro.

—Lo que has dicho de tu trabajo —murmuró quitando la servilleta del plato— ha sonado tan serio. Has crecido.

—Han pasado tres años, algo debe de notarse —bromeé.

Se llevó el pulgar a la boca y cogió la carta que nos habían dejado a un lado. Yo lo imité. Al ver los precios de los platos, entendí cómo podían permitirse un tanque de agua con crustáceos vivos a la entrada. Momji asintió emitiendo un ruido que me trajo un recuerdo muy poderoso. Era como un murmullo suave. Lo hacía cuando estaba pensando o contemplando algo de forma concienzuda. Aquel gesto me hizo sonreír, por la familiaridad.

—En realidad, no tienes que pensarlo —lo piqué—. ¿No querías sopa?

—A lo mejor me pido langosta. —Alzó sus finos ojos con un destello de viveza—. Invitas tú.

—Eh, no te aproveches.

Lo dije sin pensar y, al momento, me arrepentí. Momji llamó al camarero. Pidió langosta. Me miró para que eligiera, aunque también era un desafío a que anulara su petición en alto. Yo pedí la sopa. Era por esas cosas por las que me gustaba estar con él. No solía tomar el camino que se esperaba. De alguna forma, le encantaba incomodar.

—¿Por qué has venido? —preguntó echándose un mechón tras la oreja—. ¿Para pasar la Navidad con tus padres y tu abuelo?

—Sí. No —rectifiqué. Podría haber sido una buena excusa, pero ¿de qué me servía mentir? Tragué saliva, intentando encontrar las palabras—. Quería veros. Yo… sé que hice las cosas mal…

El camarero trajo una botella de vino y me la enseñó. Yo no tenía ni idea de vinos, todos me parecían el mismo. Asentí y se puso a descorchar la botella.

—No sé nada de ellos —comentó Momji en cuanto nos sirvió y se marchó.

Cogió la copa y se la acercó a la nariz.

Taeju, el hermano de Seju, nos consiguió unas cuantas veces alguna botella de vino. Las robaba de la bodega personal de su padre. Nos enseñó a catarlo, pero yo no prestaba atención a esas cosas por aquella época. Momji sí. Tenía un perfil que no se correspondía con el de su ascendencia familiar.

Y es que no tuvo una familia con recursos. Su padre los abandonó siendo él aún pequeño y su madre desapareció al empezar el instituto. Sabía dónde localizarla, pero no lo hacía. Cuando no estaba en el colegio, iba a la biblioteca y pasaba las tardes y algunas noches allí. No tenía una casa a la que volver, aunque sí un familiar al que acudir si pasaba una temporada sin comer apenas. No era muy bien recibido, así que lo guardaba como último recurso. Claro que esto no lo supimos hasta muchísimos años después.

El camarero nos trajo los platos que habíamos pedido. La langosta olía demasiado bien. Teniendo un tanque de agua con langostas vivas, habría sido más acertado pedir lo mismo que él. Observé a mi amigo coger la servilleta y ponérsela como un babero. Si estaba impresionado o deseoso, no lo aparentaba. No era de los que expresaban con su cuerpo lo que sentían. Y, a pesar de ser opaco, era la persona más transparente que conocía.

Yo me centré en el humo que salía de mi sopa. De forma instintiva, me rocé la rodilla. Hacía mucho que no me dolía.

—¿Qué pasó cuando me fui? Creí que seguiríais quedando.

Momji levantó la mirada de su plato, sujetando una de las pinzas de la langosta, preparado para partirla. Entrecerró los ojos.

—Nos vimos algo, aunque Luha me llamaba más por compromiso. —Comenzó a partir la cáscara con la ayuda de unas tenazas de metal y a comer con los dedos lo que conseguía sacar—. Después de que me echaran del restaurante, no tenía dinero para hacer planes. Seju se ofreció a darme una cantidad, pero la rechacé. Guardé reposo, nos aislamos y acabé donde me has encontrado.

—¿Por qué no aceptaste la ayuda de Seju? Te habría dado lo que hubieras necesitado.

—No me gusta deber nada a nadie.

—Quizá ya se lo habrías devuelto.

—Nunca me llevé del todo bien con él.

Aquello sí encajó con Momji. Tenía mucho orgullo, pero en un momento de necesidad sabía cuándo tragárselo y aceptar lo que se le ofrecía. Sin embargo, Seju era muy difícil. Se sentía inferior con Momji al lado. Se volvía muy inseguro e impulsivo. No me gustaba cuando intentaba quedar siempre por encima.

—¿No les guardas rencor?

—¿Por darme de lado? Tú eras el lazo de unión entre los cuatro. En cuanto nos quedábamos solos, no había forma de llegar a entendernos. ¿Por qué quieres verlos? —Torció el gesto, entrecerrando los ojos, locuaz. Era tan listo—. Te ocurre algo.

Yo desvié la mirada hacia la cuchara. Sonreí, nervioso, no me gustaba hablar de mí.

—No te estarás muriendo y quieres reunirnos a todos para despedirte, ¿verdad?

Golpeé su pie por debajo. Aquella revelación me hizo gracia. Su expresión estaba concentrada en sus cejas, que luchaban por adoptar un gesto sereno.

Negué.

—La nostalgia me ha traído. Un presentimiento, más bien.

Sus finos ojos se cerraron aún más. No me creía. Y era cierto, no estaba siendo del todo sincero.

—He estado teniendo sueños —murmuré—. No los entendía. Me hacían ir muy cansado a los sitios porque me despertaba en medio de la noche y luego no conseguía dormir. Durante el día, volvían esas imágenes y me desconcentraba. Un compañero me sugirió que me tomara un par de días de vacaciones. Que solucionara lo que me preocupaba. Fue cuando caí en que era cierto, tenía eso enquistado y no me había dado cuenta hasta entonces. Por eso decidí que debía arreglar esto. Hablar con vosotros. Resolver lo que nos dividió.

—¿Qué ocurría en tus sueños?

Expulsé el aire de mis pulmones, quedándome en blanco. Una cosa era hablar de añoranza y otra muy distinta era contar mis sueños. Aunque solo había una cosa que no me echaba para atrás en esa conversación: que a quien tenía en frente era a Momji, y no a Seju.

—Mis pies volvían a estar en el muro del aparcamiento, sobre el acantilado, pero ya no era yo el que saltaba… Os ibais turnando. A veces era Luha, otras era Seju, otras tú… Incluso Taeju se me apareció.

—¿Saltábamos hacia el mar?

—Sí. Como aquella vez.

—Y has tardado meses en venir.

—Creía que solo eran pesadillas, que echaba de menos tener una amistad así. Pero luego pensé que a lo mejor estaba ocurriendo algo… y me asusté. Tú eres el que siempre ha sostenido que hay que hacerle caso al cuerpo, que te habla.

Movió las pupilas hacia mí.

—¿Qué? —pregunté.

—Que nunca parecías escuchar.

Abrí la boca, sin ser consciente de lo que quería decir. Así que la cerré.

—¿Quién fue el primero que saltó?

Aquella pregunta me desarmó. Mi mente me jugó una mala pasada evocando el recuerdo doloroso de un año antes de aquel instante, de cuando no fui yo el que se precipitó. De cuando sí hubo quien saltó antes que nadie porque quería desaparecer.

—No me digas que Seju —dijo como si me estuviera regañando. Daba miedo cuando parecía que podía leerme el pensamiento.

—Momji...

—Sé que te duele. —Posó los codos encima de la mesa y se estiró un poco hacia mí—. A mí también me dolió, aunque no lo creas. Esa herida seguirá abierta por mucho tiempo. Incluso si él la ha olvidado.

Bajé los ojos al plato y empecé a remover la sopa. Esa no era la conversación que quería tener. Era un capítulo abierto que jamás conseguiría cerrar. De mis tres amigos, y contándome a mí, Momji era el único que no había estado ingresado en un hospital. Al menos, no durante los años que estuvimos los cuatro juntos. Luha por su anemia, yo cuando salté hacia el mar y Seju…

—Fue Luha —contesté intentando volver al presente—. Fue él durante unas semanas.

—Quizá él te necesita más que yo.

—No creo que nadie me necesite ahora.

—Así que es eso. —Bajó la voz—. Te sientes solo.

Observé su rostro despejado. El pelo brillante y lacio, las orejas pequeñas, el tono de piel, algo más oscuro que el mío, los labios finos, los ojos más inteligentes de toda Corea.

En realidad, me había dado cuenta hacía mucho de que todos estábamos solos. Que nadie hacía nada por ti, nadie te regalaba nada. Tú debías hacer, tú debías querer. Y que, dado que éramos nosotros los que mejor nos conocíamos, una vez reparáramos en esa soledad, terminaríamos por aceptar que solo podíamos contar con nosotros mismos.

—Has dicho que no sabes nada del resto, ¿de Luha tampoco?

Negó.

—No soy como Sherlock Holmes, no tengo una red de mendigos que me cuenten cosas. —Tragué saliva. Imaginaba que él sí podía bromear con eso—. Eres de los primeros que se paran a hablar conmigo y que no están viviendo en la calle.

Me sorprendió la destreza con la que conseguía rebañar la langosta. Ponía una expresión graciosa cuando intentaba partir alguna de las patas; se alejaba para no mancharse. Aunque no me hubiera dado las gracias de forma directa, sabía que agradecía haberse podido duchar y llevar ropa limpia. Momji era muy pulcro. No quería ensuciar la ropa que le había dejado.

—Podrías ser un buen Sherlock.

—¿Lo dices porque se drogaba? —preguntó mientras lamía la yema de sus dedos en busca de restos—. No pongas esos ojos de Bambi.

Hacía mucho tiempo que no escuchaba aquella expresión.

—Me refería a lo de las deducciones —comenté—, a que era muy listo. Como tú.

Momji no solía aceptar cumplidos, bajaba la cabeza en un asentimiento mudo, mirando a la nada. Como si diera por hecho que aquello se lo decían para quedar bien o que no era en serio.

—Ahora te preguntarás si me drogo.

Fui a coger otra cucharada de sopa, pero me la había terminado. No me había dado cuenta de que había estado comiendo.

Lo observé un instante. La negrura bajo sus ojos era de dormir poco y mal, la delgadez de no comer, el color de piel había mejorado tras una ducha, aunque la falta de alimentos básicos y vitaminas le daban un aspecto apagado. ¿Cuál era la imagen de un consumidor de drogas? Quizá yo tenía más posibilidades de llegar a ellas que él, a pesar de lo que se pudiera pensar.

—Cuando pillaste a Seju fumando se lo dijiste a Taeju. No sé si alguna vez he visto a su hermano tan furioso.

—¿No? Yo diría que sí.

Desvié la vista y bebí un sorbo de vino. No terminaba de cogerle el gusto.

—Yo fumaba —dijo.

—Pero no delante de nosotros. Tenías un año más y sabías que, en cierto modo, debías dar ejemplo.

Asintió de forma muda.

—¿Sigues fumando?

—Cuando surge la ocasión, sí. —Se echó hacia atrás, apoyándose en las palmas de las manos. Había dejado en su plato los restos de cáscaras rojas y, más bien, parecían las ruinas de un templo—. No he estado en mi mejor época en estos años como para seguir siendo fumador habitual.

Cogió la copa de vino y se la terminó de un trago. La mía iba por la mitad, no era una bebida que me entusiasmara.

Tenía muchas ganas de preguntarle qué había sido de su vida en ese tiempo. Si había conocido a alguien. Si había tenido momentos felices, momentos de realización personal. Quería saber si había llorado hasta quedarse dormido. Si había pensado en mí y me había maldecido.

—Pero no te drogas.

—No, Bambi, no.

No me había dado cuenta de que necesitaba escucharlo de su boca. Que no había caído tan bajo, que aún había forma de recuperarlo. Resetear todo lo que había pasado solo.

Pagué y abandonamos el restaurante.

—Ha estado bien. Gracias por tu generosidad de hoy.

Se ajustó la mochila a la espalda y entonces reparó en algo a la altura de mi pecho. Volvió sobre sus pasos, acercándose. Cogió el bajo de mi abrigo y subió la cremallera. Su mirada ascendió conforme lo hacía su mano y yo contuve el aliento en cuanto nuestros ojos se cruzaron.

—Hace frío.

—No tienes por qué volver a la calle —balbuceé con torpeza—. Puedes venir conmigo al hotel, Momji

Él bajó la mirada, como si hubiese dicho algo fuera de lugar, y dio un paso hacia atrás.

—Gracias, pero no.

—¿Y a dónde vas a ir? ¿No llevabas la navaja de tu madre encima por si…?

—Tengo mis lugares seguros —respondió con serenidad—. No te preocupes por mí. Ya has cumplido con tu buena acción del día. Búscate otra cosa para mañana.

Antes no me había chocado tanto su rudeza, pero hacía mucho que no lo veía y me había desacostumbrado.

Se echó un mechón tras la oreja. Me fijé en su pequeño agujero sin pendiente. Todos nos agujereamos las orejas porque estaba de moda y llevábamos aros pequeños. Cuando me fui a Seúl, cambié el mío por un pendiente de tuerca discreto, aunque acabé por quitármelo al comenzar a trabajar.

—Momji, puedes estar conmigo, de verdad lo digo. No me importa.

—¿Crees que porque me des comida eso soluciona algo? ¿Que, porque intentes darme un techo una noche, mi vida va a ser diferente? No eres un héroe. No quiero ser tu acto de redención.

—No quiero que sea solo un acto, Momji. —Cogí su antebrazo antes de que se girara. Odiaba cuando hacía eso, cuando no creía nada de lo bueno que le pasaba—. Quiero que sea para mucho tiempo. No quiero irme de nuevo y saber que vas a estar así, viviendo así.

—¿Y qué vas a hacer? ¿Me vas a adoptar?

—No eres… un perro.

Apartó mi mano e hizo rodar los ojos. Empezaba a asomar aquel Momji de «todo el mundo sobra a mi alrededor», de «estate quieto».

Eché mano a mi cartera y, de inmediato, él puso los dedos encima.

—Ni lo pienses.

—Pero… —Antes de coger el tren, había sacado dinero de un cajero y tenía bastante efectivo. Con él, podría hospedarse varias noches en un motel.

—Te lo digo en serio, no me busques mañana.

Enfiló la calle principal y lo perdí al doblar una esquina. Supongo que aquellos ojos de ciervo asustado siguieron en mi rostro por un tiempo. No podía culparlo por no querer verme más. ¿No había hecho ostentación de mi poder adquisitivo justo delante de la persona menos materialista que existía?

Capítulo 3
ATRAPADO
LUHA

La primera vez que me ingresaron en el hospital, recuerdo que estuve solo. Allí sentí cómo todo lo que existía en el mundo desaparecía para mí. No había nada más que aquel edificio pálido y frío, aquellas paredes que cercaban mi trémula existencia. El sufrimiento, la incomprensión, mi castigo.

La segunda vez estuve con ellos. No les dije por qué estaba ahí, aunque Momji lo intuía. A él no se le escapaba nada, si bien no abría la boca. Fue tan diferente. La jaula se hizo más grande, menos opresiva. Cuando ellos llegaban, iban tiñendo de colores la estancia, traían nuevos paisajes, compartíamos increíbles aventuras. Revolucionábamos la planta y nos regañaban, pero no cambiamos nuestro comportamiento. Seju y Jun eran muy ruidosos cuando estaban juntos y me unía a su escándalo riendo tan alto como podía. Fueron una sanación casi sin darme cuenta.

Volví a recordar el primer ingreso, dado que, al abrir los ojos, me pareció experimentar lo mismo. Otra vez sin ellos. De nuevo, arrastrando aquellos malos sentimientos.

Imaginaba que debía de haber aprendido algo. Pero no sabía el qué.

Vivía bajo la dictadura de mi mente. De sus órdenes, ideas y deseos. Era cruel y egoísta, siempre insatisfecha. Nunca era suficiente.

Yo solo quería quererme.

La puerta se abrió y yo alcé la vista de mis pies, donde descansaba mi móvil, enganchado a los cascos que llevaba puestos. Vi la silueta de la enfermera que traía el desayuno. La sonrisa amable, la mirada viva. Mi sonrisa falsa, mi mirada vacía.

No me gustaban las camas de hospital. Las sábanas estaban rígidas y no parecían calentar. Deberían poner colchas de colores o mantas a los pies de las camas.

—Buenos días, Luha.

—Hola. —Me quité los cascos.

—¿Tienes hambre?

Asentí, despacio. Apagué la música y dejé los cascos a un lado, junto al móvil. De las dos veces que había estado ingresado, había interiorizado aquel hábito. No tener ninguna distracción, no hablar con el resto de pacientes. Claro que era diferente porque nadie me estaba obligando a nada. Debía concentrarme en aparentar que estaba en mi mejor momento anímico. En esta ocasión, no sentía la presión externa que me volvía loco. Debía simular que tenía apetito y que aquel desmayo solo había sido cosa del sobreesfuerzo. No podía fallar.

Eché un vistazo a la bandeja del desayuno con fingido gesto de deseo. Por dentro, una voz me apaciguaba a la vez que me culpabilizaba solo de pensar en introducir las dos tostadas y la pieza de fruta en el organismo.

Mis rodillas se movían en un vano intento de quemar aquello antes de meterlo en la boca. Sentía el pulso acelerarse al ser consciente de que debía masticar y tragar.

En aquel momento, estaba desempeñando mi mejor papel, aunque mi cuerpo no cooperara.

Capítulo 4
RAÍCES
JUN

No tenía que esperar cosas de la gente. Momji me había dejado muy claro que yo no era más que un fantasma del pasado. Uno cuyo recuerdo era agradable, pero no dejaba de ser un fantasma. No podía reprochárselo.

Me hubiese gustado haber podido convencerlo de que se quedara. No fui contundente. Había olvidado que él siempre era el más listo de la habitación. Si yo intentaba algo que él no quería, al final no se hacía.

Salí al pasillo, cerrando con fuerza. Mis pensamientos volvían a aquella sucursal bancaria destartalada de la esquina. ¿Cómo habría pasado la noche?

Tropecé con unos pies que asomaban por detrás de un carrito de limpieza. Me disculpé haciendo varias reverencias seguidas hacia la mujer que estaba de rodillas recogiendo un par de toallas que se le habían caído.

—¿Yoora? —pregunté al reconocerla cuando se giró a decirme que no pasaba nada.

Llevaba la coleta muy tirante y mordía con fuerza. Los huesos de su mandíbula se tensaron mientras me ubicaba en sus recuerdos. Si hubiese sido otra chica quizá no habría sabido quién era, pero fue la delegada de mi clase durante dos años seguidos. Esbocé una pequeña sonrisa. Entonces relajó la expresión y se irguió depositando las toallas sobre el carrito con un golpe enérgico.

—¡Jun!

—Te acuerdas de mí —suspiré.

—Claro. La medalla de oro de la escuela. Te asustaba tanto hablar con las chicas que todas pensábamos que eras mudo. —Se echó a reír.

—Ah, ya… —Que recordara eso me hizo sentir algo incómodo. En el instituto era mucho más tímido que ahora. Me quedaba petrificado cuando alguien que no era de mi círculo cercano me hablaba.

—¿Qué haces por aquí? Tu madre le dijo a la mía que habías encontrado trabajo de lo tuyo en Seúl.

—No sé si es de lo mío, yo ya no corro. —Me rasqué la nuca. Hablar de mí no me salía natural—. Pero sí tiene que ver con el deporte. En el equipo donde estoy ahora llevamos a diferentes atletas.

Era extraño cuando reconocías a alguien de hacía mucho tiempo y aparecía en el lugar menos pensado.

—Me alegro mucho, de verdad. Los profesores sabían que llegarías lejos. Yo esperaba que salieras en televisión pronto, como ocurrió con Seju. Aunque imagino que él ha tenido más suerte. Los deportistas no son tan famosos.

—¿En la televisión? —me extrañé—. ¿Es presentador?

—¿No tienes televisión en casa? —rio—. Has tenido que verlo en algún anuncio. Ahora es la imagen de una colonia. Hay carteles con su cara por toda la ciudad. ¿En serio no te has fijado? Creo… creo que hay uno al torcer la calle. Ven. —Dejó sus bártulos dentro del cubo y se encaminó esquivando a un par de huéspedes. Guardó el carro en una habitación de la planta baja y salimos juntos a la calle—. Mira que es raro que, con lo amigos que erais, no te haya bombardeado con miles de sus sesiones de fotos. Su madre mandó un correo a todas las madres para que compraran la colonia o se la regalaran a alguien. No es que Seju se lleve un porcentaje de las compras, porque él solo ha puesto la cara, pero así tienen la caja con la foto de su hijo precioso. De verdad que estaba tan orgullosa.

Soltó una risotada. Detuvo sus pasos al girar la esquina y se volvió con una sonrisa.

—Aquí está.

Ahí estaba, sí, ocupando casi una pared entera. En un lado estaba la colonia, con un fondo de líneas azules que imitaban al terciopelo; en el otro extremo, aparecía la cara de Seju. En grande, mirándome fijamente. Sus ojos oscuros, sus cejas espesas, su expresión seria. Le habían retocado la piel dado que, a pesar de haber cumplido ya los veintidós, no tenía ni una imperfección. Parecía la piel de un bebé.

—Siempre ha sido guapo, aunque mejoró una vez pasada la pubertad —se rio Yoora cubriéndose la boca.

—Le gustaba mucho que le sacaran fotos y lo grabaran, pero es raro verlo ahí.

—Una vez me pidió salir. —Se cruzó de brazos, torciendo la cabeza—. Le dije que no porque tenía un grano enorme en la frente. No podía dejar de mirarlo mientras hablaba. Qué tonta fui.

Se tapó la cara, avergonzada.

—¿Te imaginas que ahora estuviera con él? —preguntó riéndose.

—Lo verías en casa y en la calle. Te cansarías enseguida.

—¡Jun! —Soltó una carcajada que resonó por la vía. Corrió a hundir la cara en mi hombro, escondiéndose—. No me acordaba de que eras tan gracioso. Te he visto así, arreglado como un ejecutivo, que yo ya pensaba que habías comprado la empresa y venías a despedirme.

—¿La empresa?

—Sí, de limpiadoras, ¿no te has enterado? —Levantó los ojos—. No estás al día de nada. Están pasando por problemas económicos. Han echado a algunas de las mujeres más veteranas y cada vez los contratos son peores. Ahora casi todas somos chicas jóvenes que no hemos encontrado otra cosa. Si hicimos una huelga y todo. Lo cubrieron las noticias. No las importantes, pero tuvo un poco de repercusión.

Me fijé en el uniforme que llevaba. Acababa de darme cuenta de todo el contexto, de que ella adecentaba las habitaciones, de que hablaba del colectivo como parte de él. No se me daba bien unir conceptos.

—Si eras la mejor en Matemáticas —solté.

—Que se te dé bien hacer derivadas no te ayuda a encontrar empleo —susurró muy cerca, como si fuese un secreto.

—Pero…

—Sí, seguí estudiando, y empecé una carrera. La dejé cuando mi padre murió. Necesitábamos vivir de algo —aclaró haciendo una mueca con la boca—. ¿Ibas a algún lado? Te estoy entreteniendo.

—No, en realidad, iba a dar un paseo por el barrio de mis padres. He venido unos días de visita. Siento lo de tu padre, no lo sabía.

—No te preocupes. —Levantó las palmas de las manos hacia mí negando—. Fue duro al principio, aunque vamos saliendo adelante poco a poco. Mi turno acaba en menos de diez minutos, si no tienes nada mejor que hacer, podemos ir hacia allí juntos.

Me encogí de hombros con las manos en los bolsillos. Asentí. Recordaba muy bien a Yoora. Era de las chicas que más se relacionaban con todo el mundo, de las que sabías que les esperaba un futuro brillante. ¿Qué había pasado? Primero Momji, después ella. ¿Por qué a las personas que parecían tener tanto que ofrecer se les habían cerrado las puertas? Me dolía ver dos mentes tan brillantes siendo carcomidas por aquellas situaciones.

—A veces, cuando tengo que limpiar las paredes, tardo más —comentaba mientras volvíamos sobre nuestros pasos al hotel.

—¿También le limpias la cara a Seju? Eso te debe de llevar la mañana entera.

—Claro, ¿cómo si no tiene ese cutis? —bromeó—. Por suerte, son solo las de dentro del hotel. El gerente es muy escrupuloso, sobre todo con los baños.

Entró de nuevo en aquel cuarto a un lado de la recepción y se quitó el uniforme de trabajo. Cuando salió llevaba un pantalón negro de pata ancha atado con un lazo a la cintura y un jersey rosa clarito de pelo. Se había deshecho la coleta, dejando su melena corta al viento. Se había puesto unos pendientes de aro que le llegaban hasta los hombros.

No diría que había un gran cambio de una Yoora a otra, pero sí parecía más cómoda con esa última. Se le había quedado la marca del coletero en el pelo.

—¿Cómo es que no has vuelto en todo este tiempo?

Sonreí negando con la cabeza. Esperaba esa pregunta, aunque todavía no había pensado en una respuesta. No, al menos, para las personas que no quería que supieran lo ruinosa que había sido mi vida desde que abandoné mi pueblo natal.

—¿Echabas de menos a tus padres? —inquirió.

—Han venido un par de veces a verme y hablamos de vez en cuando por teléfono. Seúl no está tan lejos.

—Entonces es por lo otro —afirmó asintiendo con una amplia sonrisa—. Te casas.

Torcí el cuello hasta abarcar su expresión por entero. Empezó a reírse nada más mirarme.

—Bien, no es eso. Lo pillo, lo pillo, Jun. Quita esa cara ya, que te vas a quedar así de feo.

—Casarme —repetí sin ser capaz de creerme lo que había dicho. Era algo tan inverosímil.

—Llevas mucho desaparecido. Algunos compañeros de clase se han casado ya y otros tienen hijos. Al menos, tendrás pareja.

Negué.

—Eres tan parco en palabras.

—¿Tú tienes?

Se ruborizó un poco, bajando el rostro y tocándose el pelo.

—Tenía. Pero ahora no tengo tiempo para hacer vida social. Mi madre quiere poner un anuncio de esos para encontrar al hombre de mis sueños. No le gusta que esté trabajando de esta forma. No es por el hecho de que sea limpiadora, sino porque no es muy honroso que la gente tenga la libertad de mirarme el trasero cuando me agacho a por algo.

Sonrió. Los aros en sus orejas reflejaban los rayos del sol, casi haciendo un aura brillante alrededor de su cuello.

Reconocía los comercios que había en las esquinas de los edificios. Me ilusioné al ver la tienda del señor Yie abierta. De niño, me acercaba al escaparate y fantaseaba con entrar y comprarme todas las gominolas que tenía en los diferentes expositores. Su mujer estaba colgando una oferta en la puerta.

—Buenos días, señora —pronunció Yoora inclinándose.

Imité su gesto, mostrando respeto a la mujer que dudaba que me recordara, y seguimos andando. Aquello me tenía muy desentrenado. Pasear por una ciudad era ir a lo tuyo, sin prestar atención a la gente. Mi madre me daría un buen tirón de orejas si no saludara a mis vecinos.

—¿Ya has visto al resto de tu grupito?

—A Momji.

—¿Y se ha alegrado de verte?

Volví la mirada al frente y metí las manos en los bolsillos del abrigo.

—Ayer comimos juntos.

Ella asintió, como instándome a contarle más.

—Solo comimos juntos, luego se marchó.

Anduvimos en silencio durante un tramo. Poco a poco, estaba entrando en calor. Los edificios habían dado paso a las viviendas unifamiliares cerca de la ribera. Lo cierto era que había pensado en coger el autobús para llegar a mi barrio, pero el largo paseo estaba haciendo que el reencuentro con la ciudad fuera paulatino y tranquilo.

—Os tenía un poco de envidia, para serte sincera —comentó bajando el tono—. Siempre estabais juntos y os reíais mucho. Los profesores os separaban para que no armarais jaleo. Os defendíais, hablabais todo el rato, hacíais planes… Yo nunca he tenido algo así. Pocos lo han tenido. Pero teniéndote delante, Jun… —Levanté el rostro para contemplar el suyo. Tenía una mueca extraña, las cejas casi juntas formando un triángulo, los labios curvados hacia un lado—. Sé que te he dicho que no recordaba que fueras gracioso, y es porque… mírate. Antes también ibas de negro, pero ahora es como si una sombra se hubiera agarrado a tus hombros y te absorbiera el alma. Si me hubieran preguntado hace un tiempo quién era una persona feliz, te habría señalado a ti. A cualquiera de vosotros cuatro.

—¿A Momji y a Seju también?

Asintió.

—La felicidad son momentos, lo sé —se apresuró a decir—. Nadie es feliz siempre. Aunque tú lo parecías.

—Y ahora no —suspiré observando la calle.

Ella se detuvo y me miró a la cara. Juntó las manos por delante de aquellos pantalones anchos.

—No sé por lo que habrás pasado en este tiempo, Jun. Has estado fuera mucho, pero la ciudad no es tan grande como parece. Todo se acaba sabiendo. —Desvió la vista hacia la fachada de la derecha—. Creo que aquí nos despedimos.

—¿Me has traído a casa?

Ella se rio tapándose la boca.

—Este también es mi barrio, tonto.

—Ah, ¿sí? ¿Dónde vives? Te acompaño.

Busqué a mi alrededor. La verdad era que pocas cosas habían cambiado. Los carteles que decoraban algunos muros, poco más.

—No seas tan clásico. No te pega nada.

Se despidió con una sonrisa cordial y la vi alejarse antes de tocar al timbre.

Capítulo 5
REENCONTRARSE
JUN

Cuando abrí la puerta del patio, mis padres ya estaban esperándome en la entrada. Hacía muchos meses que no los veía, pero no me invadió aquella sensación como cuando vi a Momji. Con ellos era diferente. No siempre había sido un buen hijo. Sí que había traído buenas notas, más o menos, sin embargo, me metía en líos, era travieso y desobediente. No fui afectuoso ni un niño agradecido.

Esos tres años fuera me habían hecho madurar un poco. Todavía no me valía solo, sobre todo en lo relativo a las comidas. Aunque sí que me habían cambiado por dentro. Se había aplacado esa necesidad de hacer cosas impulsivas, de que nada iba a tener consecuencias para mí. Había aprendido que todo lo que hacías repercutía en ti de forma directa. Como una bala. Y que, si querías sobrevivir, debías ser diligente contigo mismo. Debía de haber crecido en ese tiempo porque la estatura de mis padres era inferior a lo que recordaba. Le estreché la mano a mi padre y besé a mi madre. Después nos quedamos observándonos en un silencio incómodo. Podía ver cómo dudaban en la forma de tratarme.

—He hecho *hotteok* para luego —cortó mi madre la situación invitándome a entrar.

Mi madre no era la mejor cocinera, a veces se le quemaban las cosas, pero prefería mil veces sus platos a los míos. Una vez intenté hacer *hotteok* en mi casa y fue un desastre. Me quedó un revuelto pegajoso parecido a las tortitas que no sabía a nada. También era cierto que tiré de memoria, sin seguir ninguna receta.

Mi cuarto seguía ocupando el mismo lugar de la casa, pero ya no lo sentía como propio. El escritorio no lo habían movido, situado bajo la única ventana. El resto del espacio era diáfano. Habían desmontado la cama, la estantería y no sabía dónde habrían metido la cómoda. Me quedaba en un hotel dada la gran mancha de humedad en una de las paredes. Empezaba en una esquina, la del armario de puertas corredizas, y reptaba por la pared devorando la pintura y levantando el color como si fueran pústulas. Observé aquellas ramificaciones. No había nada a mi favor, incluso mi propia casa me indicaba que no me quería ahí.

Las cajas con mis cosas descansaban en la esquina más alejada del sol. Mi madre les había pegado etiquetas diminutas para diferenciar qué contenía cada una.

Desempaqueté la más cercana y saqué algunas prendas. Ver las sudaderas y camisetas que llevé durante tantos años me sacudió por dentro, como si me reencontrara conmigo mismo. Casi todas eran negras y blancas.

A pesar de haber ganado algo de músculo, aún me entraban los vaqueros claros rotos. Me miré en el espejo de la habitación de mis padres. Eché el flequillo hacia delante y sonreí enseñando los dientes. Ahí estaba ese Jun alegre que parecía haber perdido.

Bajé la comisura de los labios. Observé mis piernas, las flexioné y volví a mirar aquella silueta. Estaba cómodo con esa ropa. Me sentía identificado. ¿Por qué dejaría de ponérmela? El trabajo. Debía ir presentable, formal. Abandoné la ropa cómoda, me amoldé al resto. Empecé a comprar donde ellos me recomendaban, me dejaba fascinar por las modas que no comprendía.

Tiré de la sudadera negra hacia abajo, cubriendo mis caderas. ¿Cuántas veces me había puesto el mismo conjunto? Muchas, muchísimas veces.

—¿Por qué te has cambiado? Antes estabas más guapo —comentó mi madre cuando bajé a poner la mesa.

Mi madre era mayor, tenía arrugas bajo los ojos y otras descendían desde el final de su nariz. Me tuvo casi con cuarenta años, cuando creía que ya no tendrían descendencia.

—Me sorprende que aún te guste llevar eso —expresó mi padre volviendo la vista a sus noticias.

Aquella escena era la misma que durante toda mi adolescencia. Mi padre sentado en la mesa con un café hirviendo y mirando en la *tablet* algún periódico digital. Mi madre en la cocina haciendo malabares porque olvidaba las recetas y se las inventaba en el momento. Y los dos opinando sobre cómo debía ser, cómo debía estar, a qué debía aspirar.

—Quería estar cómodo —repliqué bajando la voz.

¿Cómo era posible que me sintiera fuera de lugar en cada sitio al que iba? Un sentimiento había ido surgiendo en la boca de mi estómago: la necesidad de volver a coger el tren y regresar. Pero, cuando pensaba en el piso donde vivía y recordaba la angustia, la soledad…, ya no creía que fuera tan buena idea. No había conseguido llenar aquel recodo de cosas y emociones que me llevaran a él de nuevo. Y en la casa de mis padres, lo que una vez pude haber sentido, estaba apilado en cajas. Ya no quedaba nada para mí que fuera un hogar.

Incluso la mancha de humedad parecía haber surgido solo para remarcar que todos se habían olvidado de mi existencia.

—Tendrías que visitar a tu abuelo. Seguro que se alegra de verte. Pero antes ve a cortarte el pelo. Lo tienes otra vez muy largo.

Aparté el flequillo de mi frente y observé el plato. Hacía unas horas había estado en un restaurante con el que fue un pilar esencial de mi adolescencia, y ahora estaba cumpliendo con esa imagen que había imaginado sobre la vuelta del hijo pródigo a casa. Pero nada había salido como debía. La felicidad que esperaba encontrar no había aparecido. Empezaba a pensar que, quizá, era yo el causante del malestar. Que era el objeto díscolo que rompía la armonía. La felicidad no acudía porque yo la hacía huir.

—*Eomma*, ¿sabías que Momji vivía en la calle?

Entrecerró los ojos, observó a mi padre y luego volvió la vista hacia mí.

—Me lo encontré ayer —expliqué.

—Ya sabía yo que ese chico no iba a acabar bien —murmuró negando con la cabeza—. Criarse sin un padre. ¿Eso dónde se ha visto?

—¿Le diste algo de limosna? —preguntó mi padre con voz grave. Le había quedado una ronquera característica de sus años de fumador.

—Lo invité a comer.

—¿Le llevaste comida? —inquirió mi madre—. Es un buen gesto ciudadano.

—No, lo llevé al hotel donde me quedo y se dio una ducha. Luego nos fuimos a comer a un restaurante que había cerca.

—¿Que hiciste qué? —prorrumpió mi padre dejando caer el puño contra la mesa.

Mi madre detuvo los palillos sobre el plato. No se había quitado aquel delantal que podría tener, por lo menos, mis años.

—Hijo, no quiero que te vean por ahí con un vagabundo. ¿Qué va a pensar la gente? Me llamarán para decirme que si a mi hijo lo ha cambiado la gran ciudad, que si ahora se junta con malas compañías. —Me agarró del antebrazo—. ¿Quieres eso? Haz el favor de dejar a los vagabundos en su sitio. Ahí es donde tienen que estar.

Torcí la cabeza, mirándola.

—Decías que era un buen gesto ciudadano.

—Si no te vinculan con él, sí. Solo manchará nuestros nombres.

—Es Momji, no... No es cualquiera. ¿No crees que es mejor pararse y pensar qué es lo que le ha debido de pasar para acabar ahí?

—Los vagabundos no tienen historia —replicó con firmeza. Cogió mejor los palillos.

—Pero podría intentar sacarlo de esa situación.

—Park Hwan-Jun —me llamó mi padre por mi nombre completo—. Escucha a tu madre. Te está dando un sabio consejo. Tienen enfermedades, malnutrición, mala fama.

—No todos son unos yonquis —rebatí.

—No quiero que te relacionen con él —replicó mi madre volviendo a su plato—. Después de tantos años sin verte y lo primero que haces es irte por ahí a comer con un pobre.

Apreté con rabia los labios. Me dolía lo que escuchaba.

—Con un amigo de hace años —murmuré entre dientes.

—La pobreza es una marca, ¿entiendes? No quiero que vuelvas a frecuentar malas compañías.

—Pero tú lo conoces...

—Hwan-Jun, es suficiente —terminó mi madre.

Y la conversación versó sobre cosas intrascendentales.

Aquella mancha de humedad había traspasado la pared y nos había tocado. Había impregnado nuestros estados anímicos. Nos había dejado como el papel mojado.

Capítulo 6

LA VERDAD NO DICHA

LUHA

La noche había sido terrible. Me habían dado ese fino pijama de hospital y tenía frío. Me tuve que levantar de la cama cuando nadie miraba para andar y hacer unos estiramientos. La angustia me oprimía la garganta y hacía que notase la piel con demasiada nitidez, cada ángulo de mi anatomía, cada parte imperfecta. Había demasiado ruido, demasiada gente en un edificio. Mi mente me mandaba señales de alarma por estar en un hospital, pero intentaba apaciguarla con aquellas frases automáticas: no pasa nada, estamos bien, es solo por precaución, no es un ingreso, solo un poco más.

No esperaba a Suni al mediodía. Las visitas no eran algo que tuviera con frecuencia. Y menos de ella.

Se había teñido el pelo de rosa claro y llevaba lentillas de color azul, como las que usaba yo. Desde que ingresé, no las había sacado de su cajetilla. ¿Para qué? ¿Quién me iba a ver? De todas formas, no las necesitaba, eran solo por estética.

—Pareces un vampiro hambriento. —Fue su saludo.

Llevaba un chaleco vaquero y las manos metidas en los bolsillos. Decoraba su melena una gorra amarilla a juego con la falda plisada. Parecía un algodón de azúcar andante. No sonreía. Suni no lo solía hacer.

—No estoy acostumbrada a verte con los ojos tan oscuros y el pelo tan claro. Te hace parecer un loco.

Bajé la vista, resignado a su presencia, y me levanté de la cama. Iba con doble calcetín y, aun así, tenía frío. Suni sacó las manos de los bolsillos para corresponder a mi abrazo. Olía a mandarina. No se echaba perfume, así que intuí que, si le miraba las uñas, encontraría restos naranjas. Le encantaban las cosas ácidas.

—¿Desde hace cuánto eres rubio?

—¿Y tú *pelirrosa*?

Se rio de forma breve, se quitó la gorra para que viera sus raíces y se la volvió a poner, encerrándome de nuevo entre sus brazos.

—¿Cómo te has enterado? —pregunté sin mirarla.

Hinchó un instante los carrillos y los desinfló sin soltarme. A veces no controlaba sus brazos y apretaba con demasiadas ganas.

—Tengo fuentes fiables.

—¿Has hablado con mamá? —pregunté con sorpresa—. Ha estado aquí hace unas horas.

—Ya sabes que no me interesa tener una relación con ella.

—Seguramente me llame en un rato… Podrías decirle algo.

—Me cuesta creer que estés sugiriéndome esto, Luha. Ella es… —Se apartó de mi lado con un gesto brusco—. No tengo que explicarte nada, tú mismo has huido de casa en cuanto has podido.

Como si fuera una golondrina planeando, se acercó a la mesa auxiliar para mirar lo que me había traído mi madre. La prefería con las manos inmovilizadas, sin poder tocar los objetos que me hacían más liviana la agonía. Solía romperlo todo, por lo que observé de cerca sus manos.

—¿Qué haces aquí, entonces?

Si no la habían avisado, ¿por qué se había preocupado en pasarse por el hospital? ¿Cómo lo había averiguado?

—Eres mi hermano. Eso responde a por qué estoy aquí. —Leyó el nombre de algunos de los cómics y después observó con detenimiento el contenido de mi botella de agua—. Eres una persona inestable, lo sé desde hace tiempo, pero no he podido prestarte tanta atención como debía. —Giró un instante el rostro para encontrarse con mi mirada. Puso la botella de nuevo en su sitio—. Sé que no te lo dije en su momento... Yo... lo siento.

Dejó mis cosas en paz y se volvió sobre sus talones. En dos pasos, la tuve enfrente. Medíamos exactamente lo mismo y eso había sido siempre un tema de discusión en casa porque yo debería de haber sobresalido. Tenía los labios algo más finos y su cara tendía a ser un redondel por las mejillas abultadas, como las mías. Estábamos delgados, no era justo no poder adelgazar también el rostro. Era lo que rompía la armonía. Esas mejillas que, por mucho que pellizcaba, por mucho que me privaba de alimento, no se pegaban al hueso.

Era la hermana mayor, así que mis padres le exigieron más a ella para que fuera un buen ejemplo. Por eso se marchó de casa tantas veces. Nunca quiso destacar, aunque lo hacía. No quería seguir normas, esforzarse, tener que ser excelente, pero al final lo acababa siendo por la presión. No la de ellos. Dejó de importarle cuando cumplió la mayoría de edad y desapareció de nuestras vidas. Sin embargo, al mirar hacia un lado y ver al niño que la admiraba aun si no tuviera razones para hacerlo, la forzaba a intentar superarse. Ese siempre fue su punto de presión, su debilidad. Su hermano pequeño.

Tampoco me intentó poner en contra de mis padres. Ella decía que era cosa de caracteres, que el mío era demasiado cándido y que no lo entendería.

Suni necesitaba ver para creer. Imaginaba que por eso se hizo periodista. No sabía si ahora mismo tenía trabajo, porque hacía muchísimo que no hablábamos, pero había escrito para diferentes periódicos y la habían contratado en agencias de comunicación. Desconocía si era muy buena y de ahí que se la rifaran, o tan mala que la echaban de todos los sitios.

¿Acaso era eso por lo que estaba ahí? ¿Por curiosidad?

—Es la tercera vez —dijo. Aunque casi lo escupió.

—¿Qué? —Hice como que no entendía lo que quería decir.

Pasé por su lado y me apoyé en los pies de la cama. El metal blanco estaba tan frío que tuve que apartarme. Volví a subirme al colchón del que me había bajado.

—¿No ves lo que te estás haciendo, Luha?

—¿Cuidarme, Suni? Estoy aquí porque me he desmayado en medio de un ensayo.

—Ya empiezas con eso.

Se acercó al colchón y plantó las manos para mirarme con fijeza.

—Me estás mintiendo. —Aquellas palabras también las manifestaban sus ojos, su actitud, su lenguaje corporal. Todo en ella estaba a la defensiva y acababa de darme cuenta. Era una trampa.

—Ha sido por sobreesfuerzo, por no hidratarme bien. No dramatices. En nada me iré —respondí con indiferencia.

Había cerrado los puños y tensado los músculos del cuello.

—¿Cuánto pesas?

Medio sonreí. La ironía no era algo que fuera conmigo, pero estaba comprendiendo que la visita de mi hermana no era para algo cordial. Solo para recordarme, una vez más, la vergüenza de haber manchado a la familia con una enfermedad así.

La imagen del número de la báscula apareció al instante en mi mente, no tenía que hacer siquiera un esfuerzo por recordarlo. Solía oscilar entre los mismos dígitos porque tenía el control, yo decidía qué marcaba.

—No tienes derecho a preguntarme —repliqué usando su mismo tono—. ¿Quién te crees que eres para aparecer y desaparecer, y encima venir a pedirme explicaciones?

—Vuelves a estar enfermo, Luha, ¿no te das cuenta? Otra vez en este edificio del demonio. ¿Por qué ha sido ahora?

Notaba cómo mis intestinos se retorcían y mi rostro empalidecía. Si Suni lo sabía era una señal clara de que algo había pasado, algo que yo no había previsto. Y eso no me gustaba.

—Déjame en paz.

—Más te gustaría. —Me cogió del antebrazo—. ¿No te acuerdas ya de lo que pasaste cuando lo de Seju? ¿Quieres que la gente que te quiere sufra por ti?

—Yo no me he tirado desde una azotea.

—No, solo has decidido alargar la caída. Matarte durante años o lo que aguante tu cuerpo.

Le sostuve la mirada con tanta intensidad que casi podía verme reflejado en su pupila. Cerré los párpados, notando un ardor intenso en el estómago. La bilis luchaba por salir de mi cuerpo, pero, si la dejaba, tendría que quedarme más tiempo del que querría en el hospital.

—Mi cuerpo es fuerte —respondí deshaciéndome del agarre con lentitud. Cogí su mano y entrelacé nuestros dedos—. No tienes de qué preocuparte. Todo está bien. En cuanto lleguen los médicos con los resultados de los análisis de sangre lo comprobarás con tus propios ojos. Quizá me ves más delgado porque estamos con los últimos ensayos y están siendo duros.

—El baile. Se supone que eso te liberaba, te hacía dejar de pensar.

Fue cierto durante mucho tiempo, hasta que empecé a ser consciente de mi reflejo y de que no era lo suficientemente alto ni fibroso ni bueno. De que jamás me cogerían para un papel principal, a pesar de ser preciso, de no fallar.

Mi hermana apretó los labios, tomando una decisión que no esperaba.

—No lo entenderás, pero a la larga me agradecerás que te quiera tanto.

Se acercó de nuevo a mí y me abrazó con fuerza. Me quedé quieto por si me daba alguna otra explicación, pero se separó y se marchó con las manos metidas en los bolsillos de aquel chaleco.

—No le digas a mamá que he estado aquí. —Fue su despedida.

Capítulo 7

LUCES

JUN

La zona en la que vivían mis padres estaba algo alejada del centro. Tenía que coger un autobús para regresar al hotel si no quería pasarme media hora andando, aunque necesitaba desentumecer los músculos de las piernas. Mi cuerpo pedía a gritos una carrera, huir hacia delante o dejarme rodar hacia abajo por la ladera de una colina.

Pero había empezado a llover.

Mi madre me había prestado uno de los paraguas más robustos, de los de más de quince varillas. Decía que era época de vientos fuertes, sin embargo, el tiempo estaba bastante tranquilo. Lo que no diría en alto era que quería proteger los zapatos de piel a toda costa. Incluso me ofreció unos de mi padre para que llevara los míos en una bolsa.

Pero no me importaban. Ni siquiera un poco.

Descubrí mi rostro a la noche, a la luna y a las estrellas. A las gotas que impactaban sin ningún orden sobre mi piel. Necesitaba que algo me golpeara, me zarandeara, me avivara de nuevo. No soportaba más ese vacío que hacía tanto eco. No aguantaba ni un minuto más los huecos que había dentro de la palabra hogar. Los surcos tan profundos que me arañaban y me hacían querer arrodillarme y rendirme.

Oía la lluvia caer sobre la tierra. Podía sentir el baile que producía sobre las diminutas hojas de las flores a un lado de la carretera, sobre los cristales de las viviendas que permanecían cerradas, sobre los muros que las cercaban.

El asfalto bajo mis pies se perdía junto a mis pensamientos. Se lavaban y resbalaban. Huían como un río hacia cualquier lugar. No iba a perseguirlos, así que no me importaba dónde acabaran.

Una claridad se fue haciendo cada vez más intensa, traspasando mis párpados cerrados. Era como si un sol quisiera hacerse espacio en la negrura, obligando a las sombras a retroceder, como si fuera un tren que atravesara una selva frondosa y arrancara todo lo bello que había a su paso.

Tenía las extremidades cansadas y empapadas. El paraguas yacía abandonado a un lado, en el carril de ida. No sabía en cuál de los dos me había detenido yo. Las aceras eran muy estrechas para mi estado emocional.

La luz gritó; estalló en mis oídos como si un rayo hubiera caído a mi lado. Mi cuerpo reaccionó con más rapidez de la que esperaba y se giró antes de notar un coche pasar muy cerca, pitando fuera de sí.

Las ruedas me salpicaron las pantorrillas y encharcaron mis zapatos por dentro. Entonces noté el frío y, junto a él, la estúpida idea de haberme quedado en medio de la carretera casi a oscuras.

Recogí el paraguas y subí a la acera temblando. El corazón me latía al ritmo de una locomotora. Asustado y angustiado. Podrían haberme atropellado.

Me pegué a la valla que había a un lado para coger aire. ¿Qué creía que estaba haciendo? Iba a pillar un buen resfriado si no llegaba pronto al hotel y me secaba. La lluvia ya no me importaba, así que me puse a correr. La próxima parada de autobús no estaba demasiado lejos. Las pulsaciones en el pecho me dolían, al igual que mis pulmones no acostumbrados a esprints tan repentinos después de un susto así.

Maldije al conductor de aquel vehículo en silencio.

Me cobijé bajo la marquesina. No tuve que esperar mucho hasta que vi unos faros subir por la calle. Por suerte, la calefacción funcionaba y estaba puesta bastante alta. No llegué a secarme, pero ya no tiritaba.

Por el centro, busqué a Momji. Esperaba que estuviera resguardado, hacía mucho frío y no quería que enfermara. No lo encontré en el porche del banco ni cerca del restaurante donde cenamos. Busqué comedores sociales por internet, pero al que fui estaban cerrando. Se había pasado la hora de la cena. Tampoco me facilitaron nombres, así que tuve que regresar sobre mis pasos.

Al día siguiente, salí a desayunar a una cafetería cerca del Sugar Hotel.

Una mano distraída se apoyó en la silla vacía que tenía enfrente y la apartó para sentarse. Era Momji. Miraba a su alrededor como si no quisiese estar ahí, pero lo hubiera citado para vernos.

—Tengo que hablar contigo —dijo sin cruzar su mirada con la mía.

Dejé el café en la mesa y lo observé. Llevaba la misma ropa que le presté, el jersey oscuro y los vaqueros. Se abrazó el cuerpo posando los codos sobre la mesa.

—Anoche te busqué.

Sus pupilas me observaron un instante y luego volvieron a mirar a través del cristal.

—Ya te dije que no contaras conmigo.

—¿Puedo contar contigo hoy?

Bajó la cabeza y me miró las manos.

—Creo que hay otra persona que te necesita más. ¿Estás resfriado?

Acababa de reparar en los pañuelos al lado de mi antebrazo y en mi nariz enrojecida. Los pies húmedos me habían hecho no dejar de moquear en toda la noche.

Le quité importancia guardando los pañuelos en uno de los bolsillos de mi abrigo negro.

Bostecé. Me había acostado muy tarde y no había descansado nada.

—Vas a tener razón en lo de que te trajo un presentimiento. —Tamborileó los dedos contra la mesa—. Ayer Suni vino a hablar conmigo.

—¿La hermana de Luha? Pero ¿no estaba en el extranjero?

Observé los guantes agujereados que llevaba. ¿Habría pasado frío esa noche?

Le puse delante el café que me quedaba y el trozo de tarta que apenas había empezado a comer. De forma natural, él cogió el tenedor y la probó. Era de zanahoria con una cobertura de chocolate blanco.

—A veces la veo —articuló en voz baja—. Es de las pocas personas que se sientan a hablar un poco o que te acompañan a una tienda de conveniencia por si necesitas algo.

—No sabía que mantenías el contacto con ella.

Tomó un sorbo de café e hizo una mueca.

—¿Por qué me has ofrecido esto?

Me lo acercó con mala cara y yo sonreí.

—Es un americano.

—¿Acaso no tienes papilas gustativas? Sabe a rata.

Lo terminé de un trago mientras me observaba con cara de disgusto. Le hice un gesto para que continuara con la tarta y así le quitara el mal sabor. A mí no es que me apasionara tampoco, pero en la oficina la mayoría del departamento lo tomaba así.

—No me acuerdo de la cara de Suni —comenté rascándome la nariz.

—Tú nunca te has fijado mucho en las chicas. Te escondías detrás de nosotros o te daba por echar a correr cuando se acercaba una.

Agaché la cabeza, avergonzado. ¿Todo el mundo iba a acordarse de lo mismo?

—Eras callado. Te costaba hablar, eso es todo —añadió mientras asentía masticando.

—¿Por qué Suni fue a hablar contigo? —lo corté.

Momji se quedó quieto un instante, después giró el plato y partió muy lentamente un trozo.

—Porque han ingresado a Luha.

Me eché hacia atrás en la silla, con la espalda recta.

—¿Otra vez la anemia? —pregunté.

—¿Sigues creyendo que fue anemia? —Contempló el tenedor con mucho interés y luego me miró—. Dice que se desmayó en un ensayo.

—¿En un ensayo?

—Baila. Es bailarín —me explicó.

—Ah… Es cierto. Le gustaba mucho bailar; no sabía que había seguido con ello. Seguro que es buenísimo. Recuerdo que se cansaba enseguida durante esa época de anemia.

—Te he dicho que no era anemia, Jun. —Sus ojos se habían entrecerrado y me observaba con una fijeza nueva—. Nos mentía porque era más fácil para él. La anorexia no es común en chicos, pero ya sabes que él siempre ha estado obsesionado con su físico y que nunca se ha tenido en alta estima. Me ha dicho Suni que lo llevaron al hospital y que, dado su historial, decidieron dejarlo en observación para ver su evolución. Sospechan que ha podido recaer.

—¿Anorexia?

Hizo una mueca extraña con la boca. En sus silencios decía muchas cosas, aunque me costara pillarlas.

—¿No come? —volví a peguntar.

—Imagino que lo suficiente como para no caerse redondo cuando tiene ensayo, aunque no lo necesario. Suni me ha dicho que está más delgado, sin embargo, su IMC no está en el mínimo. Apenas lo separan unas décimas. Ella cree que lo hace aposta para que no salten las alarmas. Que ha estado comiéndose casi todo lo que le han dado en el hospital sin problema, pero que su carácter ha cambiado… de nuevo.

Había un pensamiento que intentaba hacerse hueco en mi mente, aunque, por alguna razón, los recuerdos interferían para que no se llegara a condensar aquella idea.

—¿Cuando fuimos a verlo… la otra vez… fue también porque no comía?

—Ya sé que a ti te cuesta entender esto porque no concibes las horas sin tener algo en la boca, pero esta enfermedad existe.

—No sé si entiendo… Si no come, se… puede morir. —Rodeé la taza fría, procurando darle sentido a cada una de sus palabras.

—La gente muere, Jun. Es lo que tienen las enfermedades mentales, que, si las dejas tomar el control, te llevan hasta el extremo. —Seguía partiendo trozos de tarta de forma meticulosa mientras le daba vueltas al plato. Se detuvo para señalarme con el tenedor—. Lo viste con Seju, ¿por qué te cuesta tanto verlo con esto?

Tampoco lo vi con Seju. Ese era mi problema, que me percataba muy tarde de las cosas.

—Eres tan inocente que a veces pareces tonto.

—¡Eh! —solté.

La gente de la cafetería se giró por mi exclamación y Momji se llevó una mano a la cara, bajándose un poco más el gorro gris. No me había dado cuenta del volumen de mi voz. Agaché la cabeza.

—Lo que decía —murmuró mi amigo alejando el plato vacío hacia delante.

—No soy tonto —musité.

—Deberías ir a visitarlo —dijo mirando por los cristales, como si estuviera aburrido. La calle estaba tranquila—. Se alegrará de verte. ¿No habéis vuelto a hablar desde entonces?

Negué con la cabeza.

—Sí que intentó ponerse en contacto. Pero no podía... contestar. Cambié mi número de teléfono.

—¿Por qué hiciste eso?

Sabía que tendría que enfrentarme a ese tipo de preguntas, aunque todavía no estaba preparado para contestarlas. Ni siquiera sabía la respuesta.

Volvió la mirada, atrapando la mía con determinación. Sus facciones se habían endurecido aún más, y eso que los huesos marcados ya le proferían seriedad.

—¿Qué pasó? ¿Por qué saltaste?

Y ahí estaba la flecha, la daga, el acantilado. Las palabras que más me asustaban oír de cualquiera de los tres.

Capítulo 8
ROEDOR
LUHA

Pensaba en que me gustaría caminar de puntillas, sin ser oído ni sentido. Que mi cuerpo no vibrara, no hiciera ruidos. Como si fuera invisible o de algodón.

Tuve un hámster cuando iba al colegio. Se lo regalaron a Suni por un cumpleaños, aunque ella me lo dio a mí. Mis padres no querían cogerle un perro, que era lo que en realidad había pedido. Tenía pensado el nombre que quería ponerle: Sasuke. Era fan de la serie *Naruto*, pero no me dejó ponerle ese nombre al hámster. Así que lo llamé Pikachu. Tenía sentido ya que era un roedor también, aunque negro.

Cuando andaba por su jaula no se le oía, sin embargo, cuando lo soltábamos en el suelo las patitas sonaban muy bajito, como si tuviera unos tacones diminutos. Me gustaba cogerlo y apretarlo un poquito entre los dedos. Sentir sus huesecillos, aquellas costillitas. No sabía por qué me acordaba de aquello ahora. A mí también me gustaría que, al abrazarme, sintieran que soy algo frágil, que rozaran mis costillas sin necesidad de apretar, de buscar bajo la piel.

Mi estómago era demasiado escandaloso. Llevaba mucho tiempo intentando acostumbrarlo a la poca ingesta de alimento y, aun así, siempre pedía mucho más de lo que podía permitirle. ¿No veía acaso lo mismo que yo cuando me miraba en un espejo? La vida de un ratón debía de ser mucho más sencilla.

Me tumbé en la cama e hice algunos abdominales. Temía que alguien me pudiera pillar, así que me levanté y estiré, como si fuera el calentamiento previo para ponerme a bailar. A la gente le gustaba ver lírico, así que hice unos cuantos pasos de lo último que andábamos practicando. Si alguien preguntaba, solo estaba entrenando un poco. No sonaría raro dado que era bailarín. ¿No se ponía la gente a estudiar cuando tenía exámenes? Era la misma situación.

Me detuve. No tenía un espejo y no sabía cómo me sentaba el pijama del hospital ni cómo tendría el pelo. Ante el pensamiento de dar una imagen patética, regresé a la cama. Si no era hermoso, no valía la pena ser contemplado. El público merecía presenciar algo equilibrado, una composición perfecta, no un intento de perfección.

La puerta estaba abierta, así que, cuando vi una silueta asomarse por el marco, di un brinco. Sabía que las enfermeras pasaban cada cierto tiempo, pero esa vez no era alguien con uniforme.

La imagen de Jun entrando en aquel cuarto frío me bloqueó durante un instante. ¿Cuándo había llegado? ¿Se habría confundido de habitación porque buscaba a otra persona?

Su mirada recorrió el habitáculo hasta que me localizó. Esbozó una sonrisa sincera, enseñando los dientes. Los que dicen que algunas caras son capaces de brillar solas debían de haber conocido a Jun. La claridad en aquella expresión fue deslumbrante. Hacía mucho que no era la razón de una alegría así.

Mis piernas me impulsaron hacia delante, fuera del colchón. De pronto, me sentí un niño pequeño que volvía a encontrar a su madre cuando creía haberla perdido en un parque de atracciones. Alegría, alivio. Me lancé hacia su cuerpo. No lo esperaba tan duro ni tan cálido. Los brazos de mi amigo me rodearon mientras se reía.

—¡Luha! —gritó casi en mi oído.

—Jun, me alegra tanto verte.

Nos separamos. Contemplé su rostro, algo cambiado. La piel se le había pegado más al hueso y se le notaba la línea de la mandíbula. Llevaba el pelo oscuro y liso, casi tapándole sus grandes ojos marrones. Se abrió un poco el flequillo con el meñique, justo en la zona que tenía el remolino. Parecía algo más adulto, con su abrigo sobrio, como un ejecutivo en un drama de la tele. Reparó en mi pelo, ahora rubio, y sonrió aún más mientras lo toqueteaba.

—Te queda bien.

—¿Qué haces aquí?

Parecía más alto que la última vez. Si me pusiese de puntillas, no le alcanzaría más que a la nariz.

—Momji está por aquí también —dijo girándose en el sitio con una sonrisa radiante—. Me ha dicho que iba un momento al baño.

—¿Momji?

Se abrió el largo abrigo negro. Me fijé en la sudadera y los vaqueros rotos. Me hizo gracia verlos de nuevo. Eran sus favoritos del instituto. Me sorprendía que no los hubiera tirado. Yo apenas conservaba ropa de esos años. Era raro el contraste con la seriedad que me había transmitido en un primer momento. Ese sí era el Jun que conocía.

—Sí. Hace dos días, yendo al hotel donde me hospedo, nos encontramos en la calle. Fuimos a cenar y hoy hemos desayunado juntos. Ha sido esta mañana cuando me ha dicho que estabas en el hospital.

—Trabajo demasiado —reí.

—¿Y por eso te han ingresado?

Cogí su abrigo para dejarlo a los pies de la cama y forcé una sonrisa cambiando de tema.

—¿Cómo es que has dicho «hotel»? ¿No te quedas con tus padres?

Se encogió de hombros echando un vistazo alrededor.

—Tenemos humedades y solo estoy de visita, así que no me importa. Tú… ¿cómo te encuentras?

—Bien, genial. Solo me han dejado una noche en observación. Me desmayé en un ensayo y por eso me trajeron. —Me apoyé en la cama y me crucé de brazos—. Ahora estoy en una compañía de danza y baile moderno. Estamos ya perfilando la obra que vamos a estrenar a finales de enero. —Me peiné hacia atrás, haciendo una pausa—. Pero gracias por haberte pasado. ¿Cuánto tiempo te vas a quedar?

—Hasta el lunes.

—Con solo cuatro días debes de tener muchos planes. ¿Has venido por tus padres? ¿Has hecho ya el servicio militar?

Jun negó con energía.

—Aún no, estoy pensando cuándo será el mejor momento. Son dos años…

Momji apareció por la puerta. Llevaba ropa que no parecía de su talla, un jersey negro con una cruz en rojo y unos vaqueros holgados. Tenía el pelo muy largo, oculto bajo un gorro de lana que desentonaba con el resto. Se lo quitó con desgana, despeinándose un poco. Traía una sudadera gruesa colgada del brazo.

Rehuyó mi mirada y me saludó con un cabeceo.

—¡Momji!

Mi primer impulso fue acercarme a abrazarlo, pero no era una persona cariñosa, al contrario, su espacio personal era sagrado. Me fijé en sus labios cortados, en cómo los huesos se dejaban ver bajo la piel pálida. No era la misma delgadez de Jun, que le daba seriedad, sino una mucho más descarnada.

Me acerqué a él y le di un golpe en el brazo, algo inseguro. Bajó la mirada, como avergonzado.

—No os puedo ofrecer nada, chicos —me disculpé—. Agua del grifo.

—No pasa nada, solo vamos a estar un rato.

Observé a Momji de nuevo. No sabía dónde había estado, pero no tenía buen aspecto. ¿Por qué no era él quien estaba en mi lugar? Yo me sentía fuerte, y mi tono de piel era saludable. Él parecía haber estado vagando por el desierto sin comida ni bebida. Por alguna razón, no era capaz de dejar de mirarlo.

—Contadme cosas —les pedí volviendo a la cama de un salto.

Jun parecía no saber qué hacer con su cuerpo, como si estuviera en medio de una obra ya empezada y estorbara. Le indiqué que se sentara a mi lado en el colchón. Momji se quedó de pie, apoyado en la pared con los brazos cruzados. Él sabía qué hacía ahí y eso me creaba cierta ansiedad. De Jun no esperaba ninguna clase de reacción. No solía darse cuenta de lo que sucedía a su alrededor. Eso era lo bueno de él, que no se preocupaba por las cosas. Imaginaba que por eso nos dejó, porque él podía ser feliz solo.

—No sé qué contarte —dijo Jun con una sonrisa que no desaparecía de sus labios. Aquella alegría era contagiosa. Sonreí también al reparar en los hoyuelos que le salieron en las mejillas.

—¿Dónde vives? ¿En qué trabajas? ¿O estás estudiando?

No podía preguntarle lo que de verdad quería preguntarle, rompería el ambiente. Pero sentía cómo algo por dentro no estaba conforme, que iba creciendo y enfadándose de forma repentina. Iba murmurando de forma insistente: ¿Cómo había sido capaz de volver como si nada? ¿Cómo se atrevía a venir a verme después del silencio de estos años?

—Ahora estoy a unos trescientos kilómetros de distancia.

—Te has ido lejos —comenté.

—Seúl no está tan lejos si lo ves en un mapa —dijo Momji haciendo que trazaba la distancia con el dedo índice y el pulgar—. En un tren expreso se tarda unas dos horas.

Jun se pasó la lengua por dentro de un carrillo y asintió, algo ausente.

—Estoy en una empresa que lleva a diferentes equipos de élite. Entre ellos, a los próximos atletas que nos representarán en los Juegos Olímpicos.

—Ah…

Vi en su rostro que se sorprendía de que no me interesara aquello. Supuse que todo el mundo le diría cosas como que parecía algo muy importante, pero a mí no me impresionaba.

—Y a veces corro con ellos y voy a sus entrenamientos. Es lo que más me gusta, ponerme las deportivas y desgastarlas.

—Tú no sirves para estar sentado en un despacho —apuntó Momji asintiendo.

Los dos nos giramos para mirarlo. Sabía que Jun se fue por su propio pie, pero no podía olvidar que Momji también lo hizo. Fue apartándose, y hacía casi el mismo tiempo que no veía a uno y a otro. Entonces, ¿por qué existía esa complicidad entre ellos? Jun había comentado que habían cenado juntos y que esa mañana quedaron para desayunar.

—Yo tampoco lo creo. —Jun sonrió.

¿Habrían seguido en contacto también en este tiempo, en estos años, sin decirnos nada? Metí las piernas bajo la sábana y estiré la espalda. ¿Eso habíamos significado Seju y yo para ellos?

Nos dejaron aquí.

—Qué bien. —Me mordí la lengua, sintiendo cómo se desprendían unas palabras envenenadas de las que, posiblemente, después me arrepentiría—: Seju volvió a intentar suicidarse.

Jun mudó de expresión, girándose hacia mí. Sus ojos se agrandaron, abarcándome por entero. Se había quedado rígido y sus labios se habían despegado.

—¿Q…?

—No es cierto. Pero habría sido chocante, ¿no? —continué con seriedad—. Que, después de irte sin despedirte, sin contarnos qué te pasaba con nosotros, él se volviera a plantear morir. Al fin y al cabo, erais un tándem. Y tú lo abandonaste.

Se hizo un silencio en el que pude contemplar cómo Jun pasaba de dejar la mandíbula suelta a apretar los dientes cuando acabé de hablar.

—¿Es mentira? —preguntó Momji. Se había separado de la pared y me miraba sin dar crédito a lo que decía.

Sus ojos estaban incendiados. Por primera vez, distinguí algo parecido a una expresión que no fuera la aburrida o la sarcástica de siempre. Jun se levantó de la cama y, sin mirarme, salió de la habitación.

—Jun —lo llamó Momji.

Al ver que aceleraba el paso, lo siguió. Aunque, antes de salir, se volvió hacia mí.

—¿Qué mierdas te pasa?

Le respondí con indiferencia. Espalda recta, cejas enarcadas y labios sellados.

Estaba cansado de estar en esa habitación.

Capítulo 9

MENTIRA

JUN

Me había creado un mapa del recuerdo tan nítido que ya no me servía para nada. A veces, los senderos más delimitados se convertían en los peor transitables. En la memoria ocurría igual. Era lo que daba pie a las expectativas, a las imposibles de recrear. Porque un momento perfecto no volvería a ser perfecto. No habría una segunda vez de la misma forma. Y por eso ahora sentía que haber vuelto había sido una mala idea. ¿Por qué torturarme así? ¿Cómo se me había ocurrido pensar que podría recuperar aquella época dorada que abandoné?

Decían que, si algo que te había pertenecido, al dejarlo ir regresaba, era que se quedaría para siempre; pero no sabía quién había dejado libre a quién, ni quién debería dar el paso. Lo había intentado dar yo pensando que era mi causa, aunque quizá lo tendrían que haber dado alguno de ellos y, simplemente, no querían. ¿No esperaban volver a verme? O, mejor dicho, ¿no querían volver a verme?

Avancé por los pasillos del hospital sin ser consciente de la nube espesa que se formaba sobre mi cabeza. Iba descargando su furia, zarandeando mis pensamientos que no hacían más que herirme.

Luha era una persona que, por lo general, solía buscar el afecto humano a cada instante. Necesitaba estar cerca de las personas de su entorno. Sin embargo, tenía esa doble cara también. Por la gente a la que quería, podía volverse tu peor enemigo. Las palabras eran su arma y la mala intención, sus balas. Debería haber supuesto que no iba a ser sencillo que me perdonaran.

—Eh. —Unos dedos tiraron de la manga de mi jersey y me detuve.

El nudo en mi garganta me oprimía con tanta fuerza que no sabía si sería capaz de hablar.

—Eso ha sido cruel por su parte, ¿estás bien?

—No tendríamos que haber venido —murmuré.

—Eso solo refleja lo mal que está, Jun. Nos vamos si quieres, pero te has dejado el abrigo en la habitación.

Miré mis brazos vacíos, siendo consciente en aquel momento. Chasqueé la lengua. No me apetecía volver. Al contrario que Luha, Momji parecía haber pasado página en ese aspecto. Imaginaba que se enfadó conmigo al principio, aunque él no se quedó atrapado en ese sentimiento. Otra de sus virtudes era que se calmaba pronto.

Se rascó el bajo de la nariz, algo nervioso. Recordaba lo mucho que lo admiraba, su humor afilado, lo inteligente que era, su manera de preocuparse sin que lo pareciera. Era difícil no sentir fascinación por él.

Regresamos por el mismo pasillo que habíamos recorrido. Luha giró la cabeza cuando notó que entrábamos de nuevo, pero sus ojos observaron algo detrás de nosotros. Era raro verlo sin las lentillas azules.

—Ah, bien —dijo la doctora—, tienes visita.

Al darme la vuelta, me topé con una cara redondeada y afable. Llevaba el pelo recogido y la bata algo mal puesta.

—Ya se iban —pronunció Luha rápidamente.

Yo me acerqué a la cama para recoger mi abrigo. Me sentía un intruso y no quería estar en aquella habitación más tiempo del necesario.

—Bueno, pueden volver mañana si lo desean. Todo apoyo es importante.

—¿Mañana? ¿No me dais el alta hoy? —preguntó mi amigo.

—No. Tenemos que ver cómo evolucionas.

—¿No me voy *hoy*? —repitió aumentando el tono de voz. Las cejas se le habían juntado, ensombreciendo su expresión. Sus puños apretaban la sábana con fuerza.

—No, Luha. Ya sabes por qué no te puedes ir.

Desvió la mano a su flequillo rubio, tirando un poco de él. Dejó caer el brazo después. Me aproximé a Momji sin dejar de escuchar la conversación mientras me ponía el abrigo, despacio.

—Me he comido todo lo que me habéis traído —replicó apretando la mandíbula—. Solo me desmayé y ya me encuentro mucho mejor. ¡Lo habéis tenido que comprobar en los análisis!

La doctora se detuvo ante su exclamación, cogiendo con ambas manos la carpeta que llevaba consigo. Estaba buscando la manera de afrontar aquella situación. Nuestras miradas oscilaban entre uno y otro.

—Tus análisis desvelan cosas que no nos quieres contar, Luha —dijo con paciencia—. Vas a quedarte aquí. Tu hermana ha hablado con nosotros y nos ha puesto sobre aviso de tu cambio de carácter. Quizá no lo hayas visto venir, pero vuelves a estar enfermo.

«Quizá no lo hayas visto venir». Esa frase reverberó en mi mente. No comprendía cómo era posible que, si realmente estaba enfermo, él no lo supiera.

—Fuera. —Sus ojos se centraron en nosotros dos.

Luha era la única persona en todo el mundo que me daba

verdadero miedo cuando se enfadaba porque algo no salía como planeaba. Era pequeño, pero tenía muchísima rabia en su interior. Podías sentir que era peligroso por la forma en la que guardaba todas aquellas malas sensaciones por dentro, sin decir una palabra. Cómo las ataba, apretando los dientes, mostrando una frialdad por fuera imperturbable.

Era raro que estuviera contrariado. Solía ser pacífico, precisamente, porque era muy sensible. Aunque verlo de aquella manera me había descuadrado. Había sacado a aquella persona que apenas conocíamos para poder herirnos, para protegerse.

—Es mejor que nos dejéis a solas. —La doctora intentó serenar la situación con amabilidad—. Podéis volver luego.

Yo bajé la cabeza y salí de ahí, pero Momji se quedó un instante más. Le dijo algo a Luha que no llegué a oír. Después me dio una palmada en la espalda para que saliéramos del hospital.

El silencio se instauró tras aquella visita. Sintiendo el frío de la calle, empecé a ser consciente de la verdadera gravedad de la enfermedad de mi amigo. Si era cierta esa obsesión con su físico que le llevaba hasta el extremo de no comer, tenían que ayudarlo. Si habían visto en sus análisis de sangre valores que hicieran saltar las alarmas, y, aun más, si Suni les había explicado a los doctores que su hermano había cambiado de conducta…, era necesario que siguiese ingresado.

—Él lo sabe —dijo Momji a mi lado. Miraba hacia el frente con las manos metidas en los bolsillos de los vaqueros. Le había prestado mi sudadera negra y amarilla y se la había puesto por encima. No tenía otro abrigo para poder dejarle y hacía mucho frío—. Que está enfermo. Lo sabe. Solo que es muy difícil con este tipo de enfermedades ser conscientes del verdadero daño que le estás haciendo a tu cuerpo. Luha siempre ha sido un poco suyo, ¿no? Imagino que cree que, como es su cuerpo, como son sus demonios, puede hacer lo que quiera. Pero su propia oscuridad habla por él.

—Ha dicho que solo fue un desmayo.

—Otra vez no, Jun. —Momji se había detenido para mirarme con el rostro arrugado—. Quieres creer que está bien porque te importa y por eso le das credibilidad a sus palabras. Pero te ha engañado a ti y me ha intentado engañar a mí. Ya lo has visto hace un rato en la habitación. Tiene su coartada y miles de mentiras preparadas para justificarse.

—Va a seguir ingresado.

Momji volvió a mi lado para continuar bajando la cuesta. Había un aparcamiento diminuto que quedaba a nuestra izquierda. Apenas se escuchaba ruido. Ni de coches ni de personas. El hospital estaba algo aislado en aquella colina.

—¿Quieres visitarlo de nuevo? —preguntó Momji con escepticismo—. ¿Después de esto?

—La doctora ha dicho que está enfermo, Suni también, tú me lo estás intentando explicar. Pero ¿qué sabemos ahora de Luha? Más allá de que baila. Se ha sorprendido mucho al verme. ¿Acaso alguien más va a visitarlo?

—Su madre con toda probabilidad. Ya sabes cómo era, siempre llamándolo para preguntar dónde estaba y qué hacía.

—Sí, sin embargo… —Me humedecí los labios. No me salía lo que quería decir.

—Ya —suspiró—, que después de saber que está enfermo, y a pesar de haberse comportado como un capullo, quieres volver a hablar con él.

Asentí.

—Te vas en unos días, ¿crees que es realmente una buena idea?

Sostuve su mirada. Momji andaba siempre encorvado y con las piernas algo separadas. Tenía que dar zancadas más rápidas para seguirme, por eso iba más lento de lo que acostumbraba.

—Creo que, si me voy sin hacer algo por él, será haber venido para nada.

—Tienes que contestarle a aquel fantasma de tu sueño, ¿verdad? El que saltaba y te decía que algo no andaba bien por aquí.

—Me gustaría arreglar más de una cosa. Hablas de mi sueño, pero en él no solo aparecíais tú y Luha.

Volvió un instante las pupilas en mi dirección y luego miró hacia el frente. Como había dicho ya, Momji siempre era el más listo de la habitación. Sabía leer entre líneas y recolectar más evidencias que el resto.

—No sé cómo estará él —murmuró.

—¿Crees que siguen en contacto?

—Puede ser. Seju era uña y carne contigo. Con Luha tenía otra clase de conexión. Vosotros dos os retroalimentabais jugando, corriendo, gritando; Luha y él compartían secretos.

Pensar en Seju era doloroso. Los recuerdos felices siempre estarían impregnados por aquel evento que nos marcó a todos. No podía despegar sus carcajadas de la imagen de él en el hospital, de sus lágrimas, de la culpa, de la angustia infinita de la que, de pronto, fui consciente que sufría.

Toda la vida me había sentido como un niño, aun trabajando sabía que me trataban con cierta condescendencia. Era joven, no podía negarlo. Tener veintiún años se parecía a ir andando sobre una cuerda suspendida entre dos edificios. Cayera del lado que cayera, esperaban obligaciones y decisiones del mundo adulto. Tener esa edad era ir recorriendo aquella distancia intentando no desequilibrarte de tu zona de confort sin responsabilidades. Nadie maduraba de un día para otro, pero sentía en mi interior una grieta. Tenía miedo de que el niño muriera absorbido por ella y me escupiera hacia el otro lado con la máscara de los adultos, esa llena de preocupaciones y decepciones. Esa que ya nunca me podría quitar.

—Yo no quiero más secretos.

Subimos al autobús que nos llevaba al centro de nuevo. Nos sentamos en la última fila, observando el pasillo.

—Tengo que ir a cortarme el pelo, ¿me acompañas?

—Ya te ha hecho tu madre el comentario, ¿no? Para ellas nunca tendremos el pelo lo suficientemente corto ni estaremos bien peinados.

Se había acomodado, dejando un brazo tras mi respaldo.

—Tú seguro que no —comenté.

Se observó de reojo en el reflejo del cristal a nuestra espalda. Unos mechones asomaban por debajo del gorro de lana.

Suspiró, como si le hubiera ganado jugando a algo, y dejó caer el brazo.

—Te acompaño, pero yo estaba buscando teñírmelo. Como de un tono verde pastel. Ahora son los colores que se llevan.

—Son geniales, ¿verdad? —Me volví hacia él, entusiasmado—. A mí me gustaría en rosa chicle. ¿Conoces al grupo BOG? ¿Boys Of Gold? Fui a uno de los conciertos que dieron en Seúl. Me encantan. Todos llevan el pelo teñido del mismo color, aunque unos más claro y otros más oscuro. Con cada videoclip nuevo, se lo van cambiando y crean un nuevo concepto. En sus coreografías juegan con la gama y crean escaleras o poses para que se vea el degradado. Es genial verlos actuar.

—No vamos a montar un grupo por mucho que me insistas.

La risa de Momji era extraña. No solía reírse y, si lo hacía, era una carcajada irónica. Pero la de ahora era una risa suave, como gangosa. Solo le salía cuando estaba cómodo, relajado. La mía no apareció porque me sorprendió la suya y solo sonreí.

Nos guardaron la ropa de abrigo y nos sirvieron un té mientras esperábamos. Mi amigo cogió algunas revistas para ver cómo se lo quería cortar.

—Hemos venido a uno de los sitios caros.

Me encogí de hombros. En realidad, para mí iba a ser algo más barato de lo normal. En Seúl tenía mi sitio de confianza donde ya sabían mis gustos y no me importaba irme a otro barrio solo por eso. Era otra de las manías adquiridas de mis compañeros de trabajo. Cortarte el pelo en las mejores condiciones era caro, aunque te asegurabas el mejor servicio.

La expresión de Momji bajo los mechones húmedos era graciosa. No le gustaba el contacto físico, aunque nunca hubiera negado un abrazo cuando, por ejemplo, Luha los daba. Él se volvía, ponía la espalda y bajaba los brazos. Se dejaba, como abandonado. Suponía que lo disfrutaba a su manera.

Me hubiese gustado pasarle los dedos por los mechones largos, mojados, cayéndole por la cara, y apartar su incomodidad. Me conformé con tocarle las puntas del pelo recién cortado. Brillaba, lo tenía bonito. Se lo habían rapado por los lados y la nuca, y dejado más largo por arriba. Estaba mejor con la cara despejada. Parecía más vivo, menos apartado, más asentado en el presente. Mi ropa no parecía quedarle tan grande al observarlo mientras se peinaba hasta quedar conforme.

—Creo que antes me he visto una cana —dijo cerca del espejo, mirándose la raíz—. No estoy seguro de si me la ha cortado el peluquero, pero ahora no me la veo.

—Estás mayor.

—Sí, y por eso deberías hablarme con respeto. Te saco un año.

—Y una cana.

Nos observamos a través de nuestros reflejos. Parecía uno de aquellos días, de hace mucho tiempo, en el que hacíamos cosas juntos, aunque en su momento no se nos habría ocurrido venir a una peluquería.

A mi madre le gustaba que me echara el pelo corto hacia atrás. Esa vez no había cedido mucho más que a recortarme un poco el flequillo y los lados, así que esperaba que me dijera algo en cuanto me viera.

—Creo que voy a volver —sopesé.

Momji puso los ojos en blanco y me observó con el ceño fruncido a través del espejo.

—Ven conmigo —le pedí.

—¿Crees que no conozco lo suficiente la ciudad? Esto para mí no es hacer turismo. Vivo aquí.

—Seguro que no tienes otro plan.

—¿Qué te hace pensar eso? Una cosa es ser pobre, otra no tener vida.

—Te he pagado el corte, a cambio quiero que vengas conmigo.

Su mirada ausente valía lo mismo que si me hubiese dedicado una peineta. No aprendía. No podía hacer ostentación económica delante de él; así solo conseguía que se apartara de mí.

—Vale. —Puse un puño frente a sus ojos, cambiando de estrategia—. Antes resolvíamos muchas cosas así.

—Siempre ganabas, no es justo.

Sin embargo, acercó su puño y los balanceamos a la vez. Él sacó piedra y yo, papel. Momji aplastó la mano en su rostro y yo salté unas cuantas veces festejando mi victoria.

—Luha nos volverá a echar de la habitación —dijo—. Ya has visto cómo ha recibido la noticia de tener que quedarse ingresado.

—Es nuestro amigo.

—*Era*, Jun. Te olvidas de lo que nos ha dicho de Seju, la razón de que nos fuéramos de allí.

Era cierto que con aquella frase había ido a hacer daño…

Salimos de la peluquería y lo vi cerrar la puerta despidiéndose con la mano del dueño. Le quedaba muy bien el nuevo corte de pelo. Al girarse, se sintió algo incómodo al pillarme mirándolo. Le sonreí con timidez. Acarició con una mano su nuca desnuda, apartándome hacia un lado para empezar a subir la calle, pero lo detuve y él se dejó mecer por mi movimiento. Me interrogó con la mirada y yo le subí la cremallera de la sudadera. Si no iba a ponerse el gorro para no estropearse el peinado, al menos, que se abrigara todo lo posible.

—Ah…, gracias.

—Puedes ponerte la capucha.

Manoseó el gorro gris, rehuyendo mi mirada.

—Y lo de Luha… Eres tú el que dice que no es él —comenté—. La doctora ha dicho que el apoyo es importante.

Suspiró.

—Solo te advierto que no va a ser fácil que nos escuche. Cuando se molestaba lo pagaba con todos y se volvía insufrible.

Capítulo 10
ALAS
LUHA

Le había gritado a la enfermera. No era algo de lo que me sintiera orgulloso, pero parecía que hubiesen planeado todo esto; haciendo que me metiese en la boca del lobo, listo para que cerrara sus fauces a mi alrededor, para que no pudiera escapar. Casi veía a Suni hablando con los doctores del hospital mientras tramaba el engaño.

Aquello había sido una traición en toda regla. Sabía que podía pedir el alta voluntaria, pero no era tan sencillo. Hacer eso sería confesar que sí había recaído. Lo que no llegaba a comprender era el cómo. ¿Cómo se habían dado cuenta si esa vez lo había estado controlando?

Me habían dejado solo después de una conversación muy desagradable con la doctora. Iba a venir el psicólogo del hospital a valorarme, y yo debía aceptar su visita.

Me recorría un frío absoluto por todo el cuerpo, de forma física, como pinchazos, agujas en mi piel.

Por la ventana, solo se veían a lo lejos las copas de los árboles y, algo más cerca, el aparcamiento que quedaba a un lado de la cuesta. Estaba anocheciendo. Sentía su sombra cubrir toda la ciudad, pasando su manto por encima de mi cabeza, haciéndome estremecer al quitarme mi propio calor, absorbiéndolo. Las nubes espesas se unían en una fortaleza gris que, si no empezaban a descargar en unos minutos, la temperatura baja haría que se pusiera a nevar.

—Hola.

Aquella palabra me cortó la respiración. Mis músculos se quedaron rígidos. Sabía que no era el psicólogo porque había reconocido el timbre, pero no esperaba que volvieran. Tal y como me encontraba, me habría asustado al escuchar cualquier otra cosa que no fuera la voz en mi interior que chillaba porque estaba atrapada.

Giré la barbilla, despacio, observando solo el suelo y los pies que entraban sin esperar mi permiso.

—¿Qué hacéis aquí? —pregunté arropándome mejor con la manta amarilla que me habían facilitado. Estaba muy desgastada de tantos lavados.

—Visitarte —habló Momji—. Darte una segunda oportunidad.

Me volví. Llevaban la misma ropa, aunque parecía que habían estado ocupados. Momji se había cortado el pelo; Jun también, pero no había mucha diferencia de cómo lo tenía antes.

—Tenéis mucho de lo que hablar —siguió Momji con una mano en el pomo, listo para cerrar la puerta y marcharse—. Han pasado unos años, poneos al día. Hasta luego.

Jun se giró hacia él, con una expresión de desamparo que casi hizo que me enfadara. Sus ojos se habían agrandado, pidiendo en su propio idioma que no lo dejara a solas conmigo.

—¿A dónde vas? —le preguntó.

—A dar una vuelta por ahí.

Momji estaba mucho mejor con aquel corte. No parecía tan enfermo, pero seguía sobre sus hombros un algo que le restaba salud.

—Tú también has estado desaparecido —repliqué, haciendo que se detuviera un instante.

—En mi vida no ha pasado nada interesante —musitó, molesto—. Hablad de lo vuestro. Solucionad esta mierda.

Nos dejó a solas. Jun se quitó el abrigo negro muy despacio. Yo regresé a la cama y arropé mis piernas con la sábana. Empezaba a sentirme vulnerable delante de terceros.

—No lo he obligado a que se corte el pelo.

—Ya. Si él no hubiese querido, no lo habría hecho.

Cogí aire y me eché el flequillo hacia atrás. Moví los dedos sobre el colchón para que se desprendieran los pelos que se habían soltado. Tenía el cabello muy fino y se me caía muchísimo. Por suerte, siempre había tenido volumen.

—Lo siento.

No esperaba escuchar esas palabras. Había sido yo quien los había echado de la habitación. Aun así, asentí. El orgullo me podía en esos momentos. Siempre gritaba por encima de cualquier cosa.

Se quedó de pie al lado de la única silla que había en la habitación. Apoyó una mano en ella, incómodo. Observó los cómics sobre la mesilla sin llegar a mirar de verdad.

—Solo quiero que sepas que estamos aquí. Que estoy aquí.

—Vale.

Tomó aire, inflando un instante los carrillos. Imaginaba que había venido a Gyeongju por un motivo, pero no lograba entender por qué había vuelto al hospital. Si ya me había visto, ¿no? Ya había cumplido. Entonces, ¿qué más le daba?

—Me apetecía mucho veros —murmuró. Movía uno de sus pies, inquieto. Levantó la cabeza—. ¿Qué sabes de Seju? Esta vez de verdad.

—Seju está bien —reconocí jugando con uno de los picos de la manta sobre mis hombros—. Hace un tiempo que no nos vemos, pero hablamos a veces. Ha hecho un anuncio de una colonia y lo han pegado por toda la ciudad.

—Lo he visto. Me lo enseñó Yoora. —Esbozó una pequeña sonrisa.

—¿Lee Yoora? ¿La que tuvimos de delegada? —me sorprendí.

—Sí. Tropecé con ella.

—Jun, siéntate, me pones nervioso —le dije señalando la silla. Él dudó, aunque acabó accediendo—. No tenía ni idea de que seguía aquí. Apostaba a que estaría por Europa.

Echó la espalda hacia atrás, sujetándose las manos por delante. Las rodillas asomaron por los agujeros de sus vaqueros gastados.

—Es limpiadora.

—¿No era una de las alumnas más aplicadas?

—Tuvo que ponerse a trabajar de lo primero que encontró cuando su padre murió. Dice que están echando a mucha gente de la empresa y teme por su puesto.

—Están haciendo huelgas —lo informé—. Salieron en las noticias.

—Sí, eso me dijo.

¿Habrían hablado Momji y Jun de mí? Imaginaba que les habría dado tiempo a decir mucho durante las dos horas que habían estado juntos. Me miré los pies bajo la sábana. No podía enfadarme con todo el mundo que viniera a verme. Primero con Suni, luego con la doctora, después con ellos… Intenté mitigar esa rabia que crecía por dentro, que solo buscaba reproches que lanzarle a Jun.

—Vivía por tu barrio, ¿no?

—¿Cómo sabes eso? —preguntó con un cabeceo.

—Eras el único que nunca se enteraba de nada —me burlé—. Más de una y dos y tres veces, Yoora te dijo de ir juntos hasta vuestra casa. Tú te escondías detrás de nosotros y le respondías que no, que se fuese sola.

Se rozó los ojos con pereza.

—Me agobiaba muy rápido.

—¿Te sigue costando hablar con la gente?

—Ahora no. No es algo que me apasione, pero no me causa tanto rechazo. Siento que a veces las personas te malinterpretan y se toman muchas confianzas nada más conocerte. Eso no me gusta.

—Yo no tengo que lidiar con mucha gente —comenté estirando un poco la espalda—. Estamos en la sala de ensayos o en el teatro cuando no hay función. Delante de un espejo o de butacas vacías. Prefiero hacerlo en el teatro, la verdad. No me fijo tanto en los movimientos de los demás y puedo ser consciente de mi propio cuerpo.

Asintió mirándome con fijeza, y se hizo un silencio. Quizá me estaba juzgando por dentro, por fuera, por todos los ángulos. Quizá estuviera estudiando lo demacrado que parecía, lo insulso que le resultaba mi trabajo, lo decepcionante que sonaba.

Bajé la mirada a sus vaqueros. Sentado, parecía que la tela luchaba por no estallar. Quizá debía pensar en tirarlos.

—Sigues corriendo.

Asintió.

—A veces.

—¿Por qué no cogiste la beca que te ofrecieron? Esa a la que te apuntó tu entrenador. Decía que podías llegar a ser muy bueno.

—La… lesión —musitó sin apartar la vista de sus rodillas.

La lesión.

Le sostuve la mirada cuando se decidió a levantarla. A lo mejor él no estaba emitiendo su juicio de valor, pero yo sí. Era probable que cobrase más que yo en su puesto de trabajo, pues le permitía vivir en Seúl; también hacía lo que le gustaba, que era correr, aunque no de forma profesional. Sin embargo, había algo, algo más en lo que no me había fijado antes. Hacía años Jun brillaba como si un foco lo siguiera a todas partes.

Ahora parecía fundido. ¿Se habría quedado a medio camino de conseguir un sueño? ¿Qué era eso que había traído con él y que le hacía menos él?

Momji asomó la cabeza por el cristal de la puerta. Se había tenido que poner de puntillas para llegar. Medíamos más o menos lo mismo, quizá él algún centímetro menos.

—He descubierto un sitio.

—No puedo salir así como así —repliqué abrazándome bajo la manta.

—En teoría, no saldrías ni del hospital.

—¿Qué es?

—¿Te acuerdas que nos quedábamos a contemplar las estrellas antes de volver a casa?

—¿Las estrellas?—preguntó Jun mirándome.

—Tú vivías más lejos. Momji me acompañaba casi todo el camino de vuelta desde el instituto. Había un descampado con zarzas y malas hierbas que nos llegaban a la cadera. Nos subíamos a unas piedras de por ahí y mirábamos las estrellas cuando anochecía pronto. También al salir de la biblioteca.

—Era un muro derribado, ¿lo recuerdas? Al principio, nos hicimos heridas por todos lados, hasta que encontramos la manera segura de subir.

Su rostro había mutado durante un instante, como si hubiésemos viajado años atrás, cuando pedíamos deseos. Para nosotros era un momento muy especial. Lo recordaba como uno de los instantes de máxima felicidad y paz. No era que con Momji tuviera mucha afinidad, pero compartíamos aquel gusto por las pequeñas cosas, por la naturaleza, los misterios del mundo, lo inexplicable.

Jun me dejó su abrigo y Momji me prestó su gorro de lana para ocultar mi pelo rubio. En un país donde la gran mayoría de la población tiene el pelo oscuro, no quería que aquello fuera lo que me delatara.

Seguimos a Momji por los pasillos, haciendo como que estábamos buscando a alguien por las habitaciones. Jun me había remangado el bajo de los pantalones del pijama de hospital para que no se vieran por debajo.

Hacía demasiado que no me tumbaba a mirar las estrellas. Siempre se convertía en un momento de reflexión. No sé qué energía era la que rodeaba a Momji al sugerirlo, pero a mí me llevaba a un estado de armonía y de cierta magia.

Esperaba que hiciera bastante más frío, aunque la azotea estaba guarecida por altos muros. La puerta estaba abierta porque la gente salía a fumar a escondidas.

El saber que solo se nos podía ver desde el cielo me hizo sonreír. El aire limpio en mis pulmones disminuyó un poco la ansiedad, rompió la celda que apresaba aquellas ideas agónicas.

—Me encantaría tener unas alas para poder tocar las estrellas —dije. Sonreí solo con el pensamiento de poder volar, de tener algo a mi espalda que fuera fuerte y seguro. Tener bajo mi mano un instrumento que usar para escapar.

Podía imaginarme con los pies desnudos y el rostro girado hacia aquellas plumas enormes y blancas. En la ingravidez, esas extremidades estaban equilibradas y eran hermosas. Como un cisne volando en la oscuridad del cielo estrellado.

—Todos las tenemos —murmuró Momji.

Su coronilla daba con la mía. Nos habíamos puesto en forma de estrella de mar con la intención de poder contemplar los tres el mismo trozo de cielo. Notaba la cabeza de cada uno cuando se movía hacia el foco de la voz del otro.

—Yo no tengo —dije—. Si las tuviera, no estaría aquí.

—Luha, piensas como el resto de la gente. Esas alas no son para volar. No las puedes ver, no las puedes tocar, no te pueden elevar del suelo. No son para eso.

Me giré sobre mí mismo y me arrastré un poco hasta ponerme sobre su cara. Momji alzó las cejas cuando ocupé su campo de visión y luego torció la boca con disgusto.

—¿Para qué son entonces? Yo no quiero unas alas que no sirvan.

Jun se había dado la vuelta también y nos miraba.

—Son para soñar —respondió con seriedad. Su tono en calma me hacía pensar que sabía de qué hablaba, y esperaba con ganas que estuviera diciendo la verdad—. Es ese algo más que todos los humanos tenemos. No es algo que nos lleve físicamente a algún sitio, pero sí que podemos movernos con ellas.

—En la mente —averiguó Jun.

Yo volví a mi posición inicial, contemplando las estrellas.

—Pareces decepcionado con mi respuesta —comentó Momji.

—Todo el mundo puede soñar. No se necesitan unas alas para eso.

—No todos pueden —pronunció Jun a mi lado.

Giré el rostro debido a su voz. Le temblaba.

La noche se comía nuestras siluetas, pero mis ojos se habían acostumbrado a esa negrura y podía distinguir con cierta claridad las cosas de mi alrededor. Algo resbalaba por su mejilla y me sorprendí porque hacía mucho que no veía llorar a nadie.

—Jun.

Ocultó el rostro hacia el otro lado y se restregó con fuerza la piel. Lo escuché sorber por la nariz.

—¿Por qué lloras? —pregunté.

El pelo de Momji rozó mi coronilla. No iba a moverse del sitio, pero eso no significaba que Jun no le importara. Le costaba expresar esa preocupación. Llevaba lo que sentía por dentro. Por eso Seju siempre había tenido celos de él. A pesar de ser tan callado, era transparente. Todos sabíamos que le gustaba mucho la compañía de Jun. No tenía tan claro que sintiera lo mismo ahora.

—Me lloran los ojos de estar tumbado —contestó como si fuera una queja.

Pensé que algo lo había puesto triste. Quizá que no estábamos todos los que debíamos estar. Si Seju hubiese estado aquí, se habría quedado con la boca abierta observando las constelaciones y diciendo en alto algo que hubiera escuchado en alguna parte para impresionarnos. Jun y yo lo creeríamos. Momji sonreiría con ironía porque sabría que estaría mintiendo, aunque no diría nada.

Aquella lágrima cayendo parecía ser por Seju. Al final, con Taeju nos juntábamos de forma puntual, cuando queríamos ir a alguna parte y su hermano se lo pedía, pero el grupo al completo éramos nosotros cuatro. Los cinco años que nos separaban del hermano de Seju a veces se notaban mucho. Él tenía otros planes, otros amigos con los que salir; y, aunque en el fondo seguía siendo muy infantil, no siempre estaba cómodo.

Claro que antes no se venía con nosotros. Se volvió así de protector a raíz de que Seju intentara suicidarse. A mí no me daba miedo esa palabra. Podía comprender por qué quiso hacerlo.

Quizá ni Jun ni Momji conocieran la situación que había dentro de su casa. El estatus que ostentaban se debía a los trabajos de sus padres. Personas de negocios que hablaban de forma fluida varios idiomas, que cogían un avión solo para comer algo concreto en un país concreto. Estaba desatendido, casi lo había criado su nana, a quien despidieron cuando Seju decidió que era lo suficientemente mayor como para tener una. Sin embargo, rodeado de tantos caprichos y dinero, sus padres le exigían unas notas que no sacaba. Le ponían profesores particulares porque decían que se aburría dado su potencial. Le daban clases siguiendo los métodos más innovadores. Aprendió solfeo, robótica, horticultura... Pero no prestaba atención. Era mal alumno y se creía por encima de los profesores puesto que era él quien les pagaba.

Con nosotros no había alardeado tanto, aunque se sorprendía cuando no podíamos permitirnos un plan porque nuestras pagas no daban para ello. Más de una vez, si se le había metido entre ceja y ceja hacer algo, él ponía de su dinero. Si quería un helado y el resto no teníamos, nos invitaba a todos. Tampoco es que fuera generoso, sino que no le gustaba disfrutar solo.

Sin embargo, los helados quedaron atrás. Conforme crecíamos, empezamos a priorizar otras cosas, a cambiar de gustos. A Seju le dio por pintar durante un tiempo y no se le daba mal, pero iba de una cosa a la otra y no se centraba. Hacía gastos innecesarios y solía estar enfadado con sus padres por el mismo tema. Se pasaba el día serio, dándole vueltas a pensamientos mucho más profundos de los que pudiera articular. A los dieciséis, traía algo nuevo a clase cada día. Un abrigo, un sombrero, un reloj, unos zapatos… Nos regaló a cada uno un pendiente con un diamante negro. En su momento, no supimos valorar económicamente aquella joya, pero sí valoramos el gesto. Lo llevábamos siempre y Seju sonreía al vernos con él.

Dos o tres meses después, se subió a la azotea de la casa donde vivía y se precipitó a su patio delantero. Tenía tres plantas. Cayó sobre el capó de un todoterreno y fue lo que hizo que no muriera.

Cuando mi hermana me preguntaba que si no recordaba el dolor de ver a mi amigo en la cama de un hospital, me parecía que solo quería causarme dolor a mí. Claro que era capaz de evocarlo. Nunca se había ido. Rondaba por mi cabeza día y noche. Desde qué debía de haber sentido ahí arriba, tanta desesperación, dolor, angustia, hasta si yo habría sido capaz de hacer algo así.

Las alas de las que hablaba Momji no servían para soñar, sino para protegerte. Las de Seju se habían roto en aquella caída. Le habían salvado la vida y ya no tenía segundas oportunidades. Era un mortal como cualquier otro. Yo esperaba seguir conservando las mías por si algún día mi corazón no era tan fuerte como el de Seju y se detenía.

Cerré los ojos, mareado de contemplar el infinito y de recordar a mi amigo. Hacía tiempo que no quedábamos, pero seguía hablando con él por mensajería de vez en cuando.

Miré de reojo a Jun, perdido también en alguna reflexión. Me hubiese gustado poder leer mentes. Debía de ser interesante poder saber aquello que se le pasaba al otro por la cabeza al verte, o descubrir si te escondía algún secreto, o algo que no quisiera decirte.

Me apoyé sobre el codo, centrando mi mirada en el suelo de la azotea. Pestañeé para cerciorarme de que mis ojos no me engañaban. Jun tenía la mano extendida con la palma hacia abajo, la de Momji descansaba a tan poca distancia que, a primera vista, me había parecido que estaban cogidos por el meñique. Sin embargo, la poca luz me había debido de confundir, porque no podía ser, ¿no?

—Debería volver —comenté.

Los dos voltearon las cabezas para mirarme a la cara.

—¿Estás cansado? —preguntó Momji.

—No —contesté. Mareado sí, aunque ese era mi estado normal—. Es tarde y van a pensar que me he escapado.

Asintieron y levantamos el campamento de invierno. Me había quedado congelado apoyando la espalda contra el cemento.

Quedamos en seguir en contacto. Jun se despidió con un «te veo bien» y eso me alegró. Me había esforzado mucho para estar así. No muy equilibrado, pero en mi posición. En el baile eso era lo importante. Estar a tiempo en tu marca, ser impecable. El resto no importaba. Ni tu estado físico ni mental.

En la cama le envié un mensaje a Jun dándole el teléfono de Seju. De todos, quizá yo era el que menos afinidad tenía con él, aunque claro que lo apreciaba. Nunca se daba cuenta de nada y eso era algo que me enfadaba. Tampoco decía lo que pensaba, a pesar de que sus intenciones solían ser claras. Jun no tenía dobleces, era así con todo el mundo. Me pregunté si se atrevería a llamar a Seju y qué le respondería este. Hacía tiempo que yo tampoco hablaba con él, pero porque ninguno tenía tiempo. Yo estaba con los ensayos y él, con reuniones y sesiones de fotos cada día.

Miré la hora. Era tarde para escribirle a Seju; se levantaba muy temprano entresemana. Vi que Jun me acababa de leer. Sonreí en silencio. No esperaba una respuesta por su parte. A no ser que le hicieras una pregunta directa, siempre te dejaba en leído.

Jun era el mismo de siempre, acostándose tarde, siendo un desastre con su entorno. ¿Él lo sabría? ¿Que, al igual que yo, no habíamos cambiado más que en edad? Yo también sentía que el tiempo no pasaba por mi cuerpo ni por mi mente. Estaba estancado, como unas aguas residuales. ¿Momji sentiría lo mismo? Negué. Él sí estaba diferente. Tenía otro color en la mirada y, aunque su actitud era la de aquella época, algo en él no era igual. Había sido listo desde que recordara, pero aquel nuevo destello también lo tenía Seju. Era la experiencia, el haber aprendido algo en ese tiempo. Ni Jun ni yo lo teníamos. Por eso me decidí a darle el teléfono de Seju. Si no nos ayudábamos entre nosotros, seguiríamos igual de forma eterna.

Rodé sobre mi costado e introduje el brazo bajo la sábana. Recoloqué la colcha. Odiaba tanto los hospitales. No había nada que pudiera calentarme rodeado de aquel invierno hiriente. Tenía tantos agujeros en mi alma que el calor se escurría por ellos. Me moría de frío.

Enero

TRES AÑOS ANTES

Capítulo 11

SIMBIOSIS

JUN

Era diez de enero y el frío nos obligaba a permanecer muy juntos, sentados en las gradas delante de una casa abandonada con el letrero de «Se vende» colgando de una de las ventanas. Las piernas nos temblaban, y eso solo traía mala suerte, así que intentábamos detenerlas para que los otros no lo notaran. Se decía que era síntoma de mala salud.

Yoora recorría la calle apretando el paso, luchando contra el viento. Al vernos, nos saludó con la mano. Luha correspondió de la misma forma esbozando una sonrisa, el resto cabeceamos en su dirección. En ese entonces, la habían elegido delegada por segundo año consecutivo, lo que significaba que debía dar ejemplo.

—¿No volvéis a casa?

Acabábamos de salir de clase de preparatoria y se suponía que todos estábamos obligados a pasarnos varias horas estudiando para sacar las mejores notas. A Luha sí le preocupaba aquello, al igual que a Momji, por eso le dedicaban muchísimas horas yendo a la biblioteca, además de esforzarse en las extraescolares a las que prácticamente todo estudiante debía apuntarse para destacar. Eran muy aplicados. A Seju y a mí nos costaba más ser constantes a la hora de abrir el libro de cualquier asignatura.

En un país donde había tanta excelencia, era muy complicado sobresalir. Yo me había dado cuenta pronto, pero mis amigos creían que podían llegar a ser alguien en el mundo, tenían una fe que no entendía.

—Ahora iremos —dijo Seju.

—No os retraséis mucho. Mañana hay que entregar el trabajo de Física.

Yoora se despidió con una sonrisa y se marchó. Tenía las rodillas rojas. No entendía por qué no les ponían pantalones. El uniforme del colegio no me gustaba. Camisas azules, encima un jersey sin mangas, corbata y pantalones oscuros. La corbata en verano daba mucho calor y en invierno te estrangulaba cuando llevabas el abrigo o la bufanda encima.

—Joder, el trabajo —bufó Seju—. ¿Vosotros lo habéis acabado?

—¿No lo has hecho aún? —preguntó Luha poniendo los ojos como platos.

Había empezado a llevar lentillas azules, como los ídolos que veíamos por la tele. Para él, lo normal era pasarse el fin de semana estudiando o practicando coreografías. Llevaba un tiempo apuntado a clases de danza y parecía ser el mejor de aquel año. Se exigía mucho, por eso luego era excelente en todo.

—No entiendo una mierda.

—Te pregunté hace dos días cómo lo llevabas y me dijiste que bien —le recriminó Luha.

—Porque aún tenía tiempo para hacerlo —protestó el aludido hundiendo la cara entre las manos. Me observó de reojo—. ¿Tú también lo has acabado?

—Me ayudó Momji.

Lo señalé, a mi espalda.

—Simbiosis —murmuró mi amigo cuando Seju puso su mirada arisca sobre él—. Me invitó a merendar y yo lo ayudé con los ejercicios. Total, ya los había hecho una vez.

—Hagamos simbiosis —pidió Seju girándose hacia Luha y apoyando la cabeza en las rodillas del otro.

—Tendrías que haberlo hecho ya. El último día no sirve para que aprendas nada. Yo hoy tengo clase.

—Cuando salgas —hizo pucheros.

Luha le dedicó una mirada asesina. Le costaba mucho tener paciencia con ese tipo de cosas. Con Seju se ablandaba, sobre todo, porque este podía ser muy insistente, pero mi amigo tenía un sentido de la responsabilidad muy alto y no era tan fácil que cediera.

—¿A las ocho en la biblioteca?

—Salgo a las ocho de danza.

Torció la boca, dándole la espalda. Entonces se volvió hacia Momji.

—Vale, te doy cinco mil wones si me lo haces.

Me reí ante la escena. Momji lo observó con los brazos cruzados. Esperaba que soltara cualquier barbaridad de las suyas, pero su silencio se alargó algo más, lo que hizo que me diera la vuelta también mientras lo meditaba.

—Con eso no me da ni para ir al cine.

—Lo duplico. Así te da para comprarte un menú completo de palomitas, refresco y de lo que quieras.

De inmediato, la mano de Momji se quedó estática frente a mis ojos, esperando que Seju se la estrechara. Ninguno sabíamos por ese entonces que estaba al borde de la pobreza y que no usaría ese dinero en palomitas o películas. Los dos sellaron el trato.

—Toma mi cuaderno. Así puedes copiar mi letra.

Momji lo cogió y lo abrió al azar.

—Tienes una letra terrible —dijo con aquella voz que parecía más un murmullo. Nunca la alzaba—. Si alguien dependiera de tus apuntes para salvarse, se moriría intentando descifrar esto. Menos mal que no eres tan listo como para descubrir la cura contra el cáncer.

—Te lo permito porque me vas a hacer el trabajo.

Momji lo miró con una mueca nada agradable. En otras circunstancias, le habría sacado el dedo corazón, pero cuando un contrato unía a dos personas y había algo de beneficio de por medio, ambas debían intentar no enfadar a la otra. Aunque Momji no era así.

—Puedes no pagarme y hacerlo tú.

Le lanzó el cuaderno de nuevo. Cayó en las rodillas de un Seju confuso.

—Lo hemos sellado dándonos la mano —replicó el aludido volviéndose por entero—. ¿Qué quieres, el dinero por adelantado? No hay problema.

Echó mano de su mochila sin miramientos, buscando su cartera con rabia. Momji puso los ojos en blanco y le arrebató el cuaderno. Seju clavó la mirada en los fríos ojos de mi amigo. Sin decir nada más, lo guardó en su destartalada mochila verde. Era, con toda probabilidad, la mochila más desgastada que había en todo el instituto. Algunos alumnos la cambiaban incluso varias veces al año, pero Momji llevaba trayendo la misma desde el primer día. Si hubiese sido la mía, se habría notado que ya quedaba pequeña para alguien de nuestra edad, pero mi amigo era bajito y estaba muy delgado, así que no desentonaba.

Momji se levantó.

—¿Ya te marchas?

—Tengo un trabajo de Física que hacer y quince mil wones que ganarme.

—Te he dicho diez mil.

—¿Lo quieres con esta letra de mierda o con una que alguien pueda entender? —Señaló su mochila en alto.

Luha también se levantó de las gradas con cara de desaprobación.

—Eso está mal —murmuró.

Seju lo agarró de las piernas y expresó en un lamento:

—No te chivarás, ¿verdad?

Observé a Luha. Últimamente, estaba más serio. Suponía que como todos; los exámenes eran muy complicados y había que aspirar a la máxima nota. De todos, era posible que él se esforzara más que ninguno. Apenas nos veíamos fuera del colegio porque tenía que estudiar. Luego se ponía fatal si no conseguía la puntuación que esperaba.

Momji y Luha se fueron a la biblioteca pública. Era costumbre que se marcharan juntos; vivían más cerca que nosotros del instituto y la biblioteca los pillaba a medio camino. Yo acompañaba a Seju hasta la parada de autobús. Luego nos separábamos porque cogíamos buses distintos.

—¿Ya sabes qué vas a hacer después?

—¿Después?

Aquella palabra me daba un poco de vértigo. No había pensado en nada. Mi padre quería que fuera arquitecto, como él, pero no era muy diestro en Dibujo Técnico ni en Matemáticas. Sabía que no podría aspirar a entrar en ninguna de las universidades SKY —Seúl, Korea y Yonsei—, las más prestigiosas del país, aunque alguna carrera debía elegir.

Los cuatro teníamos un perfil creativo, por eso me costaba verme o vernos en un trabajo ordinario. Luha sí sabía que quería entrar en una escuela de danza profesional. El resto estábamos igual de perdidos entre tantas opciones.

—No sé. El profesor Suh quiere que hable con él para asesorarme.

—Te dirá algo de una beca deportiva, seguro. Nunca se pierde las competiciones de atletismo. Lo ganas todo. Solo le falta sacar una pancarta con tu nombre.

Me encogí de hombros. Tampoco era nada fuera de lo común, pero sí que solía ganar las carreras.

—A lo mejor te mete en el equipo de aquí. —Sacó su teléfono móvil del bolsillo y lo desbloqueó mientras hablaba—. Tenemos un estadio con una pista gigante. ¿No dicen que vienen a entrenar atletas de otras ciudades? —Alzó la cabeza un instante—. Lo he oído en alguna parte.

—Creo que sí.

Seju se subió la bufanda hasta la nariz y devolvió el móvil al bolsillo de sus pantalones.

—El profesor Suh no dejará que te vayas a una universidad.

Su voz sonaba amortiguada, sin embargo, parecía hablar muy convencido, más de lo que yo lo estaba. Dudaba en realidad que tuviera aquel brillo que todos decían que veían en mí. Sí se me daban bien los deportes, pero no destacaba en nada más.

—¿Y tú? ¿Ya sabes qué hacer? —pregunté.

—Taeju quiere pedirles dinero a nuestros padres y abrir una agencia. No sé de qué, pero qué más da. Seguro que él me mete en cualquier sitio.

—¿No quieres ir a la universidad? Tus padres…

—Que digan lo que quieran —me cortó con hastío sacando la boca por encima de la bufanda—, ninguno tiene una carrera universitaria y mira cómo les ha ido. Por mucho que insistan en que es lo mínimo que debo tener, no quiero seguir estudiando.

—¿Sabes qué hará Momji? —pregunté mirando hacia atrás al escuchar cómo llegaban nuestros autobuses.

—Cualquier cosa. Yo qué sé. Con tal de que me haga el trabajo de Física, me vale.

Nos despedimos nada más llegar a la parada y subimos a nuestros respectivos autobuses. Seju vivía en una urbanización cerca de uno de los museos de la ciudad. De pequeño, había acompañado a mis padres a conocer la historia de Gyeongju, el periodo de Silla, los *Hwarang*…, pero con el tiempo había olvidado la riqueza del lugar donde vivía. Cuando tenías cerca algo significativo, al final acababas ignorándolo. No sabía si ocurriría lo mismo en el resto de países. Si quien viviera al lado del Louvre o del Vaticano omitiría sus vistas y no repararía en la belleza y el privilegio de estar próximo a un monumento tan emblemático.

No sé por qué mi mente me llevó a mis amigos. Me descubrí ante un pensamiento que me arrancó una sonrisa tímida mientras intentaba ocultarla mirando por la ventana. Para mí, estar a su lado era lo más auténtico.

Capítulo 12
ESCENAS DE NIEVE
JUN

Seju me respondió a la mañana siguiente. Quizá le había escrito demasiado tarde. Yo me iba en dos días y él no tenía ningún día libre hasta dentro de dos semanas, pero le apetecía verme, así que me propuso que lo acompañara a una sesión de fotos que tenía en Daegu, a menos de veinte minutos de Gyeongju. Quedamos en la entrada de la estación de tren Singyeongju. En aquel instante, no se podía diferenciar muy bien su estructura de corte moderno dado el manto blanco que lo cubría todo.

La mañana había arrancado congelada. Por la noche había estado nevando y, al salir del hotel, me escurrí con la nieve que aún no habían apartado y caí de culo.

La más de media hora de trayecto en bus me había retrasado unos minutos. Solo había una persona fuera. Avancé lentamente. Parecía un maniquí, con la espalda muy recta, la gabardina *beige* cerrada y las manos en los bolsillos. Una mascarilla negra le cubría nariz y boca, y el largo flequillo castaño tapaba sus ojos.

Levanté el brazo para que me viera. Giró el rostro y sus ojos me reconocieron. Se bajó la mascarilla y me mostró una amplia sonrisa. Avanzó a pequeñas zancadas de forma cómica, dado que había que andar con cuidado. Me abrazó con efusividad y su risa estalló en mis oídos como una de las mejores cosas que tenía la vida.

Estábamos solos en el andén descubierto. El vaho arrancaba de nuestras bocas las palabras y las esparcía por el aire gélido. Ninguno de los dos íbamos muy abrigados y se nos había puesto la nariz roja enseguida. Un escueto silencio se había posado sobre nuestras cabezas, dejando que solo nos llegasen los sonidos de la estación y el leve viento.

—¿Sabes? —dijo Seju observando las vías que se encontraban a menos de un metro de nosotros. Tenía las manos metidas en los bolsillos de su gabardina y se había bajado la mascarilla negra hasta la barbilla—. Siempre que estoy esperando un tren, me asalta la misma imagen. Veo a una mujer corriendo justo cuando se acerca uno y se tira a las vías.

Su mirada estaba fija en las piedras que separaban los raíles. Tenía una expresión triste. Miré hacia un extremo, intentando ver aquello que me decía. Era difícil omitir la mampara con puertas automáticas que protegía todo el andén. No tenía la mejor de las imaginaciones, pero en las noticias habían salido suficientes escenas de personas que se lanzaban como para ser capaz de recrearlo en mi mente.

Él también dio ese salto una vez, aunque no en una estación.

Alargué de forma instintiva una mano y lo cogí del extremo de la manga para alejarlo del borde.

Él miró mis dedos alrededor de la tela y volvió el rostro con gesto divertido.

—No voy a saltar —rio—. Me estamparía contra el cristal. Haría el ridículo.

Seju tenía esos dos lados. El serio y profundo, y el niño; estiraba la comisura de los labios y sus orejas asomaban un poco, dándole el aspecto de un duende.

Los ojos le brillaban mientras volutas de vaho decoraban el espacio entre nosotros. Los labios se le habían enrojecido también, junto con sus mejillas. El flequillo le caía sobre los ojos, tapándole las cejas. Se habían adherido a los mechones gotitas de humedad. Ojalá haber podido congelar aquel instante, hacerle una foto. No sabía cuántas veces podría haber sentido Seju lo mismo. El bienestar era pleno en su rostro. Me hubiese gustado poder enseñarle aquella imagen para que viera lo que era ser él, su magnetismo, aquella felicidad.

—Solo que no puedo quitarme de la cabeza qué debe de pensar y sentir esa mujer. Me pongo a imaginar qué clase de vida puede tener o qué historia hay detrás. A pesar de que ninguna merece ese final.

Las últimas palabras las dijo mirándome a la cara. Volvió el rostro al frente, soltando un suspiro que se mantuvo en el aire.

—Estoy muriéndome de frío.

Me fijé en el letrero luminoso del andén.

—Pone que le quedan tres minutos.

—Antes de que llegue, habré muerto de hipotermia. Los maquilladores van a tener que raspar escarcha para poder tocar mi piel. ¿Y si me arrancan un trozo de nariz?

Pateó el suelo estirando los brazos con las manos en los bolsillos, dándolos de sí.

Hacía tiempo que no tenía un momento como ese para contemplar mi entorno. La nieve cubría las baldosas. Se había acumulado en las esquinas y recovecos. Los trabajadores de la estación habían despejado la zona de las puertas y algunos trozos de andén, pero aún había mucha. Me agaché al lado del banco metálico y toqué la nieve. No me había traído guantes, pero me gustaba aquella sensación.

—No creo que te atrevas. —Escuché una carcajada y sus pies alejarse de mi lado.

Antes de que se materializara la idea en mi mente, ya había cogido suficiente nieve para formar una bola. Me giré en el sitio buscando a Seju con la mirada. Estaba a varios metros de distancia sonriendo con los dientes apretados. No quería sacar las manos de los bolsillos porque estaba helado.

Me levanté y lancé la bola en su dirección. Se volvió hacia la pared del fondo para que la nieve estallara en su espalda. Soltó un improperio sin parar de reír.

—¿Sabes lo que cuesta este abrigo?

—Así te compras otro.

—Lo compré porque me recordaba a ti. Es igual de feo que tú —replicó.

Recibió otra bola, esa vez en el hombro. Apenas le dio tiempo a girarse.

—Pero no las tires así, que no controlas tu fuerza.

Había sacado una de las manos y se rozaba donde acababa de darle. Se agachó de inmediato porque la siguiente fue a su cara. Ahí sí tuvo reflejos.

—Te vas a enterar.

Se acercó con pies vacilantes al banco que había más allá y se agachó para contraatacar. Yo rodeé mi banco, resbalando, y arrastré un montón de nieve cerca para aprovisionarme.

Seju falló el primer tiro, pero era competitivo, así que enseguida se dio media vuelta para volver a coger otra bola e intentarlo de nuevo.

Una me dio en el pecho y se me metió por el cuello del jersey. Me removí para quitármela de encima. Me sentía como un niño abriendo regalos.

Nuestra burbuja de excitación explotó cuando una de mis bolas impactó en el cristal y las puertas del tren que acababa de llegar se abrieron. Los pasajeros y las azafatas me echaron una mirada de desaprobación. Me incliné juntando las manos, pidiendo perdón. Seju me agarró de la capucha para que nos metiéramos en nuestro vagón mientras no paraba de reír. Tenía restos de nieve sobre el abrigo y un poco por el pelo.

—Ha estado muy bien. Hacía mucho que no me divertía tanto.

Se restregó las mangas y me pasó las yemas por los hombros para ayudarme a deshacerme de la humedad.

—Los adultos no hacen esto —comenté entre dientes notando mis manos congeladas. Golpeé un poco mis mejillas para que entraran en calor.

—Menos mal que nosotros no lo somos. —Seju sonrió esquivando a dos rezagados que bajaban y buscó nuestros asientos.

Había un par de chicas de instituto muy cerca que no dejaban de mirarnos y cuchichear entre sí. Iban con el uniforme del colegio. A pesar de haber acabado las clases, la escuela permanecía abierta. Seju se dio cuenta y se inclinó un instante para saludarlas con la mano.

—La gente te reconoce.

—Cuando viajo en tren, sí. —Sonrió y se tapó la boca de nuevo con la mascarilla negra fingiendo que le daba vergüenza.

—Tu cara está en cada estación, ¿no? ¿Es el primer anuncio que haces?

—No, aunque lo cierto es que no habían empapelado Corea con mi cara como con esta colonia. Además, tan grande. He hecho algún anuncio, algo esporádico de un yogur para unos panfletos. Ahora trabajo para revistas de alta costura. Marcas importantes. Aunque esto es de hace muy poco. Solo te adelanto que en lo próximo que me verás habrá dos ces grandes enlazadas en su logo.

Ignoraba a qué se refería, pero imaginé que sería una gran marca. Asentí.

Una de las chicas que iba de uniforme se levantó y se acercó a nosotros. Llamó la atención de Seju rozándole el brazo y llamándolo *oppa*. Mi amigo se volvió.

Cuando quería, conseguía ponerse muy serio. No la clase de seriedad que asustaba, sino la que cortaba un poco la respiración, la de saber que era alguien atrayente. Lo rodeaba un aura de misterio que me recordaba un poco a la de los protagonistas de *Entrevista con el vampiro*.

—¿Eres el de los carteles? Mi amiga no se atreve a preguntártelo.

La otra chica se acercó con la cara roja y se escondió tras su espalda. Se toqueteaba el pañuelo que llevaba al cuello.

—¡No digas eso, Danbi! Qué vergüenza.

—Sí, soy yo —respondió Seju con una sonrisa natural bajándose la mascarilla.

Sonreí ante aquella escena. Jamás habría imaginado ver a mi amigo pretendiendo ser humilde delante de dos fans. ¿Quién iba a decirme a mí que alguno de mis amigos iba a ser conocido?

—¿Podríamos sacarnos una foto contigo? —preguntó la chica.

Prácticamente, me lanzó su teléfono móvil a la cara. Ya había activado la cámara, así que solo esperé a que Seju se levantara y a que se pusieran cada una a un lado. Alargué aún más la comisura de mis labios al ver a Seju posar. Hacía que pareciera algo heroico.

Me fijé en la foto que se había congelado en la pantalla de la chica llamada Danbi. Alrededor de la falda llevaba atado un pañuelo negro con estrellas blancas y en su mano tenía un maletín que había decorado ella misma con purpurina.

—¿Haces magia? —pregunté al devolverle el móvil.

Ella bajó la mirada a su maletín, pero la que habló fue la amiga tímida.

—Es para nuestra representación de Navidad. Aún estamos practicando. No hemos impresionado a los profesores.

—Eso es porque lo de la carta voladora no ha salido como

debía —replicó Danbi—. Hemos perdido los tiempos y la atención muy rápido. La gente se cree muy lista intentando adivinar dónde está el truco en vez de disfrutar con la actuación.

—¿Hacéis trucos de verdad? —A Seju se le iluminó la cara al escucharlas hablar de magia—. Hacednos uno.

La amiga tímida movió la cabeza con efusividad en una rotunda negación.

—Seguro que os sale mejor de lo que pensáis —animé.

—El segundo de adivinar la carta nos sale bien —terció Danbi hablando con su amiga. Se quitó el pasador que llevaba en el pelo y se lo guardó.

—Yo no voy a ayudarte —le recriminó la otra entre dientes.

El tren se detuvo en una estación y Danbi abrió el maletín en el suelo. Algunas cabezas se giraron para ver qué hacía. Sacó una baraja de cartas y se la pasó a Seju.

—*Oppa*, comprueba que es una baraja normal.

Mi amigo sonrió como un niño y sacó la baraja de su cajetilla. Le dio varias veces la vuelta y las desordenó tal y como le indicó. Fue un truco muy rápido ya que se bajaron en la siguiente parada, pero Danbi adivinó la carta.

—Ha sido genial, gracias —les dijo antes de que se perdieran entre la multitud de la estación.

Las puertas se cerraron, volviendo al silencio y al traqueteo del tren.

—¿Has visto entonces a alguien más? —preguntó sentándose de nuevo a mi lado.

—¿Del grupo?

—Sí. Imagino que Luha fue quien te dio mi teléfono. —Se miró en el reflejo de la ventana y se atusó el pelo—. No sé si no cómo lo has conseguido. No estará subido a internet… —pronunció con cara asustada.

—Me lo dio él —lo tranquilicé—. Espero que no te molestara.

—No, claro. Me alegró mucho que me escribieras. Me sorprendió. —Sonrió ampliamente sin separar los labios—. ¿Te encontraste con Luha por ahí?

—No, fui a verlo.

—¿A su casa?

Moví la cabeza hacia un lado. ¿Cómo podía ser que no supiera que estaba en el hospital?

—Lleva ingresado varios días.

Las cejas se le perdieron bajo el espeso flequillo, haciendo que su expresión quedara entre una mueca confundida y una graciosa. Solía poner esa cara de no saber nada muchas veces.

—¿Ingresado? ¿Qué le ha pasado? No me ha dicho nada.

El tren se detuvo y Seju me hizo una señal para que bajáramos. El frío nos azotó al salir y entrecerramos los ojos.

—Dice que se desmayó en un ensayo. Los médicos creen que ha recaído, así que va a quedarse unos días más. Suni nos lo dijo.

—¿Qué...? ¿Qué significa eso? —Se había detenido en medio de las escaleras de salida del andén, mirándome fijamente. Era el que tenía los ojos más oscuros de todos nosotros—. Lo de «nos lo dijo».

—Ah, me encontré con Momji cuando llegué a la ciudad y me comentó que aún seguía en contacto con Suni. Bueno, que la veía de vez en cuando y que le había dicho que Luha estaba en el hospital, por eso fuimos a visitarlo.

—Suni y Momji... —repitió—. Así que los has visto.

—¿A Luha o a Momji...?

La mirada de Seju se volvió severa ante mi pregunta. Fruncí el ceño. ¿Qué pasaba?

—A todos —respondió girando la cara.

Siguió subiendo por las escaleras sin esperarme. Lo perseguí. La gabardina *beige* aún tenía alguna mancha de la pelea de bolas de nieve.

—¿Qué ocurre?

Su barbilla asomó por encima del hombro.

—¿Pretendéis excluirme ahora que habéis recuperado el grupo?

—Seju, ¿qué…?

—Solo falta que también te hayas encontrado a Han-soo y ya cerraríamos el círculo.

—Han-soo vive en Seúl —repliqué—. Trabajamos en la misma empresa.

Un silencio fue aplastando nuestra conversación, como si fuera un helado derritiéndose. Se agarró a la barandilla, apretando los dedos alrededor del metal. Debía de estar frío, aunque no parecía importarle. Rumiaba un pensamiento que lo mantenía absorto en otra parte.

—Mira, no quiero saber más —dijo pellizcándose la mascarilla para volvérsela a colocar en cuanto dejara de hablar—. Gracias por acompañarme, pero no sé ni por qué te has molestado en venir a verme. Tengo una sesión larga, y voy a tardar varias horas en salir. Me ha gustado saber de ti, saber que estás tan bien. Adiós.

Terminó de subir las escaleras y entró en la estación.

Me quedé observando el punto por el que había desaparecido. Sentía que a veces tenía mala suerte, bueno, últimamente era siempre. Quizá había agotado la buena en el pasado y por eso ahora nada estaba saliendo bien. Me giré soltando un improperio. No entendía qué le había molestado a Seju. ¿Haber visto al resto antes que a él? Si él ya había dicho que era difícil localizarlo.

Le di vueltas durante un rato al dato que le había dado sobre Han-soo. Tampoco podía decir que fuéramos amigos íntimos, aunque sí teníamos relación. A veces salíamos a correr juntos y hablábamos cuando nos encontrábamos por los pasillos de las oficinas, pero no había más cercanía.

Discutimos muchísimo cuando vino nuevo a nuestra clase y nos hicimos amigos. Al final, Seju me obligó a elegir y tuve que dejar de juntarme con él. Quizá, lo que más le había molestado era que no había conseguido que cortara del todo la relación con él desde el instituto. No llegaba a entender por qué.

Capítulo 13

TAN LEJOS

JUN

El viento se me metía por los oídos y el frío me raspaba las mejillas. Había salido a correr y mis piernas pisaban con demasiada fuerza y rabia. El sol se ocultaba tras unas nubes grises y dotaba al entorno de un matiz apagado.

Corría y corría, cada vez más rápido. Mis pies me habían llevado a subir por uno de los caminos que iban a una de las montañas que rodeaban Gyeongju. Prefería la tierra al asfalto, y el paisaje hacía que me olvidara de dónde estaba.

Empezaba a notar los gemelos cansados y la nariz taponada. Me había abrigado bien, pero no debía de ser suficiente. Si seguía con esa racha, acabaría resfriándome.

El camino estaba delimitado por una valla hecha de listones atravesados, muy baja. Vislumbré más adelante que parte de aquella barrera se había caído, así que la salté y me introduje entre la maleza. Aquel giro que acababa de tomar, para salirme de la ruta marcada, me hizo descubrir un precipicio a unos metros de donde estaba. Se iba acercando rápidamente mientras no dejaba de mover las piernas. Decidido a seguir, a llegar, a saltar. Hasta que algo dentro, en el último instante, me detuvo y frené en el borde, quedándome sin aire, como si me hubieran golpeado con un bate en el estómago.

Oscilé, colocando en equilibrio los brazos, jadeando. Di un paso hacia atrás e intenté recuperar la cordura bajando aquella energía repentina que me había hecho pensar que habría estado bien despeñarse. Observé la altura y contuve el aliento, asustado. Moví la cabeza y retrocedí con velocidad, poniendo tierra de por medio entre mis ideas locas y aquel peligro.

Seguí corriendo algo más despacio en mi descenso hacia la ciudad. Lamenté no haberme detenido a contemplar Gyeongju desde la cumbre. Recordé que podía distinguirse el parque de los túmulos que había en el centro —las tumbas reales de la dinastía Silla— o el observatorio astronómico de Cheomseongdae por su situación algo solitaria.

Cuando el timbre de casa sonó, no esperaba que me sacudiera con tanta violencia. Volqué sin querer una de las cajas de mi cuarto. Mi madre me gritó que fuera a ver quién era. Me puse aquella primera sudadera que había visto y bajé los pocos peldaños hasta la planta baja.

Yoora apareció al otro lado enarcando las cejas. Llevaba el pelo suelto y un abrigo claro acolchado que le llegaba por debajo de las rodillas. Los inviernos en Corea eran muy fríos y ese tipo estaba a la orden del día. El que yo había traído era muy parecido, aunque en negro.

—¡Hola! No sabía si estarías aquí. Mi madre me ha insistido en que venga a traerte unas galletas caseras. —Sonrió señalándolas—. ¿Están tus padres? Hace mucho que no los veo.

—Sí, mi madre está en su habitación. Creo que quiere lavar toda la ropa de verano y plancharla.

—¿Y no la estás ayudando?

—Mis cosas están en cajas —revelé.

No pareció satisfacerle la respuesta, pero no sabía qué más decir. Se fijó en mis pies descalzos y luego en mi pelo húmedo y en la toalla alrededor del cuello.

—He ido a correr a la montaña y me he venido directamente a casa —expliqué.

—¿Has rezado también?

—Ah, no, no.

Imaginaba que preguntaba eso porque en algunas de las montañas que rodeaban Gyeongju había templos budistas. Sin embargo, en mi familia no se rezaba. En la ciudad sí que había tradición, pero mis padres no habían seguido con ella.

Había salido a correr porque la conversación con Seju me había dejado malas sensaciones y era mi única vía de quemar aquellos sentimientos. Cuando me encontraba en el límite de mi capacidad, cuando mis piernas comenzaban a pesarme, mi respiración a entrecortarse, mi corazón y mis pulmones a dolerme, me seguía forzando un poco más y entonces algo explotaba y yo me quedaba en blanco. Los problemas desaparecían.

—Ahora iba a ver a mi abuelo.

—Ah, entonces no te distraigo.

Me acercó una caja de cartón metida en una bolsa de papel blanca. Di un paso hacia atrás y entreabrí más la puerta, invitándola a pasar; mi madre llegaría en cualquier instante para comprobar por ella misma quién había llamado. La hospitalidad era algo que me habían inculcado de pequeño, así que, si Yoora no estaba al menos en el pasillo cuando ella llegara, me ganaría una regañina. Le indiqué la mesa baja del comedor y dejó las galletas ahí.

—¿Hoy no trabajas?

—Por la tarde. Me pidió el cambio una compañera para poder recoger a su hija del colegio por su cumpleaños.

Se descalzó y desabrochó el abrigo.

—Muchas gracias por dejarme pasar —dijo un poco más alto como saludo por si mi madre estaba cerca.

Abrió la caja y me mostró su contenido. Eran unas galletas fritas con forma de flor, un dulce llamado *yakgwa*.

—Espero que os gusten.

—¿Tú tienes hijos?

—¿Qué dices? —Se tapó tras una mano—. No, no, necesito el dinero. Mi hermana tiene que ir a la universidad. Además, sería demasiado desconsiderado para mis compañeras, que no se han tomado la baja, que lo hiciera yo. Tendría que renunciar, como la mayoría, y ahora no puedo. De todas formas, tampoco tengo pareja, así que es mejor así.

Asentí, cogiendo una de las galletas. Me la metí de una vez en la boca.

—Dices que tendrías que renunciar, ¿y tu compañera? Ella sigue trabajando.

—Porque su marido gana lo suficiente como para tener una niñera. Él le pidió que dejara su trabajo, pero ella decía que no se vería realizada siendo solo madre. —Se encogió de hombros—. Entiendo eso también. Lo de valerte por ti misma, hacer algo más. Las cosas están cambiando poco a poco, aunque las mujeres seguimos siendo las que limpian la casa, cocinan y cuidan de los niños, a cambio de abandonar carreras universitarias o de dimitir. Hay pocas que lleguen alto como empresarias por los techos de cristal y… Lo siento, te estoy aburriendo con esto.

—No, si está bien.

—Es que… no es justo. Solo eso. El resto de chicas no la miran con buenos ojos porque dicen que su deber es cuidar de su familia…

—Y tú no piensas así.

—¿Quién puede pensar así? ¿Por qué debería hacerse cargo solo ella? ¿Y él? —Sus cejas habían ido juntándose poco a poco. Al darse cuenta, cambió de expresión y se rio—. Lo siento. Imagino que tú también piensas como el resto. ¿Has podido ver a Seju o a Luha? —Cambió de tema de pronto, acercándome de nuevo las galletas—. La última vez me dijiste que comiste con Momji.

Cogí una, haciendo tiempo para contestar. No sabía si decirle dónde estaban cada uno de mis amigos.

Seju convertiría aquella respuesta en un chiste, eso se le daba bien. Diría algo como que tenía unos amigos variopintos: uno ingresado, otro mendigando y otro sin saber a dónde iba ni qué quería de la vida.

Tragué.

—Sí, lo cierto es que sí. Están bien.

—Seguro que se han alegrado mucho al volver a saber de ti.

—Sí —mentí.

Era una buena amiga, pero la verdad era más difícil de hacerla salir. No me veía capaz de explicarle todo desde el principio. Cómo era nuestra amistad, el papel de cada uno, nuestras personalidades, las rencillas, las envidias, cómo quise huir de todo, cómo lo mandé todo al traste.

—¿En qué asilo está tu abuelo? —me sacó de mis pensamientos—. Puedo acompañarte si quieres. No tengo ningún plan hasta la tarde.

—¡*Aigoo*! ¡Lee Yoora! —Mi madre se acercaba por el pasillo peinando su corta melena rizada. Todas las noches dormía con unos rulos gigantes en la cabeza.

Yoora se inclinó juntando las manos. Mi madre solía alterarse mucho con las visitas y dibujaba una sonrisa tan grande que inquietaba. Sobre todo, porque no le gustaba que nadie viniese a casa.

—Hace mucho que no me visitas. Con tu madre me cruzo cuando voy al mercado y siempre le pregunto por ti.

—Le manda saludos de su parte. Le hemos traído *yakgwa* a usted y a su familia.

Mi madre asintió con energía y se acercó a la caja. Echó un breve vistazo:

—La miel es medicinal. Dale las gracias a tu madre.

Yoora me miró de soslayo y yo me retiré un instante al baño

para terminar de secarme el pelo antes de salir a la calle. Me puse de nuevo las zapatillas de deporte.

—Así me gusta, que vayas con compañías que te convienen —me despidió mi madre desde la puerta, regalándome un golpecito en la espalda como para enfatizar sus palabras.

No habíamos vuelto a hablar de Momji y lo último que haría sería nombrarlo de nuevo. Ella no entendía su situación.

Me abroché el abrigo y salí a la calle.

—¿Te acuerdas de Woo Bin? —preguntó Yoora—. No sé por qué me ha venido a la mente, pero ahora es todo un partido —rio—. Siempre hablaba sobre grúas en clase y ninguno entendíamos nada. Era un poco extraño. Aunque, ¿quién no en esa época? Pues montó un negocio de alquiler de grúas y le está yendo muy bien.

—Ha cumplido su sueño.

Yoora asintió. El aire no era tan frío a mediodía y las calles estaban más limpias. Teníamos que andar despacio, pero no era tan peligroso como a primera hora.

—Si tan solo tuviera un sueño…

Yoora me miró de reojo. Entonces fui consciente de que aquello lo había dicho en alto.

—No sé por qué he dicho eso. —Me rasqué la nuca, avergonzado.

—En realidad, lo entiendo. Es difícil estar aquí, sintiendo la realidad tan imparable, como una ola, ¿no? Sin dejar que pueda haber otra cosa que esto, arrasando con lo que intentas poner delante, con los… sueños.

Volvió su rostro. El pelo suelto se balanceaba al compás del viento, como si fuera una cortina y pudiera ver más allá. Ahora comprendía que, a pesar de todo, ella no estaba satisfecha, no se conformaba con lo que tenía. Compartía su frustración al no poder hacer nada por encontrar un algo más que cambiara el curso de una vida.

Anduvimos en silencio casi hasta la residencia. Yoora se despidió pidiéndome que la llamara para vernos antes de que me marchara de Gyeongju. Le prometí que lo haría.

El abuelo era muy mayor y no la persona más amable. Lo recordaba en su huerto. Tenía muchísimas verduras, y a veces lo ayudaba a recolectar alguna suelta. Las que yo recogía luego podía llevármelas a casa y mi madre hacía algún plato con ellas. Los dos discutieron hacía unos años porque mi abuelo no quería dejar su casa a pesar de no poder hacerse cargo de sí mismo. Las manos le temblaban tanto que no era capaz de hacer muchas cosas, como cocinar. Se había cortado ya varias veces y se había caído también por no sujetarse a tiempo.

—Tienes el pelo largo. —Fue su saludo.

Me incliné, notando mi flequillo con más intensidad que antes. Lo eché hacia un lado.

—¿Cómo ha estado, abuelo?

—Las enfermeras están dejándome seco.

Lo dijo con tanta seriedad que cualquiera podría pensar que lo estaban torturando, extorsionando o haciéndole cualquier cosa de verdad. Acerqué una silla y me senté enfrente.

—¿Qué es lo que le hacen?

—Me quitan los calcetines y los pañuelos que llevo en el bolsillo.

—¿No será que no se acuerda de dónde los ha puesto?

—¡Por supuesto que lo sé! No cuestiones lo que te digo.

Alzó el brazo y me llevé una palmada de lado en la nuca. Hacía mucho que no lo veía y aquel gesto me pilló desprevenido. Mi madre no me había dicho que se le había agriado más el carácter.

—A la próxima visita que le haga, le traeré unos calcetines nuevos y más pañuelos como compensación, ¿de acuerdo?

La conversación no versó sobre nada más relevante. Solo me di cuenta de lo perdido que parecía en ciertas ocasiones. Lo mucho que le temblaba todo el cuerpo debido a sus manos.

Agosto

TRES AÑOS ANTES

Capítulo 14

PERDIDO JUN

La sangre que corría por mis venas se asustó recordando aquel instante y se detuvo. Rememoró el momento del golpe contra el mar. El dolor penetrante en cada músculo. La cabeza me iba a estallar ahí abajo.

¿Por qué salté? En ese momento, tenía tres razones para vivir y, sin embargo, cuando bajé la vista del muro y los vi reír los unos con los otros, mi corazón murió. Mandó a mi cerebro una única salida a aquel vacío: corre, vuela y cae.

Hice contacto visual con Seju. Él lo hizo también una vez. Aunque su objetivo fue diferente al mío, ¿no?

Desde entonces, no le gustaban las alturas. Tampoco el mar. No sabía nadar.

En un solo segundo, supo lo que me proponía hacer y vi su reacción justo antes de que yo empezara a moverme. Supo que quería dejar de existir y no me lo podía permitir. Saltó detrás de mí, a pesar de no poder ni flotar.

El momento en que mi cuerpo se quedó suspendido en el aire, sentí que podía controlar el tiempo. Que, si hubiese querido, podría haber ido hacia atrás. Pero no le pedí que se detuviera, ni siquiera regresar para cambiar lo que me había hecho tanto daño, sino que siguiera avanzando. Quería continuar con la caída, que lo que había crecido en mi interior desapareciera junto con mi cuerpo conforme lo embistieran las olas.

No sé si su sensación al tocar el agua fue la misma que la mía. Terrible. Pero sí sentí la mano de Seju muy rápido y muy cerca. Aquel contacto despertó mi raciocinio, porque, si me rendía, moriríamos los dos. Si no hacía algo, se ahogaría conmigo. Su orgullo fue más fuerte que su lógica, como solía pasar. Durante mucho tiempo, fuimos mejores amigos, y es que nos movíamos por impulsos.

Abrí los ojos un instante y observé sus facciones. El pelo se desperdigaba tan liso y suave alrededor de su cabeza que parecía un halo dorado. Tenía los carrillos hinchados, aguantando la respiración, y los ojos cerrados con fuerza. Podía ver sus nudillos blancos y las burbujas a nuestro alrededor ascender en una carrera por perecer las primeras. Pateaba con desesperación hacia ningún lugar porque no sabía qué tenía que hacer para remontar. Mi amigo estaba sufriendo.

Sentí un tercer cuerpo caer al agua y separar las manos de Seju de mí, que se había aferrado a mi camiseta. Taeju debió de pensar que estábamos locos, jugando, aunque se lanzó porque Seju no sabía nadar y era peligroso para él.

¿Por qué lo haría entonces? ¿Por qué saltaría a por mí? Estábamos algo alejados en aquel momento. Se enfadaba casi cada día por algo que no tenía tanta importancia y nos arrastraba al resto a posicionarnos. Después de su intento de suicidio, iba siempre con la guardia en alto, preparado para atacar a la mínima señal de una supuesta debilidad.

El oxígeno entrando en mis pulmones me quemó de forma horrorosa. Me pinchaba todo el cuerpo y tosía sin control. Escuchaba mi nombre a gritos en boca de cada uno de mis amigos.

Enfoqué la cara furiosa del hermano de Seju sobre mí. Tenía el pelo mojado y aquellas gotas caían sobre mi rostro. Me agarró con fuerza para incorporarme, clavándome las uñas sin cuidado, y, en un esfuerzo por intentar recomponer mi respiración, recibí un puñetazo.

Caí contra la arena, retorciéndome ante el fogonazo de dolor. Mis amigos gritaron y unas piernas se arrodillaron a mi lado, casi poniéndose encima para protegerme. Momji no era fuerte, su fortaleza se erigía por dentro. Y, aunque el hermano de Seju le sacara dos cabezas y triplicara sus músculos, él no dejaría que se acercara a mí de nuevo.

—¿Qué haces? —Seju estaba sujetándolo por las muñecas.

Taeju observó a su hermano pequeño con el rostro encendido. Se soltó de su agarre y lo señaló con violencia.

—Salvarte, ¿no lo has visto? —dijo casi gritando—. Si Jun quiere morir ahogado, no voy a permitir que tú sigas su camino. ¿Ahora te crees una *haenyeo,* una sirena o algo parecido?

—Pero él no tiene la culpa, he sido yo quien ha saltado detrás —replicó Seju echándose el pelo hacia un lado para que dejara de gotearle mientras tiritaba.

—Porque eres un estúpido siguiendo a otro aún más estúpido. —Taeju me señaló con la mano abierta.

Se acercó de nuevo hacia donde estaba tumbado y volvió a encararme.

—¿En qué pensabas? —gritó.

Yo no supe responder. Me dolía todo el cuerpo. Solo podía toser y llorar.

—Tendríamos que llevarlo al hospital —habló Luha con voz trémula—. Se ha podido romper algo.

Taeju se atusó el pelo húmedo hacia atrás y me recogió de malas formas de la arena. Fue una suerte que le hicieran caso a mi amigo, pues me había desencajado la rodilla y tenía contusiones por todo el cuerpo.

¿Por qué había saltado? Aún me lo preguntaba. Quizá porque había dolores que no existían en realidad, sino que eran la imagen de diferentes escenas inacabadas y que presagiaban un mal final. Estábamos rotos y no había manera de que, si seguíamos juntos, pudiéramos curarnos. Habíamos llegado a un punto donde nos lanzábamos más puñales que palabras amables, y aunque todos lo veíamos, nadie daba el paso para arreglar nada.

Quizá salté porque nadie más lo haría. Al fin y al cabo, de los cuatro, no era el imprescindible.

Capítulo 15

ESPERANZA

JUN

—No iba a acercarme, pero pareces necesitar ayuda.

Momji no era de los que asustaban cuando te hablaban de repente. Su tono bajo hacía que primero pasara desapercibido y luego empezaras a entender que alguien se estaba dirigiendo a ti.

—Hola —saludé con entusiasmo.

Estaba mirando el plano de los autobuses para llegar desde la residencia de mi abuelo al hotel. No sabía con qué se había manchado la cara, pero distinguía un círculo de algo oscuro a la altura de la barbilla.

—Por ahí no es por donde se come —bromeé.

Señalé aquel lugar y él se pasó el antebrazo por la cara.

—Me he quedado dormido en mal sitio —se excusó.

—¿En una cuadra?

Entrecerró sus ojos felinos, ofendido.

—Sí, en la que hay al lado de la tuya.

Sonreí. No se había borrado del todo aquella sombra oscura. Busqué los pañuelos que siempre traía conmigo y le ofrecí uno. Le puse la cámara frontal del móvil para que pudiera verse.

—¿Qué haces aquí?

—Ya sabes, pasear —respondió, concentrado en humedecer el pañuelo y restregárselo por la barbilla.

Junté las cejas, sin saber qué contestar a eso.

—Si no quieres respuestas sarcásticas, haz preguntas inteligentes.

En la otra mano sujetaba con fuerza su gorro gris. El nuevo corte de pelo le favorecía; se le veían las orejas, algo separadas por la punta. Seguía llamándome la atención que no llevara el pendiente que nos regaló Seju.

—Espero que no estés grabando un vídeo de esto.

Giré un instante el móvil para comprobar que no le había dado sin querer al botón central. Cuando íbamos al instituto, Momji tenía un móvil muy antiguo, de esos que se recargaban en tiendas. No sabía si seguía manteniéndolo o si, desde que perdió su trabajo, no había tenido ninguna forma de comunicarse.

—No está grabando. —Lo bloqueé y guardé en el bolsillo. Reparé en su calzado sucio—. Oye, ¿has comido ya?

—¿Tú no? —Se puso el gorro ocultando las orejas rojas. Me cogió la muñeca con dos dedos mirando la hora de mi reloj—. ¿No es un poco tarde para comer?

Me encogí de hombros. Había hecho tantas cosas aquella mañana que se me había pasado el tiempo en un suspiro.

—Podemos ir a mi hotel y ver qué restaurantes hay alrededor. Me apetece carne.

—Te he dicho que ya he comido.

—¿El qué?

—Fideos instantáneos.

Con toda probabilidad, había ido a una tienda de conveniencia. Allí, aparte de venderte los fideos, tenían un surtidor de agua caliente para que pudieras preparártelos y comértelos allí mismo.

—Te invito al postre entonces.

Momji se cruzó de brazos. Llevaba su mochila a la espalda, aunque no parecía que le pesara demasiado. Quizá no era cosa del peso, sino de su apariencia. No se le veía tan débil como la mañana en la que llegué a Gyeongju. Solo habían pasado dos días, pero era posible que yo hubiese contribuido un poco a que su situación no fuera tan penosa.

Torció la cabeza y acabó accediendo a mi sugerencia. Me señaló en el mapa el autobús que necesitábamos coger.

—Te dije que podías quedarte en mi hotel —dije una vez nos sentamos en la parte de atrás.

Suspiró con cierto hastío.

—La vida no es como en las leyendas coreanas que todos conocemos, Jun. No va a llegar un hombre santo ni un ser con poderes a solucionarnos nada. —Me miró con condescendencia—. No intentes convertirte en el protagonista de una de esas fábulas. No soy el pobre al que compensar por su bondad.

—Ayer le decías a Luha que todos teníamos alas. ¿No lo intentabas tú?

Desvió los ojos hacia el exterior del autobús, concentrado en las casas que iban pasando despacio.

—Él necesitaba creer —habló con firmeza—. Tiene un corazón demasiado tierno gobernado por una mente demasiado oscura. No sé si podemos hacer algo más. Yo solo… Ya sabes. Intentaba que se sintiera mejor. No quiero que piense que está solo.

Después de comer, subimos a mi habitación. Momji estaba más hablador que de costumbre, imaginé que gracias a que había comido bien, por segunda vez, y a que le dije que podría descansar en mi cama el tiempo que quisiera. Yo tenía trabajo, así que no iba a usarla.

—Había una habitación con la bañera justo en el centro y con unos colores tan estridentes como para provocar epilepsia. Menos mal que te han dado esta.

Rodeó la cama y se quedó quieto mientras giraba la cabeza, como buscando algo. Dejó la mochila verde al lado del escritorio.

—¿Son fuegos artificiales?

Había estado escuchando un ruido sordo desde hacía poco, pero no lograba distinguir de dónde provenía. Momji se aproximó a la ventana y la abrió hacia un lado, indolente a la ráfaga de aire frío que entró. Asomó la cabeza y miró a ambos lados.

—No se ven —dijo, decepcionado—. Solo se intuyen los colores.

Me acerqué e introduje la cabeza por el hueco libre que dejaba. Observé el cielo en la misma dirección que Momji. Estábamos pegados porque la abertura no era muy ancha. En cualquier circunstancia, mi amigo se habría apartado, pero parecía ensimismado en poder contemplar las luces.

—No deben de estar muy lejos.

Se puso de puntillas sin darse cuenta, intentando estirar el cuello. Aquello me hizo gracia.

—Puede que sea en una parcela privada —comenté—. Quizá están celebrando una fiesta.

—Si te hubiesen dado una habitación mirando hacia el otro lado, los estaríamos viendo.

—Puedo llamar y pedir que me la cambien.

Momji torció el gesto, dedicándome una mirada elocuente. Si hubiese girado por entero su cabeza, nuestras narices se habrían chocado. Tragué saliva, intentando separarme por si se sentía incómodo, aunque lo cierto era que no quería alejarme ni un poco.

—¿Y arriesgarte a que te den una de las psicodélicas? —rio—. Yo me quedaría con esta. Con lo largas que tienes las piernas, estarías dándote en las rodillas con la bañera del centro todo el rato.

Sonreí, y él me devolvió una carcajada aún mayor. Tenía unos dientes muy pequeños y una expresión afable. Estaba relajado, y eso me daba un poco de esperanza en que las cosas cambiaran para él.

No recordaba quién había dicho que la esperanza era esa cosa con plumas. Algo que teníamos dentro revoloteando como un pájaro. Yo sentía que los humanos teníamos grietas y que, al igual que llegaba esa cosa con plumas, también podía encontrar el hueco y echar a volar. Aun así, creía que podía ayudarlo. Si solo se dejara, si bajara aquel muro de orgullo.

Retuve aquella expresión, intentando no quedarme mirándolo demasiado tiempo. Me sentía un poco expuesto. Desvié la vista, contentándome con la proximidad de nuestras manos colgando a nuestros costados.

No quise sonrojarme ante mis pensamientos, pero ahí estaban, creando momentos ilusorios en los que acortaba aún más la distancia entre nosotros. Había luchado mucho tiempo contra mí mismo por soñar despierto, por pensar en él de esa manera. Aunque ¿qué había de malo si era lo que sentía? ¿Por qué ocultarlo? Desde que me marché, no había dejado de pensar en que no volvería a hablar con él, a verlo, a sentirlo al lado y… lo tenía enfrente.

El frío había bañado de color nuestras mejillas y temí que Momji cogiera un resfriado. Contemplar su expresión absorta en la lejanía me pudo más. Merecía un instante de calma y de ilusión infantil, aunque eso significara que luego nos doliera la garganta.

No estuvimos mucho más así. Algo hizo que Momji me mirara un segundo y nos echase hacia atrás, cerrando la ventana. No sabía en qué pensamientos estaba sumergido, qué había pasado por su mente. Era demasiado intrincada para mí.

—Se está yendo el calor —dijo como contestando a la pregunta pintada en mi cara.

Mi piel agradeció volver a la habitación. Momji se escabulló, rodeando de nuevo la cama y tumbándose con un suspiro de satisfacción. Se encogió sobre sí mismo.

Bajé la persiana, apagué la luz principal y encendí la del escritorio para que pudiera descansar mejor.

Se acurrucó en el lado derecho y cayó rendido en pocos minutos. No pude evitar volver los ojos a hurtadillas para observarlo con los suyos cerrados. Escuchaba su respiración suave, y eso hacía que mi corazón latiera despacio, por fin aliviado de que algo saliese bien. Se sentía protegido, en calma. Pero, cuando me fuera, ¿dónde iría a parar ese recuerdo? ¿Lo mantendría en su memoria? ¿Seguiría pensando que fui un desconsiderado?

Me giré hacia la pantalla del portátil. No hacía nada de eso por tener su gratitud. Solo esperaba que alguna vez se diera cuenta.

Capítulo 16

SANGRE, SUDOR Y LÁGRIMAS

JUN

Me había empezado a doler la espalda tras una hora de estar en aquella silla incómoda. Me levanté y senté en el lado vacío de la cama con el portátil sobre las piernas. Momji estaba de costado, mirando hacia el lado contrario. Había dejado la luz del escritorio encendida, pero llegaba muy tenue a nosotros. Me ladeé un poco para que el brillo del portátil no fuera molesto.

—Creo que merecía una mejor despedida —murmuró.

Quizá lo había despertado al sentarme en el colchón.

—¿Hace tres años? —pregunté.

Asintió en silencio. Contemplé su espalda estrecha. Me centré en su nuca huesuda y pelada y desvié los ojos al techo claro de la habitación.

—Pensarás que… fue muy fácil dejaros atrás —dije igual de bajito que él—. Ojalá pudiera volver en el tiempo para que no sufrierais. Para que lo entendierais.

—¿Me lo vas a explicar? —Giró la barbilla en mi dirección, aunque aún no podía ver su cara.

En realidad, no deseaba otra cosa que poder complacerlo, pero no era buen conversador. Me costaba encontrar las palabras correctas para lo que quería expresar y solía entrar en contradicciones. Era muy difícil hablar de una herida cuando no querías ni tocarla. Por eso había sido un cobarde durante ese tiempo, porque me empeñé en solucionar algo sin siquiera mencionarlo. Como si barriese y todo el polvo lo ocultase bajo la alfombra.

No era tan difícil de entender que no quería experimentar de nuevo el dolor, no quería invitarlo a esa conversación. Ojalá hubiese una forma de hablar de ello sin que me rompiera un poco más por dentro.

—¿Te acuerdas que en el instituto os reíais de mí porque huía cuando una chica se acercaba? Era cierto, tenía algo de miedo. —Contemplé la pantalla, queriendo buscar un punto fijo y cómodo que me permitiera pensar—. No sabía nada del mundo. Había cosas que sentía demasiado y que me dolían, pero no podía ponerlas en palabras, decirlas en alto, porque yo… Creía que no era normal. Que quizá estaba confundido. Y tú…

—¿Qué estás diciendo?

Noté que el colchón se inclinaba dado que había torcido su torso para escucharme mejor.

—Ya sabes qué estoy diciendo —respondí con la más seria de las miradas.

Entonces giró la cara. En sus ojos podía distinguir las pupilas algo dilatadas. Se le había deshecho aquel nudo entre las cejas.

Si seguía observándolo, me expondría demasiado, dándole libre albedrío para que me lanzara sus balas y desangrarme. Justo como no me atreví a hacer años atrás.

Quizá no tenía tan clara mi resolución. Lo de enfrentarme a todo y a todos. Dejar el corazón sobre la mesa para ver cómo lo apuñalaban. Unos por la distancia y el resentimiento, otros por la envidia y otros por despecho.

—Aquella vez en la fiesta de cumpleaños de Seju… —susurré—. Dos días antes de… del día en la playa.

Tenía que recordarlo, no podía haber sido solo cosa mía. Entre los dos había habido algo más. Buscábamos el contacto del otro, la atención del otro. Ahora entendía qué era lo que a Seju le molestaba más de que él estuviese en nuestro grupo de amigos. Le dedicaba mi tiempo, buscaba su aprobación. Seju se percató de mi interés por él y por eso reclamaba a gritos mi atención.

—¿De que saltaras? —preguntó.

Momji se sentó muy despacio, apoyando la espalda en el cabecero, imitando mi postura. Bajó la mirada a sus manos unidas sobre las rodillas.

—Me acuerdo.

Cogí una bocanada de aire. Había estado conteniendo la respiración hasta ese momento. Era una conversación delicada y yo me sentía frágil, inseguro. Un bombeo descontrolado me cerraba la boca del estómago, casi mareándome.

—Sabes que no se me da bien… esto de hablar… —intenté excusarme, pero es que no podía traspasar aquel límite autoimpuesto. Tenía la esperanza de que Momji fuera tan perspicaz como siempre y supiese leer mis silencios.

—Ni a mí.

Torció la barbilla hacia donde estaba, sin mirarme.

—Estos días aquí, ¿has recordado eso?

—No —suspiré—. Lleva en mi mente desde que me fui.

Entonces sí que volvió el rostro por completo, escudriñándome.

—¿Has estado pensando en mí?

Desconocía si sería capaz de controlar mis pulmones, que apretaban mi corazón y me estaban poniendo muy nervioso. Su voz calmada y ese ambiente seguro deberían de proporcionarme cierto equilibrio mental, sin embargo, sentía cómo mis ideas chocaban con las otras, desordenando mis esquemas.

—Lo intenté con todas mis fuerzas. Quedarme —revelé buscando en la pared de enfrente las frases adecuadas—. Pero no podía con… con cómo estábamos. La actitud de Seju, la enfermedad de Luha…, ni contigo. Lo que hacía a vuestro lado estaba mal, lo sé. Escurría el bulto, miraba hacia otro lado, fingiendo que no pasaba nada.

Y era cierto. Nunca pude defenderme delante de Seju, era el más impulsivo y fuerte de los cuatro. Me sentía siempre un paso por detrás, solo lo seguía y no tomaba mis propias decisiones. Tampoco le di importancia cuando Luha decía que no quería comer o que había perdido peso, que estaba gordo. Ya había estado dos veces en el hospital, ¿por qué no supe reaccionar? ¿Por qué no lo entendí? Fui tan egoísta e infantil.

Sentía las lágrimas asomar de forma paulatina, aunque luchaba por no derramarlas. Noté sus yemas acercarse con lentitud hasta el comienzo de mi rodilla, para dejar allí la mano.

—¿Tampoco podías conmigo?

Agarré la pantalla del portátil y la bajé, eliminando la luz que hacía que pudiéramos distinguir nuestras caras. No quería que me viera llorar. No quería que reparara en lo débil que era y lo mucho que me importaba lo que pudiera decirme.

—No, no podía con nuestra situación —reconocí—. Nunca… nunca había besado a nadie y… Eso no estaba bien entonces. Se habrían puesto como locos si lo hubieran sabido. Si nos hubieran pillado en la fiesta…

—Ya… —murmuró—. Pero habíamos bebido mucho y tú ibas muy mal. Me sorprende que lo recuerdes.

—Fue mi primer beso… Aunque suene tonto, para mí fue importante.

La lámpara del escritorio seguía encendida y era más cálida que la del portátil. Mis ojos se acostumbraron a esa penumbra y pude contemplar su expresión. No había quitado la mano de mi rodilla, con la mirada perdida en el infinito. Había girado la cara para que no pudiera advertir la tensión en su mandíbula.

—Dije que vine aquí por un sueño.

—Una pesadilla —me corrigió.

—Quizá tú también saltabas en él porque yo no me atreví a dar el salto.

Volvió la mirada hacia mí con curiosidad y yo me sequé las lágrimas. Notaba mi nariz enrojecida.

—¿Qué salto?

Inspiré y me humedecí los labios. Puse mi mano sobre la suya, sintiendo su tacto al fin. Mi cuerpo llevaba pidiéndome ese contacto desde hacía mucho. Sentía el corazón latir de forma frenética, taponando mis oídos, como si estuviera buceando en una piscina. Además, los pulmones me mandaban señales de auxilio porque seguía conteniendo la respiración, pero ni mil pulmones me habrían dado el suficiente oxígeno como para respirar correctamente en aquel momento.

Acaricié su dorso y cada una de sus falanges. Despacio, con un miedo atroz a que rechazara aquel gesto. Algo por dentro me decía que estaba mal, que no debería pensar en él de aquella forma. Aunque había esperado mucho y nada había cambiado. Me seguía fascinando, me seguía atrayendo.

Momji tragó saliva, percatándose de lo que ocurría. Si me hubiese podido meter en su mente seguro que estaría pensando en aquel piano que tenía en su antigua casa. El que tocaba su madre y con el que él aprendió algunas melodías. Acudía a ese recuerdo cuando necesitaba estar en calma. A sus dedos uniéndose a las teclas frías. A la suavidad y al estricto movimiento tocado a tiempo.

Me incliné un poco, esperando a que esa misma mano que apretaba el piano se tensara sobre mi rodilla, bajo mi palma; pero, como no lo hizo, seguí avanzando, ocupando el poco espacio que nos separaba.

Bajé la mirada a sus labios, finos. Los tenía algo abiertos, parados en una mueca, como si cogiese aire. ¿Por qué la otra vez fue tan natural y ahora temblaba con cada célula?

—¿Puedo? —pregunté, haciendo que mi aliento rebotara en su piel y él cerrara los ojos y la boca a la vez.

En cuanto pronuncié aquella palabra, supe que había sido algo estúpido.

—No tengo los dientes muy limpios —me confesó con rigidez.

Mis pupilas lo enfocaron, nuestras miradas se encontraron y estallamos en una risa breve y vergonzosa. Nos apartamos un poco y él unió sus manos en el regazo.

—Siento haber preguntado —me disculpé.

—No, ha sido lo mejor que podrías haber hecho. No quería estropear el momento con eso. Me lo has puesto fácil.

La sonrisa de Momji era tan natural que no parecía que siempre estuviera serio. Tenía unos dientes pequeños, algo separados. Se le habían encendido las mejillas, aquellas dos pequeñas protuberancias que solo aparecían cuando estiraba de aquella forma los labios. La ansiedad que había experimentado hasta desembocar en aquel momento había merecido la pena.

Se levantó y me miró de reojo.

—¿Sabes si te han puesto cepillo de dientes de sobra?

Asentí, retorciéndome las manos.

Encendió la luz del baño. Distinguía su silueta difusa a través del panel que hacía de división. Dio con el cepillo de repuesto, abrió el plástico donde estaba metido y sacó la pasta.

El nudo en mi garganta fue creciendo y se separó. Esa otra mitad me aplastó el estómago. En cuanto dejé de oír el agua caer, me restregué las palmas de las manos en los pantalones. Había comenzado a sudar. Sentía que sudaba por todos lados.

Me puse en pie, incapaz de seguir esperando, deseando romper aquella tirantez, pero no salía del servicio. Se había quedado estático frente al espejo.

Me acerqué a la ventana de la habitación y la abrí un poco. Entró el viento silbando, ondeando mi ropa, más incómodo de lo que esperaba, así que la cerré enseguida.

—Creo que es mejor que me vaya, Jun.

Observé el edificio de enfrente. Había una pequeña tienda de conveniencia en los bajos. Desde ahí, podía identificar los precios de algunos productos.

Noté movimiento tras mi espalda, quizá Momji cogiendo su mochila. La puerta se cerró despacio cuando salió.

El desasosiego me inundó el cuerpo. El corazón se apretaba en mi pecho, encogido, dolorido. Mi mente me agujereaba con malas palabras entre las que entendía una con claridad, «cobarde».

Estaba anocheciendo y las farolas empezaban a parpadear, inseguras. Tres plantas por debajo, reconocí el pelo de Momji. Había rodeado el hotel. Casi como si supiera que lo estaba observando, se detuvo y volvió el rostro. No sé si lo que quería era verme por última vez o quedarse con la fría imagen de un edificio perdiendo color.

Su andar era característico, con las piernas algo separadas y mostrando la nuca, mirando al suelo. Sentí el frío del cristal sobre la palma. Había gestos que se hacían de forma involuntaria y que te decían que debías haber sido capaz de retenerlo cuando aún estaba ahí. Cerca. Contigo.

Apoyé la frente también. Esperaba que aquella frialdad me recorriera todo el cuerpo, se adhiriera a mi alma y me congelara.

Una farola se iluminó con fuerza, como si fuera un foco, una señal de lo poco que valía para alguien como él. Momji no merecía a alguien incapaz de abrir la boca ni de enfrentarse a sus sentimientos.

Dio un pequeño espasmo y sus piernas comenzaron a moverse. Salió disparado de mi campo de visión. ¿Por qué se había ido tan rápido? Entonces advertí dos siluetas a cierta distancia que corrían en la misma dirección por la que había perdido a Momji.

Me separé del cristal, siendo consciente entonces de lo que podría estar ocurriendo. ¿Eran ladrones? Iban a por Momji. Me giré en el sitio, dándome cuenta de la oscuridad a mi alrededor. ¿En qué momento había apagado la luz del escritorio? Pulsé el primer interruptor que vi y cogí a toda prisa el abrigo y la llave de la habitación. Tenía un mal presentimiento. Aquello me sacudió con una bofetada de realidad. Acudieron a mi imaginario los recuerdos de otras veces, otras peleas, otras carreras para no llevarse una paliza.

Mi amigo era pacífico, pero en muchas ocasiones le podía el orgullo, las palabras. Tenía una mente tan brillante y un humor tan sarcástico que sí que se había metido en algún problema por su lengua. Lo habían expulsado más de una y dos veces del colegio. Algunos chicos se metían con él por haber repetido un curso; lo llamaban tonto o cortito.

Bajé las escaleras a zancadas, con una prisa que, como una culebra, se enroscaba alrededor de mi tripa. Empujé la puerta del hotel, esquivando a dos hombres que entraban en aquel momento, y di la vuelta a la manzana.

Aquella zona estaba conformada por edificios muy parecidos. Era tranquila porque tenía varios hoteles y solo alguna tienda de conveniencia para cosas muy concretas.

La calle estaba vacía.

Me giré hacia la tercera planta, tal y como había hecho Momji unos minutos antes. La oscuridad se comía la fachada y no se distinguía más que el reflejo de los cristales.

Entonces unos sonidos llegaron traídos por el viento. Parecían jadeos y golpes. Las piernas me impulsaron hacia el foco de aquel bullicio. Había un callejón apartado a muy pocos metros de donde me encontraba.

Antes de poder apreciar bien lo que ocurría, mi boca me delató.

—¡Eh! ¡Dejadlo en paz! —grité.

Dos siluetas tenían agarrado a alguien contra la pared, mientras le propinaban patadas y puñetazos de forma aleatoria y con una violencia desmedida. Giraron las cabezas cubiertas por pasamontañas, reparando entonces en mi presencia.

No me dio tiempo a prever nada, un puño voló hacia mí haciendo que estallara una flor de dolor en mi mandíbula.

Caí al suelo de culo. Me hice daño en las palmas de las manos al intentar detener el cuerpo.

En el mismo instante, vi una zapatilla aproximarse a mi estómago con rapidez. Hundió la carne y me doblé por la mitad.

Escuché la voz de Momji maldecir e insultar a los dos matones. Vislumbré sus ojos entre las piernas del hombre que tenía delante mientras unas lágrimas caían con rapidez por mis mejillas. Miraba con fiereza al que me había golpeado. Ríos de sangre le cruzaban el rostro. Uno nacía en la brecha de su ceja, otro en la nariz y otro se perdía en sus dientes rosados.

—Me queréis a mí, ¿no? Dejadlo, joder. —Mi amigo empujó al que lo tenía cogido por el cuello. Momji nunca había sido fuerte, menos ahora, que apenas comía.

—Quietecito —le dijo el hombre desequilibrándolo para que cayera con todo su peso sobre el asfalto.

Unos dedos se enredaron en la solapa de mi abrigo y me levantaron sin problema. Me revolví, quitándome la prenda y lanzando mi puño con toda la fuerza de la que disponía.

—Será hijo de perra.

El hombre se echó hacia atrás cubriéndose la cara, justo donde acababa de golpearlo. El compañero bajó la guardia y Momji se deshizo de su agarre, empujándolo. Se puso en pie con esfuerzo y lo señaló con algo brillante que no había visto antes.

—¿De dónde has sacado eso?

—Largo —masculló apuntándolos con el filo de la navaja—. El mensaje me ha quedado claro.

El que tenía más cerca le dio una patada en la muñeca para que abriera la mano y aquel objeto punzante cayera. Los dos se lanzaron a por el cuchillo, pero Momji lo tenía a menos de un metro. Lo levantó haciéndole al hombre un corte en el brazo. Se oyó un grito breve y el bufido de mi amigo cayendo de rodillas, incapaz de sostenerse por sí mismo. Aquel esfuerzo le había hecho perder mucha energía. Se intentó limpiar la sangre de la nariz con la manga mientras no les quitaba ojo a los dos matones.

—He dicho que largo.

Se miraron, uno sujetándose el antebrazo, el otro con la mano en el lugar donde lo había golpeado unos segundos antes. Momji alzó de nuevo la navaja, apuntando al que aún no sangraba.

Asintieron con rapidez y echaron a correr.

—Cobardes —masculló doblándose sobre sí mismo.

Me acerqué en dos zancadas y me arrodillé cogiéndolo del jersey para que me mirara. Aunque había intentado limpiarse, seguían sangrándole la ceja y la nariz.

—Voy a llamar a una ambulancia. —Al hablar, una punzada terrible recorrió mi labio inferior.

Guardó la navaja en el bolsillo del vaquero y puso una mano sobre el teléfono, impidiéndome usarlo.

—¿Por qué has bajado? Márchate.

Me empujó con fuerza y yo caí de espaldas. Estiró un brazo hacia el gorro gris, abandonado justo en la esquina. Lo habría perdido en la pelea.

Recuperé el equilibrio y desbloqueé el móvil.

—Jun, que te vayas, ¿no me has oído?

Movió la cabeza, cavilando, o quizá estaba mareado. Alargué la mano para ayudarlo a levantarse y me la apartó de malas formas.

—Déjame. No quiero que me toques con esas manos —masculló con expresión asqueada—. Solo de pensar en lo que intentabas hacer en esa habitación me entran ganas de vomitar.

—¿Qu…?

—¡Estábamos borrachos, Jun! Hace tres años nos besamos porque estábamos haciendo el imbécil. No pienses que soy un degenerado de esos. Solo me he lavado los dientes para alejarme de ti y poder irme de esa habitación. —Se tocó alrededor de la brecha de la ceja, cerrando la boca con fuerza—. No quiero que vuelvas a buscarme. Vete ahora mismo.

—Estás herido, Momji. Le… Le he mandado un mensaje a Seju para que venga a por nosotros. Te llevaremos al hospital.

—¡He dicho que te largues! Prefiero otra paliza a seguir aquí contigo.

La mirada de Momji estaba oculta por una mueca intensa de dolor. Se irguió como pudo y extendió una mano.

—Tu teléfono.

Lo tenía entre mis dedos, así que se lo di. Lo guardó en el bolsillo trasero del pantalón y empezó a andar apoyado contra la fachada del edificio.

Lo perseguí.

—Momji, ¿a dónde vas? No puedes…

—Que te pires —escupió apartándose, huyendo de mi contacto—. No quiero verte de nuevo, ¿me oyes?

Fue arrastrándose hasta que desapareció, devorado por las sombras, dejando atrás solo incertidumbre y cicatrices. Le grité el número que lo desbloqueaba, pero no supe si llegó a escucharlo. Me había petrificado en el sitio. Las manos en el estómago no paliaban el dolor que sentía. Me ardía la cara, la tripa, sin embargo, aquel fuego no calentaba mi corazón, que se había convertido en un cubito al que habían golpeado con un martillo y se esparcía clavándose ahí donde pillaba.

Capítulo 17

HOY NO JUN

Podría haber ido directamente a mi hotel, pero Seju fue muy insistente. No me dejó llamar a una ambulancia para Momji, ni siquiera acercarme a urgencias. Decía que me preguntarían qué había pasado y que, como no sabíamos en qué estaba metido mi amigo, era mejor no levantar sospechas.

Vivía con Taeju, me comentó. La suerte había corrido de nuestro lado y esa noche no estaba en casa. Parecía que se había echado pareja y a veces dormía con ella.

El altísimo bloque de apartamentos estaba al norte de la ciudad, en la zona nueva. Estaba rodeado por un muro y contaba con un portero. Seju no lo saludó cuando entramos en el garaje. Aparcó y subimos en ascensor hasta el piso once.

El suelo era de mármol blanco, a juego con las paredes pálidas. Los muebles destacaban negros y brillantes. Se notaba que era una edificación de primeras calidades.

Se quitó la gabardina larga y me tendió la mano para que le diera mi abrigo. Me lo desabroché con un gesto de dolor.

—Ve al baño. Está en el pasillo. Es la primera puerta a la izquierda. Creo que tengo algo para curarte.

Obedecí.

El lavabo tenía dos tonos, más pálido en el fondo y más oscuro en el borde. Los muebles imitaban la madera. Me quité el pañuelo con el que había parado la pequeña hemorragia y me eché agua en la boca. Al contacto con el frío, hice una mueca. Sí que me habían dado alguna vez, pero jamás había tenido esa clase de herida. Me dolía todo el lado izquierdo de la cara.

La imagen de Momji en el suelo me perseguía. Si a mí me dolía aquel corte, él debía de estar sin poder moverse. ¿Por qué no me había dejado ayudarlo? ¿Por qué me había dicho todo aquello?

Los sonidos de las patadas y de los jadeos se habían incrustado en mi oído, haciendo que me estremeciera al recordarlo.

—A ver.

Seju se había quedado en camiseta interior y ya tenía sus pies al aire. No soportaba los zapatos cerrados. Sus manos sujetaron mi barbilla con cuidado y me torció la cara hacia la luz.

—No tengo ni idea de qué hacer.

Seju solía reírse en los momentos más inoportunos, como ese, en el que yo no podía dejar de sentir un dolor por dentro parecido a cuchillas. Por mi amigo, por mí. Porque me escocían sus palabras, porque no comprendía nada, porque sangraba.

—Mejor te doy un poco de todo y ya vemos mañana.

Con pequeñas carcajadas nerviosas, fue extendiendo con un algodón todos los desinfectantes que encontró en el armario bajo el lavabo.

—Estas cosas las compra Taeju. No sé ni para qué sirven.

Observó un espray dándole vueltas.

—Es para el dolor muscular —murmuré—. Lo usan algunos de los auxiliares. Para los atletas.

Me costaba hablar. Seju asintió dejando el bote en su sitio. Cogió una cajita de cartón.

—¿Se supone que te tengo que poner una tirita?

Me encogí de hombros.

—Es mejor que vuelva al hotel.

—Puedes quedarte a dormir —comentó en tono suave, aún acuclillado delante del mueble—. Si quieres.

Se rozó el labio inferior, pensativo. Parecía que se le había pasado el enfado del día anterior. Fue un alivio verle actuar sin aquel rencor. No podría soportar más desplantes.

—Tengo alcohol. Sí, creo que eso ahora nos vendría muy bien.

Lo seguí. Las botellas descansaban ordenadas detrás de una barra con luces, en una vitrina. Parecía un bar de copas auténtico. Habría como treinta marcas diferentes. Sonrió ampliamente al verme contemplar la variedad.

—A veces doy alguna fiesta, cuando mi hermano no está. —Pasó por debajo de la barra suspendida y apoyó los brazos mirándome—. ¿Qué le apetece, caballero?

Hice como que me lo pensaba.

—¿*Whisky*? —No tenía mucha idea de alcohol, pero en las películas solían pedir mucho *whisky* o ron.

—¿Solo o con hielo? Si lo que quieres es emborracharte, te recomiendo que solo. Un buen trago hará que te deje de doler.

Asentí. Seju cogió dos vasos anchos y nos sirvió bastante. Me ofreció uno y chocó su vaso contra el mío con un brillo en los ojos. Bebimos y yo puse mala cara. La herida en el labio me dio un aviso. El alcohol bajó rasgando mi garganta e impregnó las paredes de un regusto a colonia que odié al instante.

Seju se carcajeó. Yo rocé mi boca, que escocía como si hubiese metido directamente el dedo en el corte.

—Esto sabe horrible.

Abrió un cajón bajo la barra y sacó un pastillero. Cogió dos píldoras muy pequeñas. Una me la ofreció y la otra la depositó en la punta de su lengua.

—¿Qué es?

—Confía en mí. Te va a quitar el dolor en nada. Es solo para que esto haga efecto más rápido. —Alzó el vaso levantando una ceja. Bebió y se tragó la pastilla.

Yo observé la mía en la mano. No tenía ninguna marca.

Hice lo mismo que mi amigo, la puse en mi lengua y tragué con otro sorbo de *whisky* del demonio.

Seju sacó su teléfono móvil y puso música. Empezó a sonar por unos altavoces dispuestos en mesitas. Imaginaba que era una lista de reproducción con los últimos éxitos, porque, cuando empezó a sonar el *single* del grupo BOG, Boys of Gold, me puse a saltar como loco. Seju se había subido a uno de los sofás del salón y me invitó a subir con él. Tenía razón, aquella pastilla había hecho que el dolor se fuera, que dejara de pensar en Momji y me poseyera el impulso de moverme como si no hubiera mañana.

Cantamos a coro los estribillos que nos sabíamos y movíamos la cabeza en los que no. Sentía sus codos rozar mi ropa y cómo sus dedos chocaban por accidente con los míos. La proximidad era inequívoca, pero no me sentía incómodo. Parecía algo que hiciéramos todos los días, porque conseguíamos una sincronía total. Nos reíamos de las tonterías del otro y nos pegábamos. Era como si no hubiera pasado el tiempo.

La puerta de entrada se abrió. Hacía una o dos horas que nos habíamos tumbado en uno de los sofás y nos habíamos quedado dormidos. Sentía el torso de Seju pegado a la espalda y su brazo sin vida rodear mi abdomen. La respiración suave de mi amigo me rebotaba en la nuca. Fui consciente de todo ello en el mismo instante en que una silueta apagaba la música que había estado sonando.

—¿Jun? —preguntó la voz.

Abrí los ojos, sobresaltado. Aquel tono era inolvidable.

—*Hyung*, vete, anda —farfulló Seju como en un sueño.

—¿Qué hacéis los dos ahí?

La luz era tenue, aunque podía verle los rasgos con claridad. Tenía el pelo muy corto, gafas redondas y expresión crispada. Taeju parecía sorprendido, pero a mal.

—No me des la paliza y vete —pronunció Seju abrazándome con más fuerza y acercando la nariz a la raíz de mi pelo. No parecía ser consciente de la verdadera imagen que estábamos dando.

Palmeé el dorso de su mano para que me soltara. Eso pareció activarlo. Levantó la cabeza.

—Hola —dije intentando sentarme en el sofá.

Noté mis rodillas desnudas chocar entre sí. No llevaba los pantalones puestos. Encogí con disimulo las piernas buscando muy despacio dónde había tirado la ropa.

—La última vez que te vi estaba llevándote a un hospital.

—*Hyung*... —protestó Seju—. ¿Qué narices haces aquí? ¿No dormías en casa de Duri?

—¿Y vosotros qué hacéis durmiendo juntos? ¿Sabéis la edad que tenéis? ¿Este cuándo ha decidido regresar?

—Qué más te da. No te ha importado nunca, te va a importar ahora.

—Por ahí no, Seju. Muestra respeto a tu hermano mayor. —Se aproximó a las cortinas del fondo y las abrió de par en par, haciendo que los rayos del sol nos cegaran—. Tienes sesión. Levántate, dúchate y llama al chófer para que te recoja.

Nos dio la espalda y salió del apartamento dando un portazo.

Gruñó, estirándose en el sofá. Yo me levanté a por mi ropa desperdigada.

—La maldita sesión de fotos —masculló—. Y encima anoche no me eché tónico ni me puse mascarilla.

Rodó sobre sí mismo tapándose la cara. Luego me tocó el hombro.

—Voy a darme una ducha. ¿Estás bien?

Asentí, aunque podría haberle respondido de forma clara que no. El estómago me dolía, al igual que la cabeza, al igual que el labio, al igual que el pecho. Como si fuese un petardo a punto de estallar, quemándome por dentro.

Fue arrastrando los pies descalzos hasta el baño del pasillo. Lo esperé en su habitación. Comparado con el piso modesto que tenía en Seúl, su dormitorio tenía las dimensiones de él entero. Un armario empotrado con espejos cubría casi dos paredes, el cabecero de la cama se pegaba a otra y en la cuarta destacaba una ventana y una terraza al otro lado. Quizá se accedía a ella desde el salón.

Había dejado un par de puertas del armario mal cerradas, así que me acerqué a una y la descorrí un poco más por curiosidad.

Rocé las mangas que colgaban de diferentes colores hasta que mi mano reconoció una prenda. Estaba aplastada entre camisas, como si hiciera mucho que no la sacaban y se hubiera escondido, apartada hacia el fondo del armario. Ese color cielo era demasiado hiriente. Mis dedos sacaron el bajo de aquella sudadera, la que tenía unas alas blancas en la parte de atrás. Acaricié la cremallera, perdido en el recuerdo de aquel día. Ahora que lo pensaba, fue algo irónico que llevara aquellas alas cuando saltó.

Seju acababa de salir del baño. Su mano tocó la mía, haciendo que soltara la tela, y la ocultó de nuevo.

—¿Por qué la conservas? —pregunté.

Seju me devolvió una mirada que no supe descifrar. No había cogido ropa para cambiarse en el baño y estaba en calzoncillos.

—Me recuerda que sigo aquí. Que aquello que sentí en ese momento no lo he vuelto a sentir. —Me echó hacia un lado cerrando la puerta y abriendo otra para elegir qué ponerse. Cogió unos pantalones rectos y una camisa de puntos—. Cada uno se expresa de una forma. Unos bailan, otros componen canciones o poesías, otros se tatúan, yo lo hacía y lo sigo haciendo así. —Señaló la camisa que se estaba abrochando—. En su momento, imagino que me provocaba cierto alivio ponérmela… O solo dejaba claras mis intenciones. Un día la encontré de nuevo en el armario, alguien la había llevado a la tintorería, creo que mi nana. Desde entonces, no me la he puesto de nuevo. Ya no voy por ahí con esas cosas. —Se rio tontamente, estirando la comisura de los labios—. Estoy en otra categoría.

Me miró un instante los hombros. Había sacado más ropa de las cajas apiladas en mi habitación y que luchaban contra la humedad de la pared. Había nacido un sentimiento de apego muy fuerte al reencontrarme con ellas. Mis camisetas blancas y mis sudaderas negras, mis pantalones rotos, mis gorras.

—No te estoy juzgando —dijo entre carcajadas.

—En realidad, así no es como voy a diario. Uso jerséis y pantalones más formales. No llego a ir con traje, aunque tengo alguno para las reuniones o presentaciones importantes.

Le pedí a Seju su teléfono y me busqué en la página web de mi empresa. Subían algunas fotos de eventos, fiestas o compromisos destacables. Localicé mi cara entre la gente y amplié para que mi amigo me viera.

—Qué serio. —Me contemplé en aquella foto. Era cierto que con aquel conjunto y con mi cara de estar aburrido le pudiera dar esa sensación—. Seguro que tú también conservas la tuya —dijo de pronto.

Entonces sí reconocí su mirada. Había cierta complicidad, aunque había perdido color. Se acordaba. Bajé la cabeza. Yo no la conservaba porque me recordara que seguía ahí. No había intentado desaparecer, no había intentado… morir. Solo salté porque todo me dolía demasiado. Fue algo estúpido y de lo que me arrepentía.

—No es lo mismo.

—Ya, eso también me lo decía Luha.

Cerró la puerta del armario. Volteó la cabeza por toda la estancia y se acercó a un cajón a por un cinturón y unos calcetines.

—Seju, ¿por qué no hicisteis más por Momji?

—Pudimos haber hecho mucho más por cualquiera de nosotros, Jun. No podemos quedarnos anclados en el pasado. Todos hemos sufrido.

Cogió unos zapatos marrones y se sentó en el borde de la cama para ponérselos.

—A todo esto, ¿qué hacíais los dos en tu hotel?

—¿Qué quieres decir?

—Me dijiste que lo viste por la ventana de tu habitación. No llegaría ahí andando por casualidad. Estuvisteis juntos y él se fue, ¿no?

—No tiene dónde quedarse. Le dije que viniera a ducharse y a descansar.

—Qué buen amigo.

—¿Se puede saber qué te pasa con él? Es hablar de Momji y te pones a la defensiva.

—Solo parece que te interesa estar más con él que con ninguno de nosotros.

—Luha está en el hospital y tú, ocupado. Ahora es él quien necesita que alguien lo cuide.

—¿Eso según quién? —Se puso en pie y se acercó a mí—. No deberías juntarte con él, no tienes ni idea de en qué puede estar metido. Problemas de drogas, dinero, asesinatos, en alguna mafia… ¿Te ha contado algo de su vida? Yo puedo hablarte de la mía, de mis amigos, de mi círculo más cercano, de eventos, de trabajo, de noticias en la televisión, política, famosos o yo qué sé. Luha también.

—¿Por qué lo incluyes en cada conversación si ni siquiera has ido a visitarlo al hospital? —espeté sin pensarlo.

Seju separó los labios, dolido.

—¿Te crees mejor persona que yo por haber hecho eso? ¿Acaso piensas que por haber venido a Gyeongju y habernos visto ya está todo solucionado? No te confundas, Jun. Todo ha cambiado. Esto no es como darle a un botón y que se borre lo que hiciste.

Puso las manos en las caderas. Vestido así parecía más serio y adulto, como si lo que pudiera decir tuviera un peso extra.

—Dejaste una vida atrás —siguió—. Asume eso, porque no hay nada que recuperar. Solo mírate. Con esa herida en el labio y tan perdido. No es así como debería ser. Si decidiste marcharte, tendrías que haberte quedado allí. Aquí solo vas a recibir esto. —Me señaló.

Observé el techo, sintiendo cómo subían las lágrimas a mis ojos, escociéndome.

—¿Habrías preferido no volver a saber de mí?

—Quizá. —Parecía salido de un anuncio o de una serie de televisión, interpretando el papel de su vida, el que mejor se le daba, por el que le otorgarían el premio a su carrera—. No tendría que haber estado cuidando de ti toda la noche. Me habría ahorrado el malestar. No habría tenido que llamar para atrasar mis compromisos de hoy. No estaba muy seguro de si tendría que llevarte al hospital en algún momento.

Asentí, despacio, girándome para ocultar mis ojos a punto de desbordarse. Sintiendo que era una pegatina colocada en el lugar incorrecto, una mota en el cristal de unas gafas.

Posó una mano en mi hombro para que me volviera.

—No te hagas la víctima, Jun. No me conoces. Ya no. Hace mucho que nuestra amistad se rompió. Yo no miro atrás. Aquel Seju del pasado era de cristal y lo destrocé. Ahora, quien intenta hacerme ir hasta ese momento se corta con los pedazos.

Su expresión se había congelado en una seriedad intempestiva, pero su lengua seguía encontrando las palabras que había estado guardando durante esos años.

—Todos hemos rehecho nuestras vidas. ¿No estaba Hansoo en Seúl también? No estás tan solo entonces. Vete con él y quédate ahí. Si te van las manzanas podridas.

Abandoné el apartamento de Seju con un dolor nuevo en el pecho, acentuado por el del estómago. Regresé al hotel cogiendo varios autobuses porque me confundí al subir en el primero. Solo quería alejarme, por eso no miré hacia dónde iba.

Al pasar por recepción, el hombre que había detrás me llamó. Era el mismo que me inscribió al llegar.

—Señor Park, acérquese, tengo un recado para usted.

—¿Un recado?

De debajo del mostrador sacó un teléfono móvil. El mío. Me abalancé sobre él.

—¿Quién se lo ha dado?

—Una señorita con el pelo rosa y gafas de sol —respondió amablemente—. Se ha ido hace muy pocos minutos. Me dijo que le diera las gracias por su generosidad al prestarle el teléfono.

¿Una chica? Aquel dato me dejó aturdido. ¿Habría sido una amiga de Momji? ¿Tan mal estaba que no había sido capaz de acercarse a devolvérmelo él mismo? Quizá estaba en el hospital y aquella chica había sido una enfermera…

No, eso era improbable. Lo más seguro era que estuviera enfadado conmigo y no quisiera verme. De todas formas, ¿qué pensaba? ¿Quién era para él? ¿Cómo me había atrevido siquiera a soñarlo?

—Ah…, sí. Gracias por recogerlo.

—¿Va todo bien? —Vi que sus ojos reparaban en mi herida. No me había mirado en el espejo al levantarme, así que no sabía qué aspecto tenía.

—No es nada importante —respondí forzando una sonrisa.

Desbloqueé el teléfono, cuya luz roja indicaba que estaba

con batería baja. No tenía mensajes ni llamadas. Lo apagué y volví a salir del hotel.

Recorrí las calles con desesperación buscando a aquella chica de pelo rosa. ¿Quién sería? ¿Podría decirme algo sobre él?

Notaba en las plantas de los pies el inicio de lo que serían ampollas, pero no dejé de andar. Gyeongju era muy grande, aunque aquella pequeña esperanza de encontrarla lo era más.

Capítulo 18
LÁGRIMA
LUHA

Sentía que la cabeza me iba a estallar, que iba a volverme loco si seguía por más tiempo en aquel hospital. Había estado paseando por la habitación, estirando mis músculos dormidos.

El psicólogo había venido a verme durante cuarenta y cinco minutos. Me había preguntado sobre la relación que tenía con mis padres. Estaban divorciados y mi padre había rehecho su vida lejos de nosotros. Mi madre había tenido que trabajar mucho para sacarnos adelante, por eso, en cuanto empecé a ganar dinero, le pagaba mi parte de gastos e intentaba hacerle regalos como compensación por todos esos años.

La academia donde bailaba ofrecía becas para alumnos sobresalientes, así que me exigí mucho en el estudio, peleando por conseguir una y así ahorrar dinero. Acabé consiguiendo una habitación en una residencia a la que iban alumnos de diferentes carreras universitarias. Después hice una audición para la compañía en la que bailaba en la actualidad y empezamos a ensayar para la que sería mi primera función oficial.

Le debía mucho a mi madre, por eso perseveraba en ofrecer lo mejor de mí mismo. Podría parecer seria, despegada incluso, pero me lo había dado todo, intentado que yo sobresaliera, mejorara, y le estaba muy agradecido por su esfuerzo. Trataba de devolverle con creces aquello, aunque sentía que no me acercaba ni un poco. Esa culpa surgía cada vez que su imagen acudía a mi mente. Algo se derrumbaba, adquiría un tono oscuro y me costaba hablar.

Al preguntarme por Suni, dudé. Con mi hermana, no tenía los sentimientos tan definidos. Sí la apreciaba, pero desaparecía de forma continua y no había forma de mantener una relación con ella.

—No es una estructura familiar sólida —opinó el psicólogo.

—No la necesito.

—Háblame de la primera vez que ingresaste.

La primera vez. Bajé la mirada, incómodo, expuesto. Con doce años no era lo que se decía un chico del montón. Me gustaban los dulces y mi madre se encargaba de que nunca faltaran en casa. Me los traía como premio por mis buenas calificaciones, así que yo solo era capaz de tragar y tragar. Jamás había estado tan gordo como entonces. De solo recordarlo, me producía arcadas.

Así, a los trece, recuperada mi cordura, comencé a hacer dieta, sin embargo, no conseguía eliminar toda la grasa que me sobraba, por lo que empecé a saltarme comidas y, con un poco más de esfuerzo, logré perder algo de peso. Mi madre apoyaba aquella resolución, pero mis profesores se preocuparon cuando dejé de rendir lo suficiente. Fueron los que la llamaron y le aconsejaron que me hiciera unas pruebas médicas.

En un principio, dijeron que no era algo importante, cosas de chicos en esas edades, aun así, me ingresaron e intentaron concienciar a mi madre de que no podía permitirme decidir sobre las comidas. Mi padre me visitó el segundo día y se sorprendió de mi cambio. Hacía bastante que no me veía. Aquella expresión era la que recordaría cuando, con dieciséis años, volví al hábito de controlar la ingesta de comida. Acudía a mi mente para decirme que esa era la cara que quería obtener de todo el mundo cuando me miraran. Quería ser agradable, que hubiera un cambio en sus semblantes, como de envidia y a la vez de admiración. Para entonces yo ya había encaminado mi vida a la danza y compararme con los otros bailarines, con los referentes que tenía en televisión y en las revistas, avivó ese deseo de perfección.

Giré el cuello al escuchar unos nudillos en la puerta abierta. Una mata de pelo negra se dejó arrastrar hacia el interior de la habitación.

—¡Jun!

Mi sonrisa se dispersó de inmediato. Nunca había visto un rostro tan apagado y vencido. No, al menos, en él. La decepción lo marcaba por entero, la frustración también, pero Jun olvidaba esas cosas rápido, ¿no? Su jovialidad, de todos, era la más perpetua.

No dijo nada, solo se sentó a los pies de la cama y se puso a llorar. Recordaba pocas veces en que hubiera estado tan abatido y dolido. Con Seju todos nos rompimos, fueron días de silencios, confusión, de muchas dudas y de dolor. De pensar en que, si hubiese sido de otra forma, estaríamos asistiendo a un funeral y no velando a un amigo en el hospital.

Lo observé primero con inquina, aunque no podía obviar el hecho de que me partía por dentro verlo así.

Me levanté, llevándome la manta amarilla conmigo, y me senté a su lado. Seju me había escrito para contarme lo que había ocurrido la noche anterior. Jun le escribió pidiéndole ayuda. Les habían pegado una paliza. Sin embargo, al llegar Seju, solo quedaba Jun. Parecía que habían discutido o algo y Momji había huido estando herido.

No sabía qué esperaba encontrar en mi amigo, si que llevara una escayola o que apareciera con rostro de victoria, pero no aquello. Le habían partido el labio y tenía un gran moratón que le recorría el comienzo de la barbilla y subía casi hasta el pómulo. Se le tensaba la mandíbula al sentir las lágrimas acariciar aquella zona sensible.

Era muy consciente de su perfil, de cómo se le marcaba la línea del hueso, de su nariz, de sus ojos hundidos.

Rodeé mi cuerpo con más fuerza, intentando que no se fuera el calor, y apoyé la cabeza en su hombro. Al notar mi presencia, separó los labios y su cuerpo se convulsionó. Se tapó con las manos y tosió. Veía unos hilillos de saliva unirse entre los dientes.

—Me lo ha dicho Seju —susurré—. ¿Te duele?

Saqué el brazo de debajo de la manta y le acaricié la espalda. Juntó las rodillas y se encogió sobre ellas, rompiendo en un llanto más profundo.

No entendía por qué estaba tan abatido, si era por las heridas o por la discusión con Momji. Si era, quizá, por mí. ¿Pensaba que me comportaba así porque no me importaba? Era todo lo contrario. Solo me salía ser frío con él porque me dolió mucho que nos abandonara sin decirnos por qué.

—Jun, por favor.

Le pasé la manta por encima y lo arropé, haciendo que nuestros cuerpos se transmitieran el calor. Mi amigo se giró y me abrazó, llorando de forma desconsolada y empapándome la mejilla. No sabía la magnitud de lo ocurrido, por qué lloraba tanto.

—¿Ha ocurrido algo más? Dime qué puedo hacer.

Sus brazos me envolvieron con más fuerza. Algo físico hacía que se estremeciera, quizá en aquel abrazo le estaba rozando algún golpe o le había dado en alguna magulladura.

—No me quiere —logré entender.

No supe ubicar aquella frase en el contexto de Jun. Él no decía esas cosas. Él no tenía novia, ni siquiera recordaba si había salido con alguien alguna vez.

—¿Quién? —pregunté. Aunque no necesitaba saberlo, porque Jun, ahora caía, no había estado nunca con ninguna chica.

Una ensoñación me llevó a la noche de las estrellas en la azotea del hospital, cuando mis ojos creyeron distinguirlos cogidos de la mano. Quizá sí los había pillado, quizá sí que había más.

—Momji —balbuceó.

No se lo diría jamás, pero me bloqueé. No esperaba una respuesta así, menos de él. ¿Qué podía decirle yo? ¿Cómo confortarlo? No había ni una palabra que conociera que pudiera hacerle sentir mejor.

—Y ahora él está… —tartamudeó sin dejar de convulsionar. Se le había puesto la cara roja y sus ojos se me clavaban como cuchillas. ¿Cómo podía tener unos ojos tan tristes?

—Yo estoy aquí.

Lo cogí de la nuca y lo apoyé contra mi clavícula. Rodeé su brazo y lo acuné. No podía hacer mucho más. Quise llamar a Seju por si a él se le ocurría algo. Porque con el resto era más fácil, ellos sabían manejar sus emociones, pero Jun nunca hablaba de ellas, no decía qué pensaba, cómo se sentía.

Había visto que quería salvar a la gente, a las personas que más quería. Por eso, quizá, había vuelto, ¿no? Porque nos echaba de menos, porque no podía seguir sin nosotros. En realidad, era desinteresado. Demasiado llano. Cuando algo iba mal, intentaba pensar si podía hacer algo por solucionarlo, aunque también se rendía fácilmente con las personas.

Dejé que llorara, aun cuando aquel silencio me resultaba tan incómodo.

—¿Qué ha pasado? Me dijo Seju que os pegaron. ¿Fue… fue porque estabais juntos? De la mano o…

Jun negó con rotundidad, secándose con las mangas.

—No hay nada —dijo entre hipidos—. Lo empezaron a perseguir dos hombres. Y, aunque bajé corriendo, ya estaban dándole patadas en el estómago y la cabeza y yo… —Las lágrimas volvieron a surgir—. Les grité que pararan…, pero solo conseguí que se enfadaran más y le pegaron más fuerte.

Le pasé el pico de la manta por la cara.

—Ya vale, Jun. Te vas a deshidratar.

Me miró con la tez tirante y enrojecida. De alguna forma, siempre lo habíamos tratado como si fuera un niño, como si por cumplir los años en diciembre nosotros fuéramos muchísimo más mayores. Contemplando su rostro abatido, aquel niño volvía a estar delante de mí, con sus grandes ojos.

—Se fue antes de que Seju llegara. Me… me dijo que no me quería ver más, que era un degenerado.

—¿No lo llevasteis al hospital?

Jun negó, volviéndose a pasar las manos por la cara. Se le marcaba el hueso de la mandíbula. Su piel se tensaba, como si fuera una vena que se hinchara por la presión.

—¿Y qué hiciste con Seju? ¿Fuisteis a la policía?

—No. Dijo que era mejor dejarlo estar. Que podrían ser de alguna mafia con la que Momji tuviera algún lío. No sé dónde ha pasado la noche, si alguien lo ha ayudado o si lo han curado…

Inspiró con un temblor en el labio inferior y suspiró.

—Momji es así. Dice que no le importa nadie, pero sí que lo hace. Tiene una fachada de tipo duro. Ya verás como te llama y lo arregláis.

—¿Cómo va a llamarme? —preguntó frunciendo el ceño.

—No creo que se haya enfadado tanto. ¿No le has dado tu teléfono?

—Es… pobre. Vive en la calle, Luha. Cuando ha venido aquí yo le dejaba ropa y se ha estado duchando en mi hotel. Lo… encontré en el hueco de una sucursal cerrada. Apenas podía mantenerse en pie.

Ahora entendía por qué me había impresionado tanto su aspecto. Momji pasaba hambre, mendigaba.

—No lo sabía —murmuré.

Nos miramos en silencio. Me sentía fatal por no haberlo sabido antes, por no haber preguntado por él.

—Me voy mañana por la mañana —dijo en un susurro.

—Creí que te quedarías algo más…

Jun negó con la cabeza, secándose los restos de lágrimas de las mejillas. Tenía la nariz colorada. Se apartó un poco.

—¿Cuánto… cuánto vas a estar aquí?.

Lo observé, parecía tan apenado que todos los problemas del mundo podían desaparecer; solo estaba él y su dolor, su corazón roto. Jun jamás había hablado de aquella manera de lo que sentía. Nadie le había enseñado. Parecía como si él mismo se sorprendiera de poder sentir tanto. No me alegró saber aquello.

—No lo sé —reconocí.

—La otra vez estuviste tres semanas —musitó.

—¿Te acuerdas?

—Me acuerdo de todo.

No supe interpretar su mirada. Podía ver sus ojos con claridad, pero había un velo que ahora estaba tapando el verdadero mensaje.

—Espero que salgas pronto. Tu… Sabes… En realidad, no sé qué decirte. Supongo que me tengo que ir.

Se levantó entonces del suelo, ayudado por los barrotes al pie de la cama.

—Siempre has sido muy bueno en todo. Haz caso a los doctores, ¿vale?

Asentí, despacio.

La enfermera entró en la habitación con prisa. Era la misma que me traía las bandejas con las comidas y la que se asomaba cada media hora para comprobar cómo estaba. Me localizó en el suelo y se acercó con preocupación.

—¿Te has caído?

—No, solo estábamos sentados. Hablando.

Suspiró. Llevaba algo en la mano, envuelto en un plástico. Parecía una aguja.

—¿Eso para qué es? —pregunté.

—Vamos a ponerte una vía.

Me arropé más fuerte con la manta, irguiéndome y alejándome de ella.

—Es mi decisión —espeté—. Lo dije antes y lo vuelvo a repetir: no quiero seguir aquí.

—No podemos darte el alta, lo sabes bien. No estás cooperando y, si tú no ayudas un poco, no nos dejas otra alternativa.

Levantó el envoltorio con la aguja y el suero.

Observé a Jun, a medio camino de salir. Su rostro derrotado solo mostraba unos ojos apagados. Me miraba. La enfermera se giró hacia él:

—¿A que no te ha explicado tu amigo que se ha puesto en huelga de hambre? A ver si eres capaz de que cambie de parecer.

Giré la cabeza, harto de esa condescendencia, de que todos actuaran como si yo no estuviera delante. Era mi cuerpo, era mi vida. Yo decidía sobre ambos.

—¡Es que no puede hacer nada! Solo quiero que me dejéis en paz.

Sin querer, volví los ojos enfurecidos hacia mi amigo, que abrió la puerta sin mirarme.

—Como no puedo hacer nada por nadie, me voy. No te incomodaré más.

El clic de la puerta al cerrarse retumbó en mis oídos y me dejó con la boca abierta demasiado tiempo. Mis últimas palabras no iban dirigidas a Jun, a aquella silueta llena de sufrimiento. Me enfadé con la enfermera, que llamó a un celador, y entre los dos me obligaron a estarme quieto y consiguieron ponerme la vía.

Esa noche contemplé el techo del cuarto con lágrimas en los ojos. ¿Por qué Jun había venido en ese estado a verme a mí? ¿No tenía a nadie más? Que hubiese sido su única opción después de lo mal que lo había tratado en sus visitas me hacía sentir el peor amigo del mundo. De pronto, fui consciente de su gran soledad. Tendría que haberlo detenido y pedido perdón. Tendría que haber sido más fuerte. Tendría que haberme esforzado mucho más.

Solo quería ser perfecto, pero estaba muy lejos de serlo.

Capítulo 19
REMEDIO
JUN

Sentía un nudo en el estómago.

Quería notar que no estaba solo, que había alguien conmigo. Pero había estado agujereándome la esperanza con sus falsas ilusiones. Todo había cambiado y debía aceptar que así era ahora. Iba a tener que sobrevivir, que no vivir. El niño que temía que muriera absorbido por la grieta ya no respiraba.

Los pies me habían llevado dando tumbos por la ciudad congelada. Algunas noches eran mucho más oscuras que otras, más solitarias, más dañinas. Las baldosas de la acera brillaban, mostrando algunos fragmentos de hielo en los bordes, poniéndome en peligro si aceleraba mis pasos.

Al día siguiente cogería el primer tren a Seúl, ¿por qué no había cenado ya y recogido todas mis cosas? ¿Por qué no había vuelto al hotel?

El vaho escapaba de mis labios temblorosos y apretaba los dedos en mis palmas intentando que entraran en calor. Los ojos me escocían y mi cuerpo estaba tan cansado que solo me pedía regresar, pero no podía.

Bajé la cabeza, introduciendo la barbilla en el cuello del abrigo. No sabía que iba a haber una ola de frío y no había metido ni bufanda, ni gorro, ni guantes en la maleta. Sin embargo, aquel viento gélido me espabilaba. Hacía que dejara de pensar y que me concentrara en mi respiración, en el dolor de la herida en el labio, en los golpes de la cara y el abdomen.

Flotaba en el aire una fuerte humedad que me hacía moquear. Un letrero familiar captó mi atención. Me paré frente al establecimiento cerrado. No entendía por qué la mayoría de sitios dejaban las luces del nombre encendidas.

Era aquel lugar donde estuvo trabajando Momji. En el momento en que me marché, él era repartidor. No le pagaban mucho, pero, cuando encontró esa pequeña estabilidad, las cosas le fueron mejor. Ganó peso, se compró algo de ropa, aunque no cambió la mochila llena de parches que había llevado desde el colegio. No imaginaba lo que tuvo que suponer para él que lo despidieran.

Observé el escaparate tras las rejas. Por su culpa, Momji había acabado en la calle, pasando hambre y frío, enfermando, sufriendo, siendo un fantasma social.

Tomé una fuerte bocanada de aire, notando un fuego nacer en mis tripas, propagándose al instante por todo mi cuerpo. Tensé los músculos. Mis ojos fueron a dar con una baldosa rota en un lateral de la calle.

La cogí. Di unos cuantos pasos hacia atrás y la lancé contra el cristal con toda mi fuerza. El golpe sonó más alto de lo que pensaba, pero no lo rompí, solo se agrietó. Me acerqué a por la baldosa de nuevo y volví a adoptar la posición anterior. Impactó muy cerca, aún sin lograr su objetivo. Contemplé la calle a ambos lados y giré sobre mí mismo buscando alguna luz encendida en las ventanas de alrededor. Todo estaba en calma.

Recogí la baldosa y golpeé el escaparate directamente, apretando los dientes y sintiendo la ira acumulándose sin saber cómo gestionarla. Abrí los dedos, soltando el peso al sentir algo afilado cortarme los nudillos. Unos hilos de sangre caliente brotaron de las pequeñas heridas. Las taponé con la palma de la otra mano. El frío cortaba mis mejillas también, congelando las lágrimas que habían empezado a caer.

Era posible que estuviera llorando más en ese viaje que en toda mi vida. El dolor emocional era demasiado intenso como para soportarlo. Quizá, de alguna forma, sabía que, al quedarme, la ciudad acabaría conmigo. Podría ser lo que estuviera buscando. Que el sueño que tuve de mis amigos cayendo al mar solo fuera el reflejo de mis ansias de desaparecer. ¿No lo había hecho ya?

Grité a la noche, a mi existencia. Desgarré mis cuerdas vocales queriendo dejar salir toda la frustración que me dañaba por dentro.

¿Qué había conseguido? ¿Con qué volvía de aquellos días? De sentir cierta ilusión por poder recuperar una gran amistad, ahora solo recordaba el resentimiento de Luha, el odio de Momji y la indiferencia de Seju. La paliza, la sensación de no tener un lugar al que llamar hogar, la frialdad. La enfermedad, el hospital, la calle encharcada. Mi respiración agitada, las lágrimas, las palabras que no salían.

Lo había perdido. Los había perdido a ellos, a todos los que fueron importantes para mí. Me había perdido también dentro de las sombras.

Ya nada podía salvarme. Este dolor no tenía remedio.

Julio

CUATRO AÑOS ANTES

Capítulo 20

EUFORIA

JUN

Las clases habían acabado. Era finales de julio y estábamos hablando de acercarnos a alguna piscina pública para soportar el calor y la horrible humedad del verano. Mis padres se habían cogido unos días para ir a una de las playas de Busán, pero tenían pensado pasar solo tres días porque estaban masificadas y apenas podían poner la sombrilla en la arena. Esos días invité a mis amigos a casa.

Seju trajo sandía y algo más de fruta para compartir. Nos sorprendimos un poco porque comprarla era casi un lujo, aunque Seju era así, a veces tenía gestos desinteresados en momentos que nadie esperaba. También me causaba cierto nerviosismo no prever esos cambios. Hacía poco menos de un año de su intento de suicidio y, aunque no lo hablábamos entre nosotros, desde entonces observábamos más de cerca a nuestro amigo. Si Luha y él siempre habían tenido algo especial, desde aquel momento no se separaban. Yo había ido dándole cada vez más espacio sin darme cuenta.

También nos obsequió con un par de botellas de *soju*, unas bebidas alcohólicas que estaban de moda y cuyo sabor recordaba al vodka, aunque por ese entonces ni sabía lo que era. Las había comprado Taeju. La reservamos para la noche y no bebí más que medio vaso. Estaba en esa etapa de desagrado por las cosas que hacían los adultos y que para mí no tenían sentido.

Metimos todo en el frigorífico e hinchamos una pequeña piscina que rodeamos de sillas y que usamos para refrescarnos los pies. Conservábamos un ventilador algo antiguo que encendimos para aliviar un poco la asfixia a esa altura. Era un cuarto piso casi en el centro. Todavía no nos habíamos mudado a la pequeña casita donde residirían mis padres cuando yo decidiera irme a Seúl, pero ya habían empezado a buscar.

Así era nuestro verano, tranquilo, vivido como en un bucle día tras día hasta que a finales de agosto tuviéramos que regresar a las clases. Las horas se alargaban, olíamos a crema solar y al cloro del agua de las piscinas. También olía a lluvia, porque el verano precipitaba casi todas las tormentas juntas. En esos días, Seju traía películas de su casa y las veíamos en el pequeño televisor del salón, tumbados en el suelo, con las ventanas abiertas y las luces apagadas.

El sol dispersándose nos acariciaba con sus manos de oro, haciéndonos brillar como lunas en la noche. Nuestros dientes en la oscuridad eran constelaciones que nos llevaban a no dejar de reír, de soñar despiertos. El futuro parecía mucho más colorido frente a nuestros ojos, nuestros sueños posibles. Aún no teníamos claro lo que queríamos hacer, pero sabíamos que nadie nos podría quitar esos momentos juntos. Que permanecerían con nosotros como unos recuerdos eternos.

Capítulo 21
ESTIGMA
LUHA

El psicólogo había estado durante mucho rato en la habitación. No sabía qué estaba haciendo. Le había empezado a mentir, a contar historias, cosas sobre unos supuestos amigos de la academia, sobre los planes juntos, viajes, anécdotas, pero me había pillado. No debería haber hecho eso, porque lo cierto era que no socializaba. No salía con ellos a las cenas tras los entrenamientos ni quedaba con nadie fuera de nuestras horas de ensayo. No tenía a nadie porque había ido aislándome.

Y él me había cogido. El gato había atrapado al ratón y me había mirado con una seriedad que me hizo sentir vergüenza. Me había dicho que una cosa era mentir a alguien y otra, creerme mis propias mentiras. Que debía hacer un ejercicio de honestidad conmigo mismo. No le dije que me aterraba esa idea.

Había dentro de mí una voz tan machacona e hiriente que no quería escucharla. Suficiente tenía con intentar silenciarla cada día. Me negaba a conversar con ella.

Después de tres días, mi madre había venido a visitarme. El día del desmayo sí que se acercó, aunque no reparó en que mi estado fuera preocupante, así que el resto de los días me llamó.

No entendía por qué seguía ingresado si solo había perdido el conocimiento.

Fue una sorpresa verla aparecer, con aquel abrigo grueso y sus zapatos caros. Se había hecho una coleta e iba quitándose los guantes. Al entrar en la habitación, negó con la cabeza. Se había maquillado de forma sencilla. Probablemente, solo se había arreglado para venir al hospital.

—Mírate, hijo —suspiró—, esa ropa no te tapa de forma adecuada. Tan ancha y fea. —Contemplé mi pijama de hospital y tiré de las costuras—. A saber cuánta gente ha llevado eso. Te habrán dado uno nuevo cada día, ¿no? Es como un foco de infección.

—Sí, me lo han cambiado —murmuré ante su preocupación.

Hizo una pausa para observarme el rostro, acercándose despacio y dejando el abrigo colgado del brazo. Sus visitas solían ser breves dado que iba directa al grano.

—¿Hace cuánto no te lavas el pelo? —Chascó la lengua echándome hacia atrás el flequillo—. Lo tienes lacio y sin vida. ¿Y tus lentillas? ¿No las has traído? Las enfermeras se asustarán con unos ojos tan oscuros. Tu hermana los tenía iguales y mírala. Dios sabe dónde estará. ¿No has dormido bien? Tienes ojos de sapo.

Froté mis párpados, intentando que aquellas bolsas desaparecieran.

—Por las noches dejan algunas luces encendidas y oigo los ruidos del hospital. Me cuesta conciliar el sueño.

Mi madre me miró con desaprobación. No quise contarle que había visto a Suni, ella me pidió que no lo hiciera. Aunque no lo hubiera manifestado, tampoco la descubriría. No quería alterar ni decepcionar más a mi progenitora.

—Podrías haber salido a comprar champú o líquido para tus lentillas.

—No sabía que me iban a ingresar.

Rodeó la cama, depositando el abrigo a mis pies y estirando la sábana por encima de mis piernas.

—Le he dicho a la doctora que me quiero ir.

—Lo que tendrías que hacer es volver a casa. Ya hemos superado esto dos veces sin ayuda.

—Quizá la necesite ahora —insistí sosteniendo su mirada un instante.

Ella la rehusó volviendo sobre sus pasos y ordenando lo poco que tenía en la mesilla auxiliar. Señaló los cómics.

—¿Ya los has leído? ¿Te traigo más de la estantería de tu cuarto?

—En realidad, todos esos los leí en su momento… —Alargué el brazo sin llegar a tocarla, solo para que me mirara—. *Eomeoni*, lo que quiero decir es que quizá sí que necesite un poco de…

—No, hijo, lo que necesitas es volver a la rutina y esforzarte más. Esto es cansancio espontáneo. No sé qué te enseñarán en esa academia, pero te han hecho débil, como cuando tenías dieciséis años.

No imaginaba que uno de los peores dolores a los que un ser querido te podía someter era algo parecido a lo que acababa de oír. Era como si hubiera obviado mis sentimientos, el haber intentado abrirme para que me entendiera, para que pudiera verlo con mis propios ojos. El peor dolor era el que te causaba la persona a la que le habías contado lo que te hacía daño e ignoraba de forma deliberada cómo te pudieras sentir.

—Pediré el alta voluntaria para volver a la residencia —decidí.

—¿Prefieres ir a ese lugar antes que volver a casa? —Se giró con unos cuantos cómics en las manos.

—No es eso.

—No, seguro que no. —Los puso de nuevo sobre la mesilla auxiliar de un golpe—. Pero tu madre no ha dejado de sujetar la puerta por si querías volver.

—Sé que tengo esa opción…

—No es necesario que digas nada. —Levantó una mano—. No has pensado en mí a la hora de elegir. Pero yo sé qué es lo mejor para ti. ¿Qué experiencia tienen en esa residencia? ¿Saben cuidar de ti? ¿Acaso te conocen como lo hago yo? No vas a estar en ningún sitio mejor que conmigo. —Mi madre agarró el abrigo y observó el gotero a un lado de la cama—. Las cosas se consiguen con esfuerzo.

—Yo me… esfuerzo.

—Eso no lo sé. —Se acercó y comenzó a susurrar, enfadada—. ¿Has visto dónde estás? Podrías irte a vivir solo si esto no se volviese a repetir. Nada de hospitales es lo que te dije. Y mírate. Ya no tienes a tus profesores para que estén encima, no eres un niño.

—No los…

—Lo que necesitas es más disciplina. ¿Has hablado con la compañía de baile? Seguro que ya te han sustituido y han puesto a otro mucho mejor. Eres prescindible, como todos. Llevas aquí demasiado. —Mesó su abrigo en el brazo y lo estiró para ponérselo de nuevo.

—Los he llamado dos veces —respondí. A mi alrededor todo estaba borroso, pero no podía llorar delante de ella. Alcé la vista hacia el techo para intentar detener las lágrimas—. Me han dicho que no pasa nada, que, en cuanto me recupere, me incorporaré a los ensayos.

—Yo no me fiaría de lo que no está escrito y firmado. —Se puso los guantes—. Ya han reparado en lo enclenque que eres, el poco aguante que tienes. ¿Crees que se pueden arriesgar a tener a alguien así en la compañía?

—Me esforzaré mucho más.

—No espero menos de ti. Aunque tampoco esperaba menos antes y mira… —Sus ojos contemplaron una última vez el gotero sobre mi cabeza. Pensaba que no se había dado cuenta. Escondí el brazo, sintiendo mucha vergüenza.

El huracán que vino, finalmente, se marchó, dejando un destrozo que costaría mucho volver a arreglar.

Unos nudillos llamaron a la puerta. Observé mis rodillas y giré ligeramente el cuello. Jun ya había cogido el tren de vuelta y dudaba que Momji se acercara sin él. Me fijé en los zapatos blancos con agujeros de la enfermera y volví la cara a la pared. Era tarde para la cena y, tras mi comportamiento del día anterior, seguía con el suero puesto.

—Ha acabado la hora de las visitas, pero alguien quiere verte —dijo.

Levanté la cabeza y observé a la chica de recepción. Era muy joven, con unas gafas enormes y los dientes torcidos. La persona que esperaba detrás le sacaba como dos cabezas y parecía sentirse un poco intimidada. Seju provocaba eso. Hacía muchos meses que no lo veía. Al contrario que con Jun, en él todo lo extravagante alcanzaba otro significado. Tenía un porte sofisticado, como si fuera un príncipe.

Cogí el teléfono móvil y puse la cámara frontal, intentando hacer algo con mi pelo. Odiaba los hospitales, cómo conseguían sacar tu yo más feo. La luz blanca no favorecía, las paredes y todos los dispositivos médicos eran horrendos, la ducha era lo suficientemente incómoda como para no querer ni pisarla, y eso por no hablar de lavarse el pelo y secarlo en condiciones.

—Gracias —le susurró a la recepcionista, que se marchó colorada y haciendo varias reverencias torpes—. Hola —saludó con aquella voz grave. Se llevó una mano al sombrero para acompañar sus palabras.

—Seju —pronuncié guardando el móvil. ¿Quién le habría dicho que estaba ahí?

Encendí la luz del cabecero de la cama. Seju cerró la puerta echando un vistazo antes. Se quitó los zapatos, dejándolos al lado de la entrada, y también el sombrero aplastado, depositándolo encima de los cómics mientras cotilleaba la mesilla auxiliar. Se atusó el pelo y se volvió mientras se desabrochaba el abrigo de paño marrón. Llevaba un pañuelo rojo al cuello y una camisa blanca debajo. Los tirantes que sujetaban el pantalón le apretaban un poco, aferrándose a su pecho.

—¿Cuál es tu concepto de hoy?

Se miró la ropa un instante y se acercó despacio para que lo viera mejor.

—París —contestó como si fuera obvio mientras señalaba el sombrero. No me había fijado en que era una boina marrón.

—¿Cómo te han dejado entrar?

—Le he dicho que era famoso y que si podía hacer una excepción por una vez. —Aproximó la silla que había usado el psicólogo antes que él y se sentó lo más cerca posible de la cama—. Me ha reconocido, así que ha sido fácil.

—Deberías ser actor, no modelo.

—He hecho un anuncio. Soy actor —terció.

Me reí de él.

—Fue de un yogur y solo tenías una frase.

—Cuando me hacen una sesión de fotos también tengo que interpretar un papel.

—¿De quién hacías para la colonia?

—Ahí hacía de mí mismo. —Posó de la misma forma que en el cartel gigantesco de la parada de autobús. Tenía el pelo más largo que en el anuncio y el fondo era mucho más deprimente, pero sabía captar aquella esencia.

—Seguro. ¿Qué haces aquí? No te lo habrá dicho Suni…

Se le formó un hoyuelo en el carrillo al bajar la comisura de los labios. Parecía la versión cómica de alguien triste.

—Sabes que tu hermana no me habla.

—Ninguno me ha dicho aún qué pasó entre vosotros.

—He venido a verte al hospital y te he traído flores, ¿no tienes suficiente? —preguntó con dramatismo.

Me erguí en la cama y miré alrededor, buscando el ramo.

—Yo no veo las flores por ningún lado.

Seju pegó un brinco y se levantó de la silla.

—Mierda, me las he olvidado en el coche.

Dio una vuelta sobre sí mismo. Trataba de recordar dónde había puesto su abrigo.

—No pasa nada, si te vas no te dejarán entrar de nuevo.

Se quedó quieto en el sitio y se mordisqueó la uña del pulgar. Asintió una sola vez de forma enérgica.

—Lo siento.

Metí los pies bajo la sábana, jugando con el pico de la manta amarilla.

—¿Cómo estás? —preguntó.

Me encogí de hombros.

—He estado hablando con el psicólogo. Creo que me voy mañana.

—¿Por?

—Porque estoy bien. Puedo pedir el alta. —Eché la manta hacia atrás para descubrir mi torso ante él y luego me volví a arropar—. En las analíticas han salido niveles bajos, pero es normal en todos los bailarines... Ya sabes, tenemos que comer solo esto o aquello —mentí. Me observé el bíceps izquierdo bajo el pijama de hospital. Lo rocé para cerciorarme de que seguía ahí.

—No querrás que se te caiga la bailarina cuando hacéis la postura final de *Dirty dancing*. —Sonrió.

—Soy fuerte —refuté—. Podría levantarte a ti también.

Seju se echó hacia atrás y se sujetó la mandíbula con el puño, probándome. En su mirada había desaparecido el rastro de la broma que acababa de hacer.

—Dime la verdad.

—Dímela tú —objeté adquiriendo la misma seriedad—. ¿Cuánto hace que lo sabes? Que estoy aquí.

Torció la cabeza hacia un lado, dejando los labios separados.

—Tenía que estar fuerte para venir. Ya sabes que… —Cambió de postura, soltando un pequeño suspiro—. Hace mucho que no piso un hospital.

Miró las sábanas sobre mis piernas y luego alzó los ojos hacia mi cara. Sus ojos eran penetrantes. Pocos podían aguantarle la mirada a Seju. Su profundidad y quietud incomodaba, sin embargo, yo sabía que solo hacía eso cuando algo le importaba.

—Cinco años —conté.

—Me hubiese gustado que hubieran sido muchos más —replicó con una sonrisa sincera—. No me has respondido antes. Te he preguntado cómo estás.

—Deseando irme. No quiero que me echen de la compañía. Sé que estoy ingresado y eso justifica que no esté…, aun así, me preguntarán, verán esto como una debilidad, algo para suplantarme. No quiero preocuparlos, no quiero perder esto. He luchado mucho para llegar donde estoy.

Sentí la palma de la mano de mi amigo en la rodilla.

—Jun me dijo qué provocó que te desmayaras.

—¿Cuándo?

—Nos vimos en la estación el miércoles de camino a una sesión de fotos. Fue el día que nevó. Nos tiramos bolas de nieve. —Sonrió tontamente.

—Y hasta ahora no has podido venir.

—Ya te he dicho que tenía que estar fuerte, Luha —dijo mirándome a los ojos—. Todos esos pensamientos murieron una vez. Las imágenes no. Siguen en mi mente. No quería entrar por la puerta y no ser capaz de estar delante de ti.

—¿Por qué no me lo dijiste? Al menos, así habría sabido que habías pensado en pasarte.

—Luha, escucha, yo aquí doy igual. Tienes que comer. —Señaló el suero—. Eso solo te mantiene con vida. Pero esto no es vida.

Observé la vía en mi brazo. Era tan desagradable. No me la había arrancado todavía porque era un poco aprensivo a la sangre.

—Me enfadé —susurré.

—Yo también me enfado, pero no por eso me castigo.

—No me castigo.

—No, tú no. Tu enfermedad es quien te castiga.

Aparté su mano de mi pierna.

—Tú tampoco me crees.

—Escucha —dijo inclinándose y bajando el tono—, estoy de tu lado porque te quiero sano. Te quiero fuera de aquí. Te quiero libre de malos pensamientos. Me gustaría que pudieras verte como te vemos el resto.

¿Por qué me decía eso? ¿Quería que viera mi fealdad, aquella cara de mejillas abultadas que nunca sería suficiente? ¿Aquel cuerpo imperfecto, lleno de fallos? Todo eso ya lo veía cada día.

Seju volvió a poner la mano sobre mi rodilla. Su expresión seguía imperturbable.

—Siempre hemos hablado abiertamente de lo que pensamos de nosotros mismos. No te creas que es fácil sobrevivir en un mundo donde la imagen es lo único que cuenta. Yo también tengo que luchar por no perder la perspectiva. Es muy difícil. Por eso sé lo que piensas de ti mismo. Antes hablábamos mucho de esto. Después de tu ingreso, después de mi depresión, fue cuando más compartíamos de nosotros. ¿No te acuerdas? ¿Por qué debería ser diferente?

—Porque somos adultos. —Apreté más la manta alrededor de mi cuerpo—. Lo que pensamos ahora tiene las garras clavadas mucho más profundo. En el colegio no nos entendíamos, ahora sí sabemos qué nos ocurre. A veces me gustaría volver para no entender nada, para que mis actos no fueran solo cosa mía. Era más sencillo.

—¿Es por eso? ¿Te sentías solo?

Noté mis músculos crisparse. La soledad no era una razón. No mi razón.

—Tú deberías entenderme mejor que ninguno. —Lo observé—. Hay que sacrificarse para ser perfecto. Te pones mascarillas, haces dieta, ejercicio, bebes agua a todas horas… Es lo mismo para mí.

—Pero hay que hacerlo con cabeza.

—Mi fallo fue el agua. Se me olvidó la botella en casa y no compré una en el descanso.

—Luha. —Sus ojos sostuvieron los míos con esa intensidad tan suya, tan magnética y dura.

—No tienes que convencerme de nada —respondí.

—Estás en un hospital. Entiende la gravedad.

—Estoy aquí porque Suni les ha pedido que miren mi historial. ¡Solo perdí el conocimiento!

Seju se inclinó hacia delante, escrutándome por debajo del largo flequillo. Había algo salvaje que siempre asomaba, pero que mantenía bajo control en sus pupilas.

—¿Vas a decírmelo de una vez? —masculló entre dientes.

—¿El qué?

Sentía sus dedos clavarse en mi piel.

—Lo monstruoso que eres —respondió sin poner distancia entre nosotros—. Que prefieres poder ver tus venas, sentir los huesos, los moratones que se te forman más rápido que cualquier otra cosa. Que prefieres sentir dolor de tripa o calambres porque crees que eso te acerca a estar más delgado, a ser perfecto. Que te odias tanto que a veces piensas en la muerte y en el bonito cadáver que vas a dejar.

Había cosas que uno pensaba y que no reparaba en ello hasta que alguien lo ponía en palabras. Aquellas frases me habían noqueado, quitado el aliento. Seju no era capaz de escarbar de esa forma y con tanto tino. Era como dar con la letra de la canción que te representaba en un momento concreto y que te empezara a latir en el estómago, haciéndote llorar.

—No pienso eso —murmuré con un nudo en la garganta.

Unos toques suaves en la puerta cortaron aquella tensión. La recepcionista con gafas asomó la cabeza .

—Lo siento, no puedo daros más tiempo.

Seju asintió brindándole una amplia sonrisa llena de agradecimiento.

—Me despido de mi amigo y salgo enseguida. Gracias.

La recepcionista cerró la puerta mirándose los pies, convencida del teatro de Seju. Mi amigo giró la cabeza, volviendo a la seriedad, a liberar aquella oscuridad que aprisionaba por dentro.

Mis lagrimales estaban a punto de desbordarse. No quería parecer débil, pero algo había crujido en mi interior. Algo que pensaba que nadie sería capaz de ver, porque jamás había querido que me vieran como me veía yo. ¿Cómo había pasado? ¿Cuándo había alzado la sábana que ocultaba al monstruo?

Se levantó de la silla y cogió el abrigo de paño marrón.

—No llores —me pidió acercándose mientras se ponía bien el cuello.

Sus brazos me envolvieron como si fuese un niño desvalido. Sentí la calidez, dejando escapar las lágrimas contra su pecho.

—Ya sabes que me pareces guapo, pero tu mejor versión está fuera de aquí.

Lo aparté un poco, restregándome las mejillas.

—¿Qué tengo que decir ante eso?

Se rio de forma cómica. Siempre sacaba ese lado para enmascarar cosas. Timidez, inseguridad. Se acercó a la mesilla auxiliar a por la boina francesa y se la encajó, colocándose bien los mechones aplastados.

Me humedecí los labios pensando en lo absurdo que estaba siendo todo. Que hubiese venido; que me hubiese traído flores, aunque las hubiese olvidado; que me hubiese hablado con la sinceridad de siempre, la confianza plena para poder tratar lo trascendente, los demonios que corrían por debajo de la piel; que me hubiese halagado…

—¿Por eso te dejó mi hermana? ¿Te gustan los chicos? —indagué.

—Puedo apreciarte sin tener que buscar nada más. —Bajó la sonrisa, poniéndose más serio—. Tampoco es el mejor momento, ¿no crees?

Se acercó de nuevo a la cama para darme un beso en la frente. Estaba usando la colonia de aquel anuncio. Su aroma se había adherido a mi nariz al abrazarme, aunque ahora era consciente de él de otra forma.

—Te veo mañana.

Sostuve su mano en mi sien un instante. Tenía los dedos largos y fuertes.

—Hasta mañana.

Me dedicó una enorme y ridícula sonrisa mientas volvía a ponerse los zapatos. Había personas que eran un espejo cuando más lo necesitabas, incluso cuando no sabías que lo necesitabas. Seju había reflejado una verdad que había estado ignorando. Que había gente que me quería aun enseñando mi peor imagen al mundo.

Pensé en el ramo que Seju se había olvidado. Era ilógico que los muertos recibieran más flores que los vivos. No era justo. Yo aún no estaba muerto y todos me miraban con esa pena, esa compasión, como si realmente fuera a desaparecer. Esa no era la fragilidad a la que me refería cuando decía que me gustaría que me consideraran frágil. Hablaba más de sentimientos, de algo físico que tiene que ver con el cuidado, con tratarme bien.

Hundí las mejillas entre las rodillas, apretando mis pómulos. Miré de reojo la vía en el brazo. ¿Esa situación valía la pena? Jun había venido con Momji porque estaba preocupado, Seju había tardado algo más porque quería estar fuerte para mí, Suni también había estado en esa misma habitación, mi madre. Todos me habían abrazado. Sentía sus dedos en la piel, su buena intención, su cariño. ¿Sería verdad lo que había dicho Suni? No hacía eso por dañar a nadie. Yo solo quería dar lo mejor de mí mismo. ¿Tan difícil era de entender?

Mi estómago rugía y mi paladar solo recordaba qué alimentos sabrosos podrían paliar aquel sufrimiento. Hundí más el rostro, encogiendo el abdomen. Odiaba ese sonido, ese estremecimiento. Apreté el puño a la altura del ombligo.

Sabía que había un problema, llevaba un tiempo notándolo en los músculos, en mi energía, aunque creía que estaba haciendo algo bueno por mí. Echando la vista atrás, y tras haberme recuperado de dos recaídas, reconocía los síntomas. Los veía claros en la situación actual, pero no estaba conforme. No quería terapias, no quería médicos ni hospitalizaciones. Quería volver a la compañía, a bailar. Mis articulaciones estaban necesitadas de movimiento.

Levanté la cabeza. ¿Cómo lo conseguí la otra vez? ¿Por qué era tan complicado verme como decía Seju que me veía?

Quizá lo único que conocía era estar enfermo, tener la mente rota. Quizá lo único que hacía la gente a mi alrededor era mentir.

Capítulo 22

CASA JUN

Imaginaba que lo peor de volver sería la soledad, pero no había vuelto solo. Los nuevos pensamientos que había traído conmigo llenaban todo el espacio. Me cercaban. Decían que no había sido capaz de colocar en mi piso suficientes sentimientos como para poder llamarlo hogar. En ese instante, no cabía otra cosa que aquel gigante.

Porque lo que no te decían era que había algo peor que la tristeza. No era la soledad lo que dolía, sino la información de más que tenías. El no saber qué hacer con ella. ¿De qué me servía recordar sus cumpleaños, sus sabores de helados favoritos o la música que les gustaba escuchar? ¿De qué me servía saber cómo se había hecho Seju la cicatriz tras la oreja izquierda, que Luha odiaba la leche y siempre se comía los cereales solos a cucharadas, o que Momji retenía frases enteras de películas que solo había visto una vez?

Quizá todo eso había cambiado con el tiempo, pero algo me decía que no. Que seguía conociéndolos lo suficientemente bien como para poder seguir considerándome su amigo.

Parecía que las ciudades que había puesto entre nosotros cuatro ahora se habían multiplicado, que la distancia que nos separaba era incluso mayor después de haber intentado pedirles perdón.

Entonces, ¿cómo detener aquello? ¿Qué hacer con lo que no podía olvidar?

El que se va siempre se lleva una doble carga; no solo el adiós, la despedida obligada a formular, sino la culpa. El que se queda no tiene que lidiar con ello, solo con el recuerdo.

Había intentado reparar aquello que hizo que me alejara. Bueno, en realidad, aquellas situaciones solo habían sido el reflejo de lo que ellos querían, que me marchara. ¿No lo habían intentado con todas sus fuerzas? ¿Por qué me había empeñado en regresar si ya me dijeron una vez que no me querían a su lado?

Me quité los zapatos nada más entrar. Tiré la bolsa negra en el pasillo, junto con el maletín. Me quité el abrigo y lo dejé sobre la única silla del diminuto apartamento. No, no había nada que hubiese echado de menos del lugar donde residía. Apenas eran unos metros de intimidad. Un habitáculo con una sola ventana, una mesa con una silla que hacía las veces de escritorio y de comedor, un armario con puertas correderas, el cuarto de baño más pequeño del mundo y una cocina algo antigua, pero con la que me apañaba para sobrevivir. Llevaba la dieta del estudiante, que era a base de fideos instantáneos y *kimchi*, una preparación fermentada a base de col y más ingredientes, como el polvo de guindillas o salsa de pescado. El sabor era fuerte, y cuanto más picaba, más me gustaba. Sabía que no era lo más sano, pero no era muy diestro cocinando.

Me acerqué al teléfono fijo para comprobar si tenía algún mensaje. Como esperaba, nadie me había llamado. Avisé a mi madre de que ya estaba en el apartamento de Seúl y abandoné el móvil. Total, ¿a quién más le importaba? Nadie me iba a escribir.

Regresé a por mi equipaje y lo empecé a deshacer sin ganas. Momji no me había devuelto la ropa y no iba a pedírsela. Pensándolo bien, podría haberle dado la bolsa entera.

Me senté en el suelo, sintiendo que la gravedad hacía de las suyas, como si mi pecho fuera un meteorito y su trayectoria fija fuera a colisionar con la tierra, que era la tarima. Apoyé la espalda en ella, llevándome las manos a las costillas.

Pensaba que estaría preparado, que podría funcionar de verdad. Sabía que había posibilidades de que algo saliese mal, de que no quisieran verme, pero las descarté por mi estúpida forma de vivir en sueños. Me creí mi propia ilusión y ahora me lamentaba al ver mi corazón en el suelo hecho pedazos, de nuevo. No tuve suficiente con reconstruirlo una vez, que había dejado que volvieran a rasgarlo por los mismos puntos que ya cosí.

Rodé sobre el costado, abrazándome. Sentía mi latir y mi respiración lenta y caliente. Había sido un egoísta. No había otra definición. ¿Cómo podía haber estado tan ciego? ¿Por qué me había puesto delante de los demás? Mis deseos, mis ganas de verlos. Mis ganas de ser querido.

Apreté la mandíbula, sintiendo los dientes castañear. Estaba cogiendo frío. Ni siquiera me había molestado en encender el pequeño calefactor. Vivía en un bloque de apartamentos muy antiguo con pocas comodidades. Vivir en Seúl era caro, el alquiler era alto. No les había vuelto a pedir ayuda económica a mis padres después de que, al principio, me ayudaran con la fianza.

Me arrastré hacia el enchufe y conecté el calefactor. Solía tardar varios minutos en arrancar, era un trasto viejo. Fue lo único que venía con la casa y, dado el estado del edificio por fuera, le echaba más de treinta años. Llevaba en un bolsillo lateral de la bolsa de viaje negra un calentador de manos. Viendo que empezaba a tiritar, pensé que era lo más conveniente para salir del paso.

Me arrodillé frente a mi equipaje y, al ir a echar mano, recordé que había sido un regalo de Luha. Decía que era muy desordenado. No lo había pensado hasta ese instante, pero le había confesado algo que había estado callándome durante mucho tiempo. Le había dicho que me gustaba Momji. Inspiré con fuerza, notando que un nudo en la boca del estómago se apretaba tanto por el vértigo y el miedo que tuve que concentrarme para no perder el equilibrio. Si había alguna posibilidad de que lo hubiera podido malinterpretar, rememorar la conversación en el hospital me ayudó a darme cuenta de que me había entendido a la perfección. Incluso había pensado que nos habían pegado una paliza por ir de la mano.

Solté el aire. ¿Luha pensaba que había pasado algo entre nosotros? No, no podía ser, yo se lo había explicado todo tal cual había sido. Le había dicho que Momji me había despreciado y me había dicho unas cosas que no quería recordar. Había ocurrido así. Sin embargo, el hecho de que en la habitación de hotel se mostrara tan receptivo, ¿qué significaba? ¿Acaso era gratitud, un engaño?

En la azotea del hospital, cuando mirábamos las estrellas, nuestros meñiques se entrelazaron, ese gesto no me pasó desapercibido. ¿Para él fue tan banal como pestañear? Soltó mi dedo en cuanto Luha se dio la vuelta.

Pero su mirada sosteniendo la mía, su forma de buscarme, de estar pendiente a su manera… ¿Qué había sido? ¿Me lo había inventado? ¿Tan desesperado estaba?

Me encogí. Ahora sí que no podía regresar.

Capítulo 23

ESTOY BIEN

MOMJI

Su silueta levantaba el aire cuando pasaba por mi lado del sofá. No hacía más que revisar una y otra vez los papeles, mirando de forma intermitente el teléfono móvil. Llevaba solo dos días ahí, pero Suni me había despertado simpatía. Tanta que conseguía que me esforzara por intentar detener esa agonía interna que estaba sufriendo.

—Estás ansiosa.

Giró el rostro y la coleta le golpeó una mejilla. Debía de tener mucha ropa rosa porque todo en su atuendo era del mismo color, incluso los calcetines.

—Sí, ¿sabes? —Mordisqueaba el clip con forma de oso que usaba para unir todos aquellos folios—. Mi cabeza es como una página web en la que tengo un montón de pestañas abiertas: unas congeladas porque son información importante, otras por curiosidad y una en concreto tiene música, aunque no sé cuál. Por eso parezco distraída.

—He dicho ansiosa.

—Ya, eso también. Es… todo esto. Tú.

—Soy un daño colateral —murmuré casi para mí.

—No debería haber pasado. Esos dos mafiosos deberían

haber ido a por mí. Soy yo la que va tras ellos, no tú. Soy yo quien está investigando esto, quien está metiendo las narices en sus trapicheos… Tú has sido demasiado bueno. Y torpe.

Se acercó a mi cabeza y me apartó con un aspaviento. Se sentó en el reposabrazos. Llevaba una de mis muñecas vendadas y no podía moverla bien, así que no podía hacer mucho por impedir que invadiera mi espacio personal.

—Yo también siento que me vieran —respondí levantando la muñeca vendada.

Suni torció la boca.

—Voy a cambiarme el color de pelo.

—Vas a acabar quemándotelo —gruñí sentándome con mucho esfuerzo. Había pocas zonas del cuerpo que no me dolieran, y eso que Suni había desplegado ante mí un surtido de pastillas muy específico. Por un día había aceptado, pero me habían dejado el estómago hecho polvo. Decidí que ya no iba a ingerir más.

—Quizá. Mira, muchas famosas usan pelucas y no les va tan mal. Si me rapo el pelo para sanearlo, sé que tengo una alternativa muy convincente. —Podía escuchar cómo movía el pie repetidamente—. El rosa llama la atención.

Observó mi melena oscura con tristeza y yo la imité.

—Es tan aburrido —opinó con un suspiro.

—Yo llevo toda la vida con él y no me ha llegado ninguna queja todavía.

—Porque eres muy simple. —Volvió a unir las hojas con el clip—. Ya sé que te importa tres pimientos… ¡¿Vas a dormirte otra vez?!

—Estoy escuchándote, solo he cerrado los ojos.

Se levantó, guardándose el móvil en el bolsillo de la chaqueta con lentejuelas, y se fue directa a su cafetera. Contempló el fregadero lleno de loza sucia. Sacó una taza del cajón que tenía justo debajo. Guardaba las cosas donde menos sentido tenía.

—No puedes tener tanto sueño. ¿Qué has comido hoy?

Abrí los ojos, inclinando la cabeza hacia un lado. Ante el silencio, se giró y captó mi mirada. No iba a gastar energía en repetirle lo mismo una y otra vez.

—Cuando tengas hambre, comerás. Ya. Pero hay que hacer varias comidas al día y tú haces solo dos…, o una. Al menos, eso es lo que hiciste ayer. ¿Has desayunado? —Se acercó y depositó la taza de café en el apoyabrazos del sofá, justo donde se había sentado antes. Viendo el peligro, la quité de ahí en cuanto se dio la vuelta. Pestañeé despacio, pero no respondí—. Sé que no tienes la costumbre de comer mucho…

—No sé si llamarlo costumbre —murmuré para mí mismo, irguiéndome. Le di un sorbo. Estaba frío. No aprendía. No debía aceptar comida de Suni.

—Dios, Momji, me haces quedar como una mala persona.

—Me han dado una paliza por ti. —Levanté el mentón para que viera las heridas de la cara.

—Ya sé que es mi culpa. Por eso estás aquí. Eres un huésped espantoso.

—¿Estás tratando de envenenarme? —Volví a beber de la taza con desagrado.

—¿Y tú de sacarme de quicio?

Sostuve su mirada. ¿Cómo se había podido fijar en Seju? Era tan mordaz. Podría ser mi propia hermana. Sonreí, dejando la taza en el suelo y echándome de nuevo en el sofá.

—Sí, mira, quédate ahí quieto y duerme. —Sacó de nuevo el teléfono para mirar la hora—. Voy a salir.

Se fue hasta el dormitorio para coger un abrigo de un despampanante color fucsia. Se guardó el móvil en uno de los enormes bolsillos y la cartera de Hello Kitty en el otro. Abrió la puerta del apartamento.

—Las llaves —le recordé.

Volvió a entrar en el piso, buscando dónde las había puesto.

—¿A dónde vas? —pregunté.

—No voy a decírtelo. —Señalé la puerta. Suni se volvió y encontró las llaves metidas en la cerradura—. Come algo. Si te aburres, tengo muchos canales contratados en la televisión. Ponte un drama.

—Me fascina llorar.

—Pues procura no deshidratarte. No quiero encontrar tu cadáver cuando regrese.

—Así te sentirás más culpable.

Torció la boca ante mi último comentario. Se acercó con rapidez y me dejó un beso en la coronilla. Le aparté la cara con una mano poniendo una mueca de desagrado.

—Eres un despegado. Así nadie te va a querer.

—Será que a ti te quieren mucho.

Las comisuras de sus labios se curvaron hacia abajo. Se le formaron unos hoyuelos en las mejillas que me hicieron gracia. Aquel aspecto infantil contrastaba con la mente que tenía. Era muy inteligente y estaba metida en algo muy serio como para vestir así.

—Rancio.

—Hasta luego —me despedí de ella acomodándome en el sofá para volver a dormirme.

—Me llevo tu gorro.

—¡Eh! —La puerta se cerró y yo no pude comprobar si lo había cogido de verdad. Qué más daba. Cerré los ojos, como si no hubiera pasado nada.

Capítulo 24
DESPERTAR
LUHA

Una de las cosas que solía hacer era acercarme al espejo, quitarme la camiseta y pellizcarme la piel. Ver la cantidad de grasa que me sobraba me asqueaba. Imaginaba que tenía unas tijeras invisibles y cortaba aquel pellejo inservible. De la cara, de debajo de las axilas, de la tripa, de los brazos. De todas las partes que odiaba. Las cogía entre los dedos, estiraba y cortaba con rabia. Al final, se me quedaban algunas zonas marcadas si había apretado mucho con las yemas. Como un plano enrojecido de mi fealdad.

A veces mi mente volaba a aquellas ubicaciones tan concretas. Las agrandaba e imaginaba las formas más sangrientas y desagradables de que desaparecieran. Cerraba los ojos, sintiendo demasiada repugnancia por seguir dándole vida a algo tan imperfecto.

Cuando me detenía después de bailar, sudado, con la respiración entrecortada, el rostro algo hinchado, el pelo mojado, y contemplaba mi figura en el reflejo, no podía apartar la vista. Me hipnotizaba verme incluso de la peor de las formas. Si había hecho un buen trabajo, lo sabía, y mi barbilla ganaba algo de orgullo y se mantenía en alto. Si no era así, al día siguiente me exigía el doble.

Por la noche, aquella voz me castigaría de igual manera, los pensamientos volverían una y otra vez a decirme que no era lo suficientemente bueno. Por eso iría antes a la sala de ensayos, por eso me privaría de alimento, por eso haría el triple si fuera necesario para alcanzar la perfección. No importaba mi límite, era más fuerte de lo que pensaban.

Una cabeza de pelo negro apareció por la puerta. Me costó reconocerla, ya que hacía mucho que no lo había visto de su color natural. Lo llevaba suelto, aplastado por un gorro de lana gris que me quería sonar de algo. Echó un vistazo alrededor, cerró la puerta tras de sí y se quitó las gafas de sol. No parecía Suni, era una versión discreta de mi hermana. Hasta su ropa era diferente, mucho más apagada.

—Hola.

—¿Por qué vas así?

Alzó las cejas, primero fijándose en su atuendo y luego mirándose los largos mechones que le caían por los hombros.

—Ha sido necesidad. No me gusta. Ahora parezco alguien… normal.

Se acercó a la cama, donde estaba leyendo un cómic, y me lanzó una bolsa de tela cuyo contenido se me clavó en la rodilla. Pegué un brinco. El interior se desperdigó por el colchón. Eran novelas gráficas y mangas. Habría como quince diferentes.

—No sabía si los tendrías —dijo arrastrando la silla pegada a la pared para dejarla cerca y sentarse. Se quitó el gorro y se mesó el pelo—. Vi que tenías cosas de los vengadores esos, así que no quise arriesgarme a cogerte algo de ellos. No sé dónde está el *ticket*, así que espero que te lo quedes todo.

—Mi cumpleaños fue en septiembre.

—¿Nos hemos visto desde el verano? —preguntó con sarcasmo—. No, ¿verdad? Pues felicidades, feliz Chuseok y feliz Navidad.

Contemplé los títulos y sus portadas, ordenándolos sobre el colchón. Parecía que los hubiese cogido al azar porque había de todo. Desde *shojo* hasta *seinen*, pasando por un tomo que parecía *yuri*, pero no quise decirle nada. Al menos, eran los primeros números de las colecciones.

—Gracias.

—Te estás portando bien. ¿Cómo te están tratando aquí?

Me encogí de hombros, haciendo como que me interesaba mucho el manga que tenía entre las manos. Procurando obviar el hecho de que aquel encierro era culpa suya. Volví a guardarlos de nuevo en la bolsa de tela.

—Te han quitado el gotero.

Contemplé cerca del cabecero de la cama, donde había estado esa bolsa insufrible.

—Era suero. ¿Cómo sabes tú eso? Si no has vuelto a venir.

Suni no sonrió, pero casi.

—Tengo mis fuentes.

—Te encanta decir esa frase —murmuré colocando la bolsa pesada sobre las piernas—. Siempre la sueltas cuando no quieres confesar algo, como quién te sopló que estaba aquí.

Observé las manos de mi hermana, de pronto, apretadas sobre el regazo. Sus ojos me escrutaron un instante, decidiendo algo. Entonces cogió los extremos de la silla y se acercó más a mí. Me miró desde abajo con intensidad.

—Déjame contarte algo, Luha. Más allá de no soportar a madre, he estado alejada porque estoy en una investigación complicada.

—¿De tu trabajo?

—Sí. Pero júrame, Luha, que esto no va a salir de aquí, por lo que más quieras.

—¿A quién le puede interesar?

—A mucha gente. Tenemos un amigo en común involucrado en esto y no quiero que lo pase peor.

—¿Seju?

Suni torció el gesto, irguiendo la espalda.

—¿Por qué siempre lo nombras a él? No, otro amigo.

—Tú y yo no conocemos a nadie más. ¿Es el primo?

—No. ¿Por qué iba a meter en asuntos de mafias a un niño de once años? Es Momji.

—¿M… Momji? ¿Mafias?

Se echó la melena hacia atrás y asintió una sola vez. Quizá Seju había tenido razón en decirle a Jun que era mejor no denunciar lo de la pelea a la policía.

—¿Es algo de tráfico de órganos?

—Deja de inventar. —Se inclinó hacia delante—. Estoy investigando una de las franquicias de café más baratas. Los locales son casi tugurios, pero están vendiendo algo que poco tiene que ver con el café. Es muy suave, eso sí, y adictivo. Me dieron un chivatazo, aunque acceder a alguien relevante es muy difícil. Su estructura es hermética.

—Sigo sin comprender qué hace Momji…

Entonces mis recuerdos dispararon una imagen al momento, uniendo pistas. Ya sabía por qué me sonaba tanto el gorro gris que mi hermana tenía en el regazo. ¡Era el de Momji!

—¿Estáis juntos? —pregunté señalando el gorro.

—No. Se lo he robado porque me daba vergüenza ir por ahí con este pelo.

Lo cierto era que no le favorecía. Alargaba sus facciones y parecía aún más pálida, como un fantasma.

—Pero entonces…, ¿qué pinta Momji en todo eso?

—Sabes que tu amigo vive en la calle, ¿no?

Asentí, despacio.

—Me lo dijo Jun.

Suni se alejó un poco, reclinándose en la silla.

—Las noches de verano no deben de ser tan malas en la calle, pero las de invierno seguro que son lo peor —reflexionó en alto—. Aunque, quizá, Momji diría lo contrario. Tiene alergia a las picaduras de mosquito y se le inflama mucho la piel. —Observó un instante la puerta de la habitación, como asegurándose de que nadie nos escuchaba, balanceándose con las patas traseras de la silla. Volvió la vista hacia el frente—. Lo conocí el año pasado. Sabía que fuisteis amigos en el colegio y me dio pena encontrarlo así. Lo invité a un trago. Hacía frío —aclaró—. De alguna forma, congeniamos, fíjate. Después me lo cruzaba más a menudo, hasta que hace unos meses, haciendo guardia delante de una de las franquicias, él me vio. Había estado pidiendo en la puerta del establecimiento. Yo me estaba quedando dormida mientras esperaba a que ocurriera algo. Momji se ofreció a ayudarme: rondaría aquel sitio durante unos días y, si se enteraba de algo, me llamaría, así podría centrarme en otros asuntos. ¿Sabes? Siempre lleva el dinero justo para hacer una llamada breve. Para una emergencia, dice.

—Entonces, ¿dejaste a Seju por Momji?

Mi hermana torció la cabeza con un mohín. Dio un manotazo a la bolsa llena de mangas que tenía sobre las piernas.

—Con Seju estaba bien. Esto —dibujó un círculo con uno de los dedos en el aire y yo me abracé las rodillas doloridas—, solo esto, fue lo que hizo que cortara con él. Si me descubrían, no sabía qué podría pasar. Otros compañeros que se han inmiscuido demasiado en ciertas mafias no han acabado nada bien. Te hablo de torturas, no de denuncias y papeleo. Daño físico. Por eso Momji recibió una paliza. Era mi único contacto. No debería de haber sido así, pero lo pillaron. No sabe disimular, aunque le duela admitirlo.

—Estaba haciendo de espía para ti.

Asintió.

—A Seju le dolió que lo dejaras. Nunca me ha dicho que fuera por eso.

Suni se levantó de pronto poniendo los ojos en blanco. Yo aparté la bolsa, temiendo que me volviera a dar, sin embargo, rodeó la silla y apoyó las manos en el respaldo.

—No podía decírselo, tonto. En él no podía confiar.

—¿En mí sí?

—Tú no alardeas.

Eso era cierto, dependiendo del día, Seju podía pasarse de presuntuoso.

—¿Sigues en peligro?

—Ya sabes. El peligro es relativo.

—No quiero que te hagan daño, Suni.

—Voy a estar bien. Es mi deber destapar esto de la manera más verídica posible. He de encontrar pruebas reales, no solo chismes.

—¿Por qué no llamas a la policía?

—Porque aún no tengo todas las pruebas que necesito. Si denuncio, me cortan el grifo de información.

—Jun dijo que Momji no se sostenía en pie, que le habían golpeado tan fuerte que no sabía cómo se alejó tan rápido. A saber dónde ha acabado.

Suspiró, claramente afectada. Alzó la vista un instante, culpable, y señaló el gorro gris.

—Está en mi casa —reconoció—. Me llamó, fui a por él y lo traje. Fue mi culpa. Esa paliza me la habría tenido que llevar yo. Al menos, me queda el consuelo de que no estaba solo. Tu amigo lo defendió, aunque no entendiera qué pasaba. Fue valiente.

—No —la corregí—, Jun es un inconsciente. Lo habría hecho por cualquiera. No soporta la violencia. Eran Seju y Momji los que nos metían en problemas. A nosotros nos han pegado en el instituto por su culpa.

—Sea como sea, Momji le está muy agradecido. Se siente fatal por él.

—Claro, él siempre ha sido su… ¿Cómo se dice?

Torcí la cabeza, intentando dar con el término. No quería decir «ojito derecho» porque sonaría muy infantil. Debía de haber alguna otra expresión.

—¿*Shot in the arm*? ¿Su disparo en el brazo?

—¿El qué? No, no iba a decir eso. Jamás lo he escuchado. ¿Cómo puede ser alguien un disparo?

—Es una expresión inglesa. Se refiere a esa persona por la que recibirías una bala. Como Seju es la tuya —añadió con malicia.

—Ah, no. Él no… No es de esa forma.

—¿De qué forma?

Hice un puchero. No sabía cómo, pero mi hermana siempre conseguía sonsacarme toda clase de información, incluso la que no tenía tan claro que quisiese contar.

—No sé, yo tampoco lo entiendo muy bien. Jun siempre ha sido como una piedra, nunca ha sido de decir cómo se sentía. Lo llevaba por dentro. Aunque la tarde antes de irse me visitó. Estuvo llorando como no recordaba haberlo visto. Cuando lo de Seju se ocultaba para que no lo pudiéramos ver, pero ese día estaba destrozado. Tenía heridas en la cara y no dejaba de hipar. Me contó que… Que Momji no lo quería. Que lo había llamado degenerado y que no quería volver a saber de él. No sé en qué momento Jun pensaría que era una buena ocasión para hablar de algo así.

Mi hermana procesó aquello con un cabeceo.

—Yo solo puedo decirte que Momji se siente profundamente triste cuando piensa en él. Si eran muy amigos, puede que le apene perder esa amistad. O quizá… Bueno, aún hay muchos jóvenes que ven con malos ojos otras sexualidades. La tradición nos ha metido en la cabeza que el matrimonio es entre un hombre y una mujer. Es difícil contemplar otras opciones, darte cuenta de ello y, claro, tener el valor de aceptarlo.

—¿De quién hablamos? ¿Quién es gay?

Suni abrió la boca, esbozando una sonrisa diminuta.

—¿De qué te sorprendes? Los cuatro teníais una relación tan de contacto que a mí solo me parecía cuestión de tiempo que uno u otro…

—No, no. Seju ha salido contigo, yo me he besado con dos chicas y creo que Momji tuvo algo también en su día.

—¿Y eso qué tiene que ver? Ay, hermanito, aún te queda mucho por aprender. El mundo no es blanco o negro. Yo tengo que irme ya, le he dicho a Momji que estaría pronto en casa.

—Ah… Vale. Gracias por… Esto. Venir y eso.

—Soy tu hermana. Siempre voy a cuidarte y protegerte, ya sea de algo que venga del exterior o de ti mismo. Solo me hubiese gustado haber estado antes. —Se puso el gorro, despacio—. Es una lucha constante, ¿no? Y te has cansado. Lo entiendo, no te culpo por haber hecho todo lo posible por sobrevivir. Solo déjame decirte que no estás solo, que puedes apoyarte en mí si necesitas hablar o desahogarte. No es bueno callarse lo más oscuro. Eso solo hace que crezca. Sabes que te quiero, ¿no?

Asentí, mudo de repente.

—No hagas… No hagas mucho caso a *eomma*, ¿vale? Es mejor para ti… Te escribiré.

Me dejó un beso en la coronilla y otro en la mejilla. Observó un instante mis ojos, con las lentillas azules, y luego dio media vuelta. Suni no era de las que se giraban para decir adiós de nuevo o quedarse con una última imagen. Enfilaba su camino, como si no tuviera más elección. En algunos momentos, me recordaba a un militar.

Le envié un mensaje a Seju. Desconocía lo que andaba haciendo, si estaría ocupado, trabajando o viajando. Pero necesitaba hablar con él urgentemente.

Vino a verme por la noche. La recepcionista le dejó pasar igual que la otra vez. Llevaba una bolsa de papel en una mano y un ramo de flores en la otra.

—No es el del otro día —aclaró, quitándose los zapatos y dejándolos en la entrada—. Se me olvidó en el coche y, al día siguiente, las flores se habían marchitado.

Depositó el ramo sobre mis piernas. No era de esa clase de ramo enorme con el que decorar la entrada de una casa, sino pequeño y apenas colorido. Se quitó el abrigo y lo estiró en la mesita auxiliar. Debajo llevaba un jersey fino y unos pantalones marrones rectos. Destacaba en su oreja izquierda un pendiente con un brillantito rojo, quizá un rubí. Puso la bolsa en el suelo, que desprendió un aroma familiar.

—No puedes traer comida de fuera —lo reprendí.

—Sabes que sí se puede. Además, hoy no he tenido tiempo de nada. Apiádate de mí, me apetecía cenar a una hora decente.

—No deberías comer eso. Es malísimo.

—Es una hamburguesa.

—Que obstruirá tus arterias.

Seju se rio irónicamente, dejándose caer en la silla.

—No me sermonees. ¿No te gusta el ramo?

—Que me regales flores es raro, pero es bonito, así que gracias.

—Una flor para otra flor —se burló de mí—. ¿De qué querías que habláramos?

Metió el brazo en la bolsa y sacó un envoltorio que olía a fritura. Arrugué la nariz.

—Sí, no me mires así, me la voy a comer ahora. Tengo hambre.

—Mi hermana ha estado aquí.

Seju se detuvo a medias del primer bocado.

—No sé qué era lo que quería —continué al ver su cara—, creo que pedirme perdón por todo este tiempo sin saber de ella. O algo así. ¿Has visto lo que me ha regalado? —Señalé la mesa donde había dejado su abrigo. Debajo se intuían los mangas dentro de la bolsa de tela—. Aunque creo que ha sido más una gran excusa, no estoy seguro. Se había teñido el pelo y estaba rara. Ahora lo tiene oscuro.

Seju asintió, centrándose de nuevo en su cena y dando un bocado lento.

—Me ha contado que está metida en una investigación peligrosa para una agencia periodística. —Observé las flores en mi regazo y empecé a toquetear los pétalos—. ¿Tú sabías que conocía a Momji?

Mi amigo alzó los ojos de golpe, con un trozo aún en el carrillo. Al igual que podía parecer un adulto serio y atractivo, de pronto, también adquiría un aire infantil. Eso le ocurría cuando comía. Solía asentir mucho en señal de aprobación si algo le gustaba.

—Al parecer, le dieron la paliza por su culpa. Me ha dicho que se había ofrecido a ayudarla y que parece que vio o se enteró de algo que no debía.

Seju se humedeció los labios.

—No tenía ni idea.

—¿Hace cuánto rompisteis?

—Como un año, algo menos. ¿Por qué me hablas de esto? ¿Quieres quitarme el apetito?

Bajó la hamburguesa a la altura de su estómago y me miró.

—Pensaba que, no sé, podría tener algo con Momji. Luego me dijo que no, que él siempre había sido amable con ella y que por eso ahora estaba viviendo en su casa.

—¿Están viviendo juntos? Será bastardo.

Se echó hacia atrás en la silla, dejando la hamburguesa a un lado y frotándose la frente.

—No se están acostando, Seju. Suni se siente culpable, ha estado cuidándolo.

—¿Y tú cómo lo sabes?

Lo observé un instante. Si se lo contaba, ¿qué podría pensar? Necesitaba compartir aquella información con alguien, no solo con Suni. Aunque temía que, siendo como era Seju, tan volátil, no comprendiera lo que quería decirle. O que se lo tomara a broma, que era lo más probable.

Sin darme cuenta, fui arrancando varios pétalos que luego iba dividiendo en trozos más pequeños y abandonando a mis pies.

—Momji y Jun han estado juntos todo el rato. Los he visto, aunque ni ellos lo sepan.

Seju se levantó y me quitó el ramo de encima. Lo colocó en la silla. Recogió en una mano los pétalos que ahora parecían confeti y los dejó junto a las flores.

—Aparta.

Me empujó a un lado dándome con la mano de la hamburguesa y sentándose, pegado a mi costado. Sus largas piernas casi chocaban con el final de la cama. A mí también me hizo estirar las mías para no caerme.

—Te estoy contando algo —me quejé ante su falta de tacto.

—Ninguno es así —replicó.

—¿Y de eso tú sí estás seguro?

Volvió los ojos y me miró con condescendencia.

—El día de la paliza, Jun se quedó en mi casa a dormir, bebimos y nos tomamos algo más. Estuvimos bailando y pegándonos y haciéndonos rabiar, pero ahí acabó todo. Cuando nos dio el bajón, nos tumbamos en el sofá y nos quedamos dormidos. No pasó nada más.

—¿Tú querías? —pregunté irguiéndome. No sabía cómo gestionar todo aquello.

—No, pero no sé. Tampoco se aprovechó.

—¿Jun? —reí—. Si es como un helecho. No tiene esa clase de iniciativa.

Sus ojos oscuros repararon en la cena y volvió a atacarla.

—Estábamos con el punto cogido —dijo con la boca llena.

—A lo mejor no eres su tipo. Oye, ¿a qué te referías con que os tomasteis algo más?

—Luha, ¿te lo tengo que decir?

Separó más el papel, cogiendo lo que quedaba de hamburguesa con dos dedos.

—¿Hace cuánto dejaste la medicación? No han pasado más de unos meses. Eso es irresponsable. Puede…

—No pasa nada. Ya las había tomado antes de medicarme y ahora tienen el mismo efecto. No han amplificado nada.

—No hagas eso, Seju. No tienes que demostrar nada.

—¿Tú sí? Yo no estoy en un hospital.

Noté las facciones de mi cara tensarse.

—No, pero puede que te llevaran a querer tirarte desde la azotea de tu casa. ¿Por qué ahora sería diferente?

Suspiró con resignación. Después de todo ese tiempo, seguía siendo mi mejor amigo, y eso significaba que entre nosotros no nos callábamos pensamientos. No teníamos filtro.

—Son solo por diversión. ¿Quieres? —Me acercó lo que quedaba de su hamburguesa y negué con desgana. El olor me estaba matando. Mi estómago se empezó a quejar con fuerza.

—Me dan ganas de vomitar. Aléjalo, ¿vale?

Se le había quedado la comisura izquierda manchada de kétchup. Acerqué un pulgar y me llevé aquella gota a los labios. A lo mejor Suni tenía razón y sí que había algo de vampiro en mí. Podría sobrevivir solo a base de alimentos rojos. Tomates, pimientos, fresas, manzanas…

—Estás hambriento.

—Estoy deseando que te vayas.

Me volvió a acercar el trozo de hamburguesa a los labios y la aparté de un manotazo, tirándola al suelo.

—Te he dicho que no quiero.

La observó, inclinándose en la cama y haciendo que mi cuerpo oscilara hacia su costado.

—Era mi cena, ten un poco de respeto.

Alargó el brazo para recoger la hamburguesa y, cuando se incorporó, mi boca chocó con su hombro. Me llevé las manos al punto de dolor.

—Si sigues poniendo todo el peso en ese lado, acabarás siendo tú mi cena —me quejé.

—Luha, ¿me estás proponiendo algo indecente?

Lo golpeé en la paletilla.

—Mejor para ti que ya haya cenado.

Sus ojos buscaron la vía en mi brazo. No estaba conectada a ningún gotero. Tampoco quise que le diera mucha importancia. De la cena que me habían traído había probado muy poco. No podía ejercitarme, así que tampoco podía hacer muchos sacrificios de ese estilo solo para contentar a las enfermeras.

Cambié de tema antes de que dijera nada.

—¿Por qué siempre vienes a verme tan tarde? ¿Las sesiones de fotos se alargan mucho?

Le dio el último bocado a la hamburguesa y se limpió, echando las manos hacia un lado de la cama para que cayeran las migas al suelo.

—No, por lo general, las sesiones han coincidido por las mañanas. Estos dos días he venido tarde porque he ido a visitar a mi nana a la residencia. Tiene las manos mal y le empieza a fallar la cabeza. Hacemos manualidades juntos para que las fortalezca.

—No sabía que seguías viéndola. Creía que la despediste porque no querías ninguna clase de contacto…

—No tomé una buena decisión, tampoco la traté bien después de todo lo que había hecho por mí. No tardé muchos meses en encontrármela por la calle y nos empezamos a ver de vez en cuando. Ella es… como esa abuela que nunca he tenido.

Fue quien me crio, quien más cariño me ha dado. Ahora que me necesita, quiero estar ahí.

Unos nudillos tocaron suavemente a la puerta. Seju echó la cabeza hacia atrás. La recepcionista se asomó con timidez para avisarnos de que mi amigo tenía que irse ya.

Seju saltó de la cama y cogió su abrigo.

—¿Cuándo van a darte el alta? ¿Lo sabes?

Me miré las rodillas, sintiendo un ardor en el estómago, una rabia que no había conseguido calmar.

—Ahora mismo no hay ninguna fecha concreta.

Haber decidido no comer nada durante un día no me había ayudado a ver próxima mi salida del hospital. Había sido un idiota. Si solo hubiese aguantado un poco más.

—Quédate a dormir —le pedí muy bajito.

—¿En el hospital? No me lo estarás diciendo en serio.

Lo miré, algo culpable por mi deseo caprichoso. Seju tendría cosas mucho mejores que hacer, no traía ropa adecuada y, además, odiaba los hospitales.

—Podrías venirte a casa —sopesó.

—Tu hermano mayor debería decidir eso.

—Taeju se pasa la mayoría del tiempo en la agencia o en casa de su novia. Si le digo que te vas a quedar unas semanas, lo más probable es que le dé igual.

—¿Va en serio?

Metió las manos en los bolsillos del abrigo y estiró la comisura de los labios.

—Allí estarás mejor que aquí —opinó.

—Vives muy lejos de la academia de baile.

—Tengo un coche —replicó frunciendo el ceño—. Te sacaste la licencia, úsala.

—¿Y tú? ¿Cómo irías a los sitios?

—No me gusta conducir, me suelen llevar.

Asentí.

—Se lo comentaré a Taeju ahora cuando lo vea.

—¿Crees...? —No sabía si sería capaz de decirlo delante de él, pero necesitaba una respuesta—. ¿Crees que vas a poder conmigo?

Seju me observó en silencio. Imaginaba que entendía a qué me refería. Haría unos años él habría sido el que no habría comprendido la situación, y el que menos se involucraría. Tanto él como Jun, no lograron entender la otra vez que me ingresaron, por qué estuve aquí. Pero, tras su depresión, había conceptos con los que ahora sí era capaz de empatizar.

—Si te quedaras estaría pendiente de ti, cuidándote. Irías a las sesiones que te fijara mi psicólogo y tendrías que hacerle caso. También soportarías mis manías porque estarías en mi casa. Soy muy especial.

Señaló sus pies desnudos con una amplia sonrisa.

—Son muchas cosas.

—Yo no he dicho que la convivencia vaya a ser fácil. —Cogió los zapatos y se los encajó con rapidez—. Me voy, ¿vale? Piénsatelo. Aquí no vas a mejorar, solo es un encierro.

Asentí, algo nervioso de pronto. No sabía por qué insistía tanto en que viera a su psicólogo. Sería igual que este: con su ceja levantada, negando con desaprobación y sosteniendo que solo quería llamar la atención y que eso era egoísta e insultante para el resto de los enfermos.

Enero

PRESENTE

Capítulo 25

CORRE JUN

Regresar al trabajo no fue como imaginé. Solo de ver la expresión de Han-soo, supe que mi excursión a Gyeongju no había sido buena idea. En días posteriores, me fijé en que mis compañeros procuraban no mirarme, y algunos dejaron de responder a mis saludos al llegar o al marcharme. Podría entenderlo si hubiese sido una práctica que hubieran seguido desde que me incorporé a la empresa, dado que era casi el más joven, pero aquello no había sido fortuito.

—Si no te hubiera pillado el jefe… —comenzó Han-soo agachándose para estirar los músculos—, es que tenías la cara hinchada y amarilla justo ahí. La costra en el labio era demasiado grande para que te la pudieras tapar con maquillaje y las heridas en los nudillos… Todos pensaron que te metiste en algo turbio y saliste escaldado. Aún no me has contado qué te pasó. ¿Te lo hizo Seju?

Negué, estirando los gemelos en un extremo del campo. Han-soo se había recogido el pelo en un moño. Lo llevaba más largo que la media y me daba algo de envidia que no tuviera que soportar opiniones sobre su corte. Yo no podía dejármelo largo porque visitaba a mi madre cada cierto tiempo, y no me habría permitido llevarlo así. De todas formas, no había vuelto a la peluquería desde diciembre y el flequillo ya empezaba a molestarme otra vez.

—¿Momji? —continuó indagando.

—No fue ninguno. Solo un accidente.

Habían pasado unas pocas semanas desde aquello y ya no tenía marcas ni heridas. Sin embargo, en la empresa no había habido ningún cambio de parecer. Han-soo me contó que pensaban que me había peleado, y eso no estaba bien visto. ¿En qué empresa querrían contratar a alguien violento o problemático? No tenía demasiado que hacer últimamente. Como si desde arriba procuraran cortar toda clase de contacto conmigo. La situación era muy incómoda.

—Apostaba a que había sido Seju —replicó con las manos en las caderas—. ¿Ha servido de algo que hayas ido?

Me encogí de hombros, sin saber qué contestar. En realidad, había empeorado las cosas.

—Seju nunca me tragó —me confesó levantando las rodillas en el mismo sitio, deseando que nos pusiéramos en marcha—. Imagino que sigue igual de altivo. Te costaría mucho que se dignara a dirigirte la palabra.

—Es modelo —contesté empezando a correr despacio. Varias veces al mes quedábamos en el estadio. Él era el que hablaba durante casi todo el recorrido y yo me concentraba en mi respiración—. Las cosas le han ido bien. Cuando le escribí se alegró y buscó un hueco para verme de inmediato.

—¿*Jinjja*? —Soltó una carcajada—. Mira que me extraña viniendo de él. Aunque siempre ha sido muy posesivo. ¿No te echó nada en cara? No es que hayas vuelto contento del viaje.

—Quizá he vuelto con… nostalgia. Al final pude verlos a todos, a mis padres también, y a Yoora.

—Ah, sí, la que fue delegada. ¿No era vecina tuya?

Asentí.

—Seguro que está en una gran empresa de esas, siendo un cerebrito. ¿No estuvo sacando la máxima puntuación en todos los exámenes de Matemáticas en el último curso? —Han-soo podría estar encadenando temas de conversación durante varias horas. Quizá por eso me gustaba salir a correr con él, porque no me daba oportunidad para pensar en nada—. Podrías haberle dejado tu currículum, no hay muy buen ambiente ahora en la oficina. Creen que eres una clase de delincuente.

Tomé aire, sin perder el ritmo, notando mis pulmones expandirse. No iba a decirle nada de Yoora, no estaba seguro de si a ella le gustaría que se supiera su situación. Tampoco me apetecía darles vueltas a los comentarios que circulaban de mí en el trabajo.

—Podría haber sido algo muy provechoso para ti —siguió.

Han-soo me miró de refilón un instante. Varios mechones rebotaron sueltos contra su frente.

—Yo creo… que sí mereció la pena que fuera.

Al menos, para darme cuenta de lo solo que estaba.

Capítulo 26

SÁLVAME

LUHA

En las pocas semanas que llevaba viviendo con Seju, me había dado cuenta de que era muy apacible. Su energía tranquila calmaba mis nervios, y ejercía cierto magnetismo a querer agradarlo y no fallarle. Pero no era como con el nuevo psicólogo. Con él, el grado de responsabilidad de mis actos aumentaba dado que me juzgaba, debía hacerlo y ponerlo por escrito, pesarme, sopesar mi estabilidad. Teníamos un contrato de conducta; él marcaba los objetivos y yo, las recompensas. Si hacía dos comidas, por ejemplo, podía ejercitarme y bailar cuanto quisiera.

Seju se sentía muy positivo con aquel papel colgado en la puerta de mi dormitorio. Buscaba el lado bueno, me animaba a conseguir esas metas. Incluso sugería planes a largo y medio plazo para las exposiciones, es decir, salir de mi zona de confort e ir a un restaurante o al cine y pedir un menú completo. Aunque yo no estaba preparado y me daba vértigo solo de pensarlo.

Había dicho que era mi dormitorio, pero, en realidad, era el de Taeju, que se había mudado al piso de su novia por insistencia de Seju. Solo lo había visto una vez, cuando vino el segundo día a recoger su ropa, sus objetos personales, sus dispositivos electrónicos... Hasta dejar la habitación rectangular completamente vacía, a excepción de la cama de matrimonio, el escritorio con su silla, los armarios empotrados y las ventanas. Seju me prestó unas sábanas para pasar los primeros días y después fuimos a comprar lo indispensable. Mi amigo iba cogiendo un montón de cosas, como si mi estancia con él fuera a ser eterna.

—No necesito una toalla con mis iniciales. Es desperdiciar dinero.

—¿Cómo que no? ¿Y cómo vamos a diferenciarlas si no? —preguntó haciendo un gesto absurdo.

—He visto que tienes tus iniciales en las tuyas. Sécate con esas y deja las otras en paz.

Sin embargo, había días en los que la serenidad me abandonaba y, en aquel apartamento que podía llamar hogar, se abría un agujero que me absorbía. Mi mente podía ser muy cruel, infligiéndome heridas más sangrantes que lo que me pudiera hacer un cuchillo. Y daba pasos hacia atrás, sacando de su tumba a aquella voz. ¿Por qué buscaba la felicidad? ¿No me había dado cuenta de que eso no era para mí? ¿Por qué ya no perseguía la perfección? Porque era adictiva; me desesperaba ante la idea de no poder alcanzar una belleza utópica, ese algo que produjera que nadie pudiera criticarme o juzgarme, ni siquiera yo mismo.

No podía controlar muchos aspectos de mi vida, pero sí podía controlar aquello. Podía decidir qué comía y en qué cantidades, cuánto me ejercitaba... Eso se me daba bien. ¿Por qué me empeñaba entonces en dejar de lado lo único en lo que era bueno?

Escuché marcar el código de la puerta antes de que se abriera. Fuera hacía frío y, aunque Seju cerró rápido, una ráfaga de aire atravesó la casa hasta levantar mi fina camiseta y arañarme la espalda.

—¡Ya he vuelto! —dijo, distraído, quitándose los zapatos—. ¿Luha? —Mi nombre me hizo estremecer. Ser la primera persona que buscaba al llegar a su casa me llevó a recordar la misma escena, pero en casa de mi madre. Ella siempre tenía que verme antes que nadie, como si fuera un ritual. Cuando escuchaba la puerta, me quedaba rígido donde estuviera hasta que sus ojos me localizaban—. ¿Luha?

—Aquí —pronuncié sin energía.

Estaba en el salón, tumbado de costado sobre el parqué. Había desplazado uno de los pesados sofás hacia un lado para dejar un espacio vacío. Había estado bailando durante mucho tiempo. No sabía cuánto.

Sus pasos cruzaron el ancho pasillo y torcieron a la derecha, entrando en el salón.

—¿Por qué has movido el sof…? —Sus ojos se abrieron al descubrirme tendido. Se acercó corriendo a mi posición—. ¿Qué ocurre? ¿Te has hecho algo?

Negué, incapaz de moverme, sujetándome con demasiada fuerza de los brazos. Los dedos se me estaban poniendo blancos. Seju se arrodilló y me tocó el hombro.

—Oye, mírame, ¿qué pasa? ¿Te has hecho daño?

Entonces reparó en las lágrimas que distorsionaban mi rostro, en lo que me costaba respirar. Estaba empapado en sudor y amargura. Debía de haber estado llorando desde hacía bastante porque mi rictus se había quedado en una mueca dolorida.

Seju se levantó y volvió con un pañuelo. Me lo restregó de mala forma por la cara para que reaccionara.

—¿Ha sido tu madre? ¿Has hablado con ella? —preguntó con severidad.

El psicólogo tardó como seis o siete sesiones en darse cuenta de cuál era la clave de mi trastorno. Dijo que, viviendo solo, podía evitar el contacto con ella, pero que él no podía hacer que mi entorno cambiara, sino que era yo el que debía hacerlo. Yo debía fortalecerme para poder enfrentarme a mi mundo, a mis voces, a su voz también.

Tuve miedo de aquella revelación, de saber que nadie, ni siquiera él, podía protegerme del mal. De ser yo quien diera la cara, quien pusiera mi cuerpo a cielo abierto para que las bestias lo devoraran. Me eché a temblar solo de pensar en ver a mi madre, de abrir la boca para rebatirle. ¿Cómo podría? Con lo generosa que había sido siempre conmigo, mostrándome la realidad, poniéndose de mi parte.

—¡Luha! ¡¿Te ha llamado?!

Quería deshacerme de su mano en mi hombro. No quería ningún tipo de contacto en aquella situación. Sentía que el mundo me absorbía, aunque no era lo suficientemente liviano como para que pudiera acabar conmigo.

Quise negar, porque, en realidad, no sabía qué había provocado que necesitara desfogarme, quemar mi cuerpo. A lo mejor ella fue el detonante, pero yo era el que había sucumbido de nuevo. Había vuelto a despertar al enemigo y estaba disparándome.

—Déjame —murmuré aferrándome más a las rodillas.

—¿Cómo que te deje? —gritó interponiendo los brazos para que desanudara los míos. Me obligó a sentarme contra los pies del sofá casi de un empujón—. ¿Tengo que llamar al señor Fischer?

Intenté contener un puchero. Mis labios temblaban y no conseguía mantenerme sereno. Ricco Fischer era el psicólogo que Seju me hizo visitar en cuanto me vine a su piso. Me sorprendió ver que no era coreano, a lo que él mismo me respondió que llevaba muy poco asentado en Corea del Sur.

Los padres de Seju dieron con él cuando emprendieron la búsqueda del mejor psicólogo por todo el mundo. Un alemán altísimo, con gafas de alambre redondas, que cumplía con casi todos los estereotipos que teníamos de esos europeos. Sin embargo, a pesar de mis reticencias, pude comprobar enseguida las diferencias con el psicólogo del hospital. Ricco preguntaba y me escuchaba con una atención calmada, sin reproches, sin decirme que debía esforzarme más por encajar, por ser mejor que el resto. Incluso podía pasar por alto su marcado acento en las erres y las eses, o que a veces se atascara con la estructura de algunas frases. Hacía lo que quería con los verbos, metiéndolos al principio o en medio de lo que decía.

—Se me está pasando. Lo siento —articulé secándome el sudor de la frente—. Creo que es mejor que me dé una ducha. —Me levanté despacio, notando los músculos entumecidos, como si me hubiesen apaleado. Estaba mareado—. Voy a poner el sofá en su sitio.

Seju se irguió conmigo y, entre los dos, volvimos a colocar el mobiliario donde correspondía. Recogí el teléfono del suelo y me encerré en el baño. La arruga entre las cejas de mi amigo me perseguía, aquel no saber qué hacer, cómo conseguir que saliera de mi cúpula de ansiedad.

—Ya te dije que no ibas a poder conmigo —susurré muy bajito, abrazándome el estómago por la fatiga.

Sentía cómo palpitaban mis extremidades. El dolor en el pecho y de barriga eran terribles. ¿Por qué no había sido capaz de aplicar lo que había practicado con Ricco? Cuando tuviera que hablar con mi madre debía dejar salir otra voz que razonara cada comentario; si me hacía algún reproche, tenía que darle la vuelta, no creérmelos para que me envenenaran un poquito más. Como él sostenía, debía aprender a ser mío de nuevo. De forma completa. Impidiendo que nada externo me hiciera sentir inferior. Siempre marcaba el valor que tenía en el mundo y eso me gustaba. Me imaginaba como un número, alguien esperando en una cola inmensa que zigzagueaba y que, si desaparecía, aquel hueco destacaría demasiado. Las cabezas del resto se girarían a ver qué había pasado, quién faltaba.

Quizá no tendría que volver a cogerle el teléfono a mi madre. Pero era algo que descartaba. ¿Por qué hacerle eso? Solo me llamaba para preguntar cómo estaba. Aceptaba lo que tuviera que decirme porque le debía mucho. Por ella me esforzaba cada día para ser mejor, el mejor. ¿Acaso mi madre no se había esforzado de igual manera desde mi nacimiento? A veces me recordaba lo horroroso que fueron los partos de mi hermana y el mío, y yo sentía haberle hecho sufrir así.

Al salir del cuarto de baño, me sorprendió descubrir a Seju sentado en el pasillo, con la espalda apoyada contra la pared. ¿Había estado espiándome? Apenas me dejaba solo de forma deliberada, quizá había sido algo que Ricco le había pedido que hiciera, pero no lo había notado tanto hasta entonces.

—Lo siento —murmuró—. Tendría que haberte dado intimidad.

Apagué la luz. El contraste de temperatura fue agradable.

—Dice que soy débil. —Observé los dedos de sus pies. Era la única persona que conocía a la que podías ver sin calcetines en invierno. El hecho de tener suelo radiante también ayudaba—. Siempre he sostenido que merece la pena sacrificarse por lo que uno quiere conseguir. Que, si mueres sin haberlo alcanzado, no vales nada. Pero no sé cuánto he de sacrificar si cada vez que pierdo algo de mí, siento una profunda tristeza y mi inseguridad crece.

Me mordí el carrillo por dentro. La sombra de una mano alrededor de mi garganta me hacía querer dejar de hablar, pero había empezado por primera vez a sincerarme delante de alguien que no tenía que diagnosticar nada.

Solo les pedía a aquellos dedos que aflojaran un instante, que me permitieran rendirme una vez. Una sola. ¿Qué monstruos podía enseñarle a alguien que parecía haberlos visto todos?

—Me gustaría ser libre —seguí—. Soltar todas las cuerdas

que mantengo tensadas. A veces… no reconozco qué es lo que intento lograr, qué hay al otro lado. Solo hay una idea en mi cabeza que me machaca día tras día, como si fuera una trituradora, escupiéndome mis fallos. Yo… Creo que, después de todo el esfuerzo, tampoco he conseguido tanto.

—¿Seguro? —Me miró desde abajo, con las pupilas intentando enfocarme entre el largo flequillo castaño. Llevaba la bata oscura desabrochada. Debía de haberse cambiado nada más haberme metido en la ducha y luego habría vuelto para esperarme.

—Sí que hemos retomado nuestra amistad, eso no te imaginas lo increíble que es. Ricco dice que tu compañía me hace mucho bien. Pero no es algo que yo haya conseguido por mis propios medios. No nos hemos esforzado demasiado estos años en recuperarla.

—Tenemos tiempo de hacerlo.

—Sí, ahora sí, pero…

—Estás cumpliendo tu sueño de ser bailarín. Desde el instituto lo llevas persiguiendo.

—Ya no hay nada seguro…

—Firmaste con ellos, has vuelto y no te has perdido ningún ensayo, te has quedado solo practicando mucho más que el resto. Vais a estrenar en dos semanas. Deberías estar orgulloso.

—Vieron lo débil que era, que no tengo tanta resistencia.

—Los bailarines se lesionan, se cansan, enferman, se estresan. ¿No tienes derecho tú también? Tienes que ser condescendiente contigo mismo en estas ocasiones. No te hace ningún bien pensar así. No es necesario que te esfuerces tanto.

Despegué los labios. No sabía lo mucho que necesitaba oír aquello, aunque fuera en contra de lo que en realidad pensaba. No era necesario esforzarme tanto para ser perfecto. Estaba bien. Ya era suficiente. Yo era suficiente…

Seju se irguió, anudándose la bata.

—Me estás pagando el psicólogo —dije—. Estoy en tu casa sin contribuir al alquiler. Soy un mal inquilino. Te lo hago pasar mal.

Seju sonrió tontamente y me palmeó el carrillo con delicadeza.

—No digas tonterías. Me das conversación, compañía. Y te pagan fatal. No sé cómo has podido sobrevivir sin mí. —Me miró con más intensidad—. ¿Ya estás bien? ¿Quieres que hablemos de ello? Sé que practicáis algunas técnicas de relajación. Si quieres…, las hago contigo.

Negué. No podía decirle que todo el empeño que estaba poniendo en mí no estaba sirviendo de nada. No me atrevía. ¿Cómo se me ocurría siquiera pensarlo?

Después de aquello, los días transcurrieron demasiado rápidos y mi ansiedad aumentó al llegar el día del estreno. Apenas había comido en dos días, metido en la sala de ensayos y practicando sin parar cada uno de los movimientos.

El mismo viernes, treinta y uno de enero, fue demasiado intenso, tenía la percepción de ser capaz de sentirlo todo y de no ser capaz de controlar nada.

En el camerino grupal habían puesto un *catering* con bebida y algo ligero de comer. Mis pies arrastrándose sin fuerza por el suelo me dieron la voz de alarma de que, si no quería defraudar a nadie, debía conseguir la energía necesaria para afrontar la obra. Mis músculos languidecían faltos de un empuje, lo que fuera.

Analicé cada una de las opciones sobre la mesa, con un temblor en las manos y las miradas de mis compañeros fijas en lo que hacía. No sabían el motivo real de mi ingreso, así que andaban con cierta suspicacia a mi alrededor. Quizá las palabras de mi madre fueran ciertas y todos me vieran como alguien prescindible, atentos al mínimo fallo para echarme.

Vi en un extremo, junto a las máquinas de café, los azucarillos brillantes. Con disimulo, cogí unos cuantos y fui dejando que se deshicieran en el paladar. Acudió a mi mente un recuerdo antiguo de Momji sacando de los bolsillos de sus pantalones aquellos mismos azucarillos. ¿De dónde los cogería? Sonreí con tristeza, imaginando a mi amigo mucho más joven, solo, sentado en la calle, pasando hambre…

Regresé al pasillo que subía a escena. Ya estaba vestido y maquillado, había estirado por mi cuenta y observaba la señal del director para comenzar. No podía dejar que nada me despistara.

Al cegarme el primer foco del escenario, mi cuerpo reaccionó y voló como debía, siendo preciso en cada caída, vuelta, paso. Las escenas se sucedieron casi sin ser consciente hasta que sonó la última nota de música y me encontré detenido en un extremo, mirando sin mirar, esperando. Notaba mi respiración pesada, intentando ignorar el pinchazo en el pecho.

La gente aplaudiendo me espabiló, empecé a ser consciente de que estaba sobre un escenario, de que me habían visto. Eso fue abrumador. Por un momento, pareció que todo el cansancio, las mejillas rojas por el esfuerzo, el mareo que casi me hizo trastabillar tras el telón y todas las horas de trabajo habían merecido la pena.

Mi madre estaba allí, la localicé casi al empezar el segundo acto. Se había arreglado como si fuese a la ópera y eso me creó una sensación agradable. Le importaba qué pensaran de ella. Mis ganas de preguntarle qué le había parecido la obra superaron a la parte racional que me alertaba de que no debía acercarme porque no me iba a gustar qué me pudiera decir. Sin embargo, aquel destello de esperanza, ese posible rayo de luz de que, quizá, esto le hubiera hecho sentirse orgullosa, se esfumó cuando distinguí que se levantaba en nuestra última reverencia al público y abandonaba el teatro.

Me encerré un instante en los servicios, sobrepasado por la incertidumbre y, a la vez, por la certeza de lo patética que había sido mi actuación. ¿Tanta vergüenza había pasado como para no poder dirigirme la palabra?

Los días siguientes fueron algo más complicados, devorado por una nueva ola de inseguridad y malos pensamientos. No tenía apetito, odiaba lo que veía cuando me miraba en el espejo, me pellizcaba los costados, las mejillas, los brazos…, como si así fueran a desaparecer. Fue en uno de esos momentos en los que pensaba que nadie me prestaba atención, cuando Seju me pilló. Sus ojos me sorprendieron y destensé los músculos. Su incomprensión inicial dio paso a un enfado que llevó en silencio hasta que adelanté la sesión con Ricco Fischer.

Durante ese tiempo, había ido formando un nido con unas ramas enclenques y retorcidas. No había sido fácil, pero pensaba que era positivo crear algo donde poder sentirme seguro, aunque fuera inestable. Sin embargo, mi mente había hecho que anidaran unos pájaros espantosos y que sus alas y picos perforaran y casi destrozaran aquel pequeño logro.

Tuve que trabajar mucho con mi psicólogo para reconstruir todo lo que había echado a perder, entre ello, la confianza con Seju. Por un estúpido fallo.

Había bajado la guardia y eso era algo que no podía permitirme.

febrero
PRESENTE

Capítulo 27

JAMAIS VU

JUN

El timbre de la puerta me sobresaltó. Había terminado de ducharme después de haber salido a correr. Con los pies descalzos y subiéndome la cremallera de la sudadera, me acerqué a abrir. Me sorprendió su rostro, ya que era el que menos esperaba ver en Seúl. Hacía más de un mes que me marché de Gyeongju. Pasé fin de año solo y lo único que hizo el comienzo de febrero fue traer más frío.

Yoora me saludó con timidez al otro lado. Se había cortado mucho el pelo, como la cantante principal de ese grupo de chicas que ahora se llevaban todos los premios de música en televisión.

—Hola. —Sonrió y se inclinó—. Siento haber aparecido sin llamar.

—¿Qué haces aquí?

Se encogió de hombros.

—Ya sabes lo que dicen: «El día menos pensado…».

La miré sin saber a qué se refería.

—El refrán —dijo con más seriedad—. ¿No te suena? «El día menos pensado volveremos a vernos bajo el cielo de Seúl». —Se rio para quitarle importancia—. En realidad, mi madre me ha insistido en visitarte. Decía que cómo íbamos a estar en la misma ciudad que nuestro vecino y no pasar a saludar. Tu madre le dio tu tarjeta de visita y la dirección de tu casa a la mía antes de venir, pero el teléfono de la tarjeta no está actualizado.

—Ah…, ya. Es que está anticuada. Lo cambié hace un año o así.

—Pues lo primero que debes hacer es imprimirte unas tarjetas nuevas —me aconsejó con entusiasmo.

—¿No estabas con tu madre? —Observé el rellano vacío a su espalda.

—Está con Mim-mi, que está participando en un concurso de talentos.

Sus ojos se desviaron también hacia mi espalda, aunque no podía ver nada del piso porque lo primero que había era un pasillo estrecho antes de la sala principal. La única sala, en realidad, aparte del baño.

—Pasa. No es muy grande —me disculpé.

Tenía la sensación de que Yoora pensaba que debía ser alguien con mucho éxito si podía permitirme vivir en la capital. La verdad era que solo lo parecía. No me alimentaba muy bien, aunque intentaba por todos los medios aprender cosas sencillas y saludables. Me encantaba la carne. No podía vivir sin añadir algo de carne a mis platos, lo que, al final, encarecía la lista de la compra.

—Hemos llegado esta mañana a Seúl.

—¿Mim-mi está en uno de esos concursos de *idols*, para ser *trainee*?

—No como tal. Son una especie de *castings* para menores, para que demuestren todo lo que saben hacer. No se ha desvelado si es para un grupo de música, para un programa de televisión o para qué, aunque no deja de ser una oportunidad. Había mucha gente que venía de agencias importantes. Mim-mi se desenvuelve más o menos bailando y aún le cuesta afinar. Si la cogen, será porque es guapa. No aparenta dieciséis.

Giró la cabeza en derredor, como buscando las puertas que conectaban con otras salas, pero no había más. Debía de haber intuido antes de entrar en el edificio, por cómo era por fuera, que el interior no iba a ser mucho mejor.

—¿Está ahora en el *casting*? —llamé su atención para que no notara el desorden. Al tener poco espacio, la ropa que me había traído de casa la había dejado sobre el futón donde dormía.

—Dura todo el día, y ya que mi madre se quedaba en el edificio con ella, me ha dicho que me pasara. ¿Estabas ocupado? —Negué—. Es que no tenía tu número. Te di el mío y me dijiste que me llamarías antes de irte de Gyeongju, ¿recuerdas? Se te olvidó.

—Lo siento, es cierto.

Cogí el teléfono y busqué su contacto. Le mandé un emoticono de una gallina.

—Ya te tengo. —Sonrió—. ¿Has comido?

Negué de nuevo. Era domingo, así que tenía todo el día libre. Le ofrecí salir a hacer turismo y a comer dado que no conocía Seúl y se había tomado la molestia de venir hasta aquí, que no era una zona céntrica.

—Si quieres podemos acercarnos al palacio de Gyeongbokgung.

Yoora aceptó mi propuesta. Me cambié rápido en el baño y bajamos por las escaleras. Había ascensor, pero no me fiaba mucho de él. Anduvimos hasta la boca de metro más cercana a mi piso.

—Así que te va muy bien en Seúl.

—Sigo aquí, así que supongo que sí.

Cogimos la línea tres y paramos en la estación de Anguk. La plaza Gwanghwamun era enorme. Tenía unos quinientos metros de longitud y la decoraban las estatuas del almirante Yi Sun-sin, rodeado por una fuente, y más adelante la del Gran Rey Sejong. La atravesamos para llegar al palacio de Gyeongbokgung.

—Debió de ser un poco triste regresar a Gyeongju después de haber vivido aquí —suspiró mientras recorría la plaza alargada con la mirada. Se distinguían los altos edificios de oficinas y, al fondo, tras el palacio, las montañas, contrastando lo moderno con la Seúl más tradicional.

—Es la ciudad donde me crie —dije con las manos en los bolsillos—. Volver me trajo recuerdos.

—Seguro que has hecho muchos más aquí. Solo mira el palacio. Seúl tendrá miles de sitios parecidos. Nunca me cansaría de mirarlo.

—En realidad, no he tenido mucho tiempo para descubrir nuevos lugares más allá de los que visitan todos los turistas. La ciudad es muy grande y estoy seguro de que no he visto ni la mitad. Mi vida es un poco aburrida ahora que lo pienso —reí.

—Podemos buscar en Naver qué sitios escondidos merecen la pena visitar —sugirió Yoora, que ya estaba con el teléfono en la mano y tecleando en el conocido buscador.

—¿Cuándo tienes que irte? —pregunté mientras seguíamos andando.

Alzó los ojos con una expresión que no supe descifrar. Quizá había sido un poco brusco.

—¿Por qué preguntas eso? ¿Quieres que me vaya? —Sus brazos perdieron fuerza y fue bajando el móvil, despacio.

—No, es solo por si tu madre te necesita. Cuidado.

Un grupo de turistas esquivó a Yoora, que se había detenido de pronto.

—*Sorry*, lo siento —se disculpó echándose a un lado—. Mi madre ya ha estado aquí una o dos veces. Sabe orientarse bien.

Volvió la mirada al teléfono, como si no hubiera pasado nada.

—Lo cierto es que me apetecía ir a Bongeun-sa, el templo budista.

—Para ir… tendríamos que coger el metro. El templo está al otro lado del río Han.

—Preferiría ir andando a los sitios, si es posible. No he traído más que veinte mil wones —dijo con una sonrisa culpable—. Mejor nos acercamos a ver el palacio por fuera y luego comemos, ¿vale?

—En el mercado de Tongin se puede comer muy barato. A eso puedo invitarte y está muy cerca de aquí.

Terminamos de recorrer la plaza y llegamos al palacio. No era temporada alta, así que los turistas estaban algo dispersos y pudimos movernos con tranquilidad.

Después de comer, seguimos una ruta que había encontrado Yoora en la que estuvo sacándose muchas fotos. No sabía si se las enviaba a alguien, las subía a alguna red social o eran solo para el recuerdo.

Anocheció temprano y, aunque mi idea era acercarnos a Itaewon porque Yoora quería bailar y conocerlo, acabamos en un cuchitril a medio camino. Le había hecho daño su calzado y necesitaba descansar los pies. Por idea de mi amiga, pedimos *soju* —que mezclamos con cerveza— y disfrutamos del *chimaek*, que suele ser un acompañamiento de pollo frito con las bebidas alcohólicas.

Sirvió otros dos vasos y levantó el suyo para volver a brindar. Cada vez que lo hacía, decía: «De un trago»». Yo sentía la cara ardiendo y una sonrisa tonta que no abandonaba mis labios. Estábamos emborrachándonos en un cubículo en la calle, rodeado de grandes plásticos opacos que hacían de paredes, y por un precio irrisorio. Yoora gesticulaba y hablaba sin parar sobre anécdotas y antiguos novios. No parecía haber tenido mucha suerte con las parejas, aunque hubiese tenido más de las que podía contar con una mano.

—¿Y tú? —preguntó con la mirada algo nublada, enseñándome los dientes. Se apoyó en una mano—. Te ha sentado bien crecer. Seguro que ha habido muchas chicas.

Negué más veces de las necesarias, sintiendo la mente revuelta.

—No he estado con nadie.

—Venga, no me mientas. Yo te he hablado de mis novios.

Cogí el pequeño vaso con más fuerza, centrando mi mirada en él. Se lo acerqué para que lo rellenara. Ella puso los ojos en blanco, cogió la botella de *soju* con ambas manos y me sirvió sin mucha puntería.

—Lo siento —se rio tapándose la boca—. Te he empapado la mano.

—No pasa nada.

Me lo bebí de un sorbo, prescindiendo de la cerveza, y, de inmediato, me lamí el líquido del dorso. En segundos, tendría la piel pegajosa.

—Quizá… —dijo poniendo la botella en su sitio—, yo podría ser tu novia.

Aquella risa tonta se detuvo, cambiando de forma radical a una seriedad que me hizo atragantarme con mi propia saliva. Dejé el vaso en la mesa y la observé confundido. Intentaba quedarse estática, pero su cuerpo se balanceaba de forma involuntaria.

—Creo que hemos bebido mucho —indiqué colocando a un lado las botellas vacías, ordenándolas—. Y que… —tosí— que es mejor que llames a tu madre y preguntes dónde están. Te echarán en falta.

Estiró el brazo por encima de la mesa con la palma hacia arriba.

—Lo digo en serio, Jun. Desde que has vuelto… —Se echó un mechón tras la oreja—. Desde que has vuelto mi madre está muy pesada. Quiere que me eche novio enseguida porque ya tengo la edad, pero no conozco a mucha gente… Y ya sabes cómo es esto: tus amigos son los que te presentan a sus amigos solteros o te preparan citas a ciegas… —Bajó el rostro con un temblor en la comisura del labio—. Eso no me pasa porque no tengo a nadie.

Retiró el brazo de encima de la mesa y unió las manos en el regazo. La barbilla casi le rozaba el pecho de lo pequeña que intentaba hacerse. Había creado tal burbuja de vulnerabilidad que incluso me daba miedo respirar por si explotaba y se derrumbaba.

—Y a ti te conozco y has tenido éxito y eres bueno… Puede que ahora no me quieras. En realidad —sonrió de forma triste—, es posible que no me quieras nunca, pero a mí no me importa no ser amada. Yo… —Negó con la cabeza—. Puedo vivir con eso.

Empecé a ser consciente de que nos habíamos quedado solos, de que el viento gélido se colaba por las rendijas de los plásticos y que se formaba vaho a nuestro alrededor. Por el alcohol, no nos habíamos dado cuenta de que habían apagado los calefactores y estábamos tiritando. Flotaba en el ambiente el humo del cigarro del hombre apostado en la entrada. No sabía qué estaba fumando, aunque mi olfato lo desaprobaba.

—Deberíamos movernos. Vamos a enfriarnos.

Yoora alzó el rostro, como saliendo de un trance, y miró a ambos lados. Asintió en silencio cogiendo su mochila llena de parches de diferentes grupos musicales.

—No quiero que huyas de mí por ser chica, Jun.

Descorrí el plástico pesado para que saliera.

—No voy a huir. Ya no hago eso —murmuré.

—Entonces…, ¿por qué es? —Se enfrentó a mi mirada, casi poniéndose de puntillas—. ¿Por qué me rechazas? No creo que sea tan fea ni esté tan mal, ¿no? Sé que no tengo un buen trabajo y que la situación de mi familia puede resultarte agotadora, pero yo no te pediría dinero. Puedo mantenerlas con mi sueldo y no serían una molestia.

—No es por eso, Yoora —corté su discurso.

—Ya he dicho que no me importa si no me quieres. Podemos probar, no sé. A lo mejor, con el tiempo… Como las parejas casadas. Muchos no se casan por amor, sino por beneficio.

Sus ojos se habían anegado de lágrimas. Más por rabia que por tristeza.

—¿Tú quieres eso? ¿Un beneficio?

Yoora bajó la mirada a sus pies, avergonzada.

—Suena horrible dicho así.

—Quizá solo lo dices para que tu madre deje de presionarte. No creo que yo pudiera ser beneficioso para ti.

Mi amiga suspiró, sin saber dónde meterse. Se frotó los lagrimales cuidadosamente con los dedos.

—Jun…, perdóname. Es que… tengo la cabeza hecha un lío ahora mismo. Tienes razón, es mejor que me vaya.

Ella emprendió la marcha, pero corregí sus pasos indicándole que era por el otro lado. Pasamos por delante del ayuntamiento. No recordaba que todos los inviernos abrían una pista de patinaje, aunque a esas horas ya estaba cerrada. Yoora se detuvo en cuanto se dio cuenta de lo que era.

—Podríamos haber patinado —susurró—. Eso sí habría sido una cita.

De sus labios se escaparon volutas por el frío. Era aún más consciente de él que antes y de cómo habíamos empezado a andar más rápido por el esfuerzo que hicieron mis piernas al parar. Me puse a su lado, observando aquella plataforma iluminada por las farolas.

—El ayuntamiento es bonito.

Alcé la cabeza. No solía pasar mucho por delante. Me recordaba a la estación, una edificación moderna, cuya fachada se ondulaba en láminas de metal.

—Si quieres, podríamos patinar mañana.

Ella negó, secándose la cara con ambas manos.

—No quiero obligarte a estar conmigo dos días seguidos, ya he abusado demasiado de tu hospitalidad. Hoy has sido muy amable. —Se inclinó de forma exagerada—. Deja que deshaga el camino sola.

Se giró, echando un último vistazo a la pista de hielo.

—Yoora, yo… —Solo podía ver su perfil, rehuía mi mirada—. Alguien te querrá, seguro. No sé cuándo, pero vendrá, y tú también lo querrás. Solo que ese alguien no… no soy yo. —Un amasijo de palabras se atravesaban en mi garganta con mil perdones, aunque solo conseguía sacar las menos acertadas. Cerré los ojos con fuerza, queriendo reconfortarla sin saber cómo—. Estás… estás muy guapa con ese corte de pelo y ha sido genial que hayas venido hasta aquí.

—No tienes que decir nada —murmuró tambaleándose mientras emprendía el camino de nuevo—. Creo que ahora sí cogeré el metro.

Bajé con ella hasta que se subió a su tren y me despidió con un movimiento lánguido de mano.

Su corazón se iba llenando de suaves copos de nieve. Se irían acumulando como lo habían estado haciendo en el mío, dejando un poso de humedad que no habría forma de secar. Me hubiese gustado ser capaz de poder barrerlos, echar sal para que se disolvieran y que así no sintiera esa carga punzante y fría. Pero, si no era capaz de descongelar mi propio interior, ¿cómo pretendía calentar el de otro? Solo contagiaba esta enfermedad, que era puro hielo.

Porque, más que un *déjà vu*, algo que ya había visto, todo a mi alrededor era nuevo y terrible. Mis ojos no me habían avisado de que se podía sentir tanta tristeza sin derramar siquiera una lágrima.

Capítulo 28

CUBRE MIS OJOS

LUHA

No había palabras de consuelo ante un vacío como aquel. Mi corazón latía tan alto que sentía que Seju era capaz de escucharlo a través de la casa silenciosa. Y es que no había vuelto a abrir la boca desde que volvimos de incinerar a su nana.

Jamás había asistido a un funeral, pero sabía que no solían ser así. Las personas que habíamos ido a despedirla las podía contar con los dedos de una mano. No tenía familia, solo un par de amistades que vinieron a mostrarle sus respetos a Seju, como si fuera su nieto o algo parecido. Aunque razón no les faltaba para pensar eso.

A él fue a quien llamaron de la residencia cuando su corazón se detuvo al echarle el último vistazo antes de apagar las luces. Él fue quien se encargó de preparar y decidir cómo sería el velatorio. Él fue el único que dijo unas palabras antes de que su nana quedara tras una vitrina al lado de muchas otras urnas con cenizas. Compramos una pequeña corona de flores y la colgamos. Ese último gesto acabó con la fuerza de mi amigo y me pidió volver a casa con una mirada tan angustiosa que lo saqué de ahí enseguida.

Dejó los zapatos en el armario de la entrada con cuidado. Todos sus movimientos se habían ralentizado y su silueta siempre recta se combaba por los hombros. El cuerpo de Seju parecía haber cogido forma de lo mucho que se había inclinado en las últimas dos horas.

El largo flequillo me ocultaba aquellos profundos ojos, con unos pensamientos tan lejanos que no me veía capaz de acercarme a intentar mirar en ellos. No sabía qué clase de dolor podía encontrar. Quizá solo me estaba comportando de forma miserable y cobarde porque algo en mí decía que, si mi amargura por verlo triste era como hacerme una herida, la suya debía estar ahogándolo en un sufrimiento indescriptible.

Pisó el parqué en silencio y se tumbó en el sofá bocabajo, echándose a llorar. Las últimas horas habían hecho temblar la estabilidad sobre la que me sostenía. Sus lágrimas eran insoportables y yo me sentía inútil ante su desesperación. Solo me salía abrazarlo, pero había llegado un momento en que mis brazos habían dejado de ser un lugar seguro. ¿A quién podía confortar yo? Si ni siquiera era capaz de confortarme a mí.

No entendí la relación que tenía con su nana hasta el día que vino a verme al hospital y me dijo que era a ella a quien visitaba en sus tardes libres. Me enterneció que se comportara así. El Seju que yo conocía no hacía esas cosas. Había sido una sorpresa comprobar que se preocupaba por alguien más que por sí mismo. Sin embargo, aquella unión no era de una simple cuidadora y su niño a cargo, ya no.

No dormimos demasiado esa noche después de la noticia dado que Seju tenía que gestionarlo todo. Así que, entre llamada y llamada, me hablaba de ella.

Lamentaba mucho haberla despedido al cumplir los quince. Estaba dando ya los pasos hacia lo que sería una profunda depresión y no supo lo premeditada que fue la decisión hasta que lo visitó en el hospital tras despertar de su intento de suicidio. Ella fue a verlo cada día que pasó ingresado. De eso sí me acordaba. Cuando salíamos del colegio, nos pasábamos por allí y su nana siempre estaba sentada en una esquina. Nos dejaba nuestro espacio para que pudiéramos hablar con él, pero luego volvía a su lado.

Seju me contó que la contemplaba leer y que, todos los días, solía sacar de su bolsa de punto un título distinto. Cuando mi amigo se interesó por aquella afición, ya que en su casa nunca la había visto coger ni un solo libro, ella lo miró con una sonrisa triste.

—Estoy leyendo esto para tratar de entender qué te ha pasado.

No eran novelas, sino ensayos sobre la depresión, el suicidio y las enfermedades mentales. Ella, que se había desvivido por su salud en todos los ámbitos, que lo había cuidado mucho más que sus propios padres, era a la que habíamos dicho adiós. No sabía si podía alcanzar a imaginar la magnitud del agujero que aquella muerte había hecho en el alma de Seju. Solo pensaba en arrancar trozos a las nubes, como si fueran algodón dulce para tapar todo ese vacío. Incluso pensé en esas pastillas de las que me había hablado, pero las tiró todas en cuanto me mudé para demostrarme que podía confiar en él.

No había mucho que hubiera cambiado entre nosotros con respecto a la convivencia, aunque en el trato personal los gestos llenaron lo que habrían sido conversaciones. Seju estaba menos hablador, más reflexivo y me sentía más distante de sus pensamientos. No conseguía llegar a él por mucho que lo intentara.

Él seguía poniendo platos sanos delante de mí y comíamos en silencio. Yo tardaba más, hasta igualar nuestras cantidades. Él tampoco ingería demasiado y lo veía más débil. No me presionaba para que tomara otro bocado de *bibimbap*, ni siquiera para que me terminara la sopa. Los dos tirábamos bastante comida, y eso sí me ponía nervioso.

—¿No quieres más? —le pregunté. Él negó dejando los palillos metálicos a un lado y limpiándose la comisura de los labios con una servilleta—. ¿Qué puedo hacer para que te sientas mejor, Seju? Estos días han sido un bucle de autocompasión y no sé cómo hacerte salir de ahí.

Seju bajó un instante la vista al vaso de agua y luego me escrutó sin decir una palabra, mordiéndose la lengua. Lo que fuera que pasara por su mente me tenía ansioso, deseoso de que se abriera conmigo, de que me hablara. Había pensado en zarandearlo solo por el hecho de escuchar su voz quejándose de mi extraño comportamiento.

—Puedes decirme lo que sea —lo alenté.

—Me haría sentir mejor —murmuró, despacio— verte comer sin remordimientos.

Mi labio inferior cedió a la sorpresa. Intenté tragar saliva, pero bajaba raspando mi garganta. Me pedía algo que estaba muy por encima de lo que yo podía hacer, de a qué me podía enfrentar. Aquel largo flequillo castaño volvió a oscurecer su expresión, como pensando que, en realidad, había dicho un disparate, sugiriéndome que olvidara lo que acababa de decir. Aunque no podía. ¿Por qué podría hacerle feliz aquello? Era algo que a mí me aterrorizaba.

Observé mi plato. A pesar de que apenas lo había tocado, aún seguía caliente. Seju se había estado esforzando en seguir la lista de comidas que consideraba más o menos aceptables. ¿Qué mensaje estaba dándole? ¿Por qué me estaba comportando como un invitado privilegiado cuando me había colado en su casa? ¿Qué derecho tenía a rechazar lo único que podía reportarle cierta alegría?

Apreté los dedos de los pies contra las zapatillas, con fuerza, casi con la misma que cogí los palillos y comencé a tragar. No sin cierta furia y ansiedad. Con la sombra del remordimiento, pero porque la proyectaba la luz del miedo. El mismo que sentía ante la imagen de mi amigo siendo infeliz por siempre si continuaba a mi lado.

No supe si fue algo heroico. Sí noté mi estómago a punto de explotar, aunque no me hubiese comido más de la mitad del plato. Jun se habría terminado aquella ración en menos de diez minutos. Me detuve, intentando frenar aquel pensamiento también. ¿Por qué había aparecido su nombre de pronto?

—¿Cómo te sientes? —preguntó.

Me miró intensamente, con la barbilla apoyada en la palma.

¿Que cómo me sentía? ¿Por qué me sondeaba? Lo había hecho por él. Alejé el plato, siendo consciente de la tontería que acababa de cometer. ¿Cómo había pensado que aquello podría hacerlo feliz de verdad? Solo quería que ganara peso para poder decirle al psicólogo que él había colaborado en mi recuperación. Para llevarse el mérito.

Sentí náuseas. Busqué con la mirada la puerta del baño. Aún estaba a tiempo de vomitar hasta el último trozo.

Me mordí el labio, sabiendo que debía bloquear aquella voz.

—Estoy orgulloso —susurró, partiendo en dos mis excusas. Esbozó una sonrisa sincera que se me clavó en la garganta.

No supe qué responder a aquello. ¿Orgulloso? ¿Por comer? Era un disparate, pero no podía negar que escucharlo decir eso era, en parte, reconfortante. ¿Cuándo me habían dicho alguna vez que había hecho sentir orgullo a alguien?

—Creo que no tiene sentido que esto te haga feliz.

—¿Por qué? Estás dando pasos para cuidarte, para mejorar. Ha sido bonito verte pelear por mí.

Bajé lentamente las manos a mi estómago. Pelear. Sí, quizá de aquella batalla me llevara algunos moratones, aunque tenía claro que lo que ocurriera dentro de mí no podía tocarlo a él. Que en un incendio yo podría quemarme hasta que no quedara nada que recoger, pero que a Seju no le saltaría ni una sola chispa. Aunque no dejaba de ser peligroso estar a mi lado. Entonces…, ¿era aquello lo que debía hacer? ¿Dejar de arder?

Ricco estaba intentando que me rodeara de un foso lleno de agua donde poder apagarme, para poder nadar a la misma velocidad que el resto. Porque yo me había erigido una isla, aislándome. Solo tenía a Seju, por mucho que me costara reconocerlo. No podía perderlo por no ser capaz de luchar.

—Llevo una venda que es muy difícil de desanudar —murmuré mirando el plato—. Distorsiona lo que veo delante, como si fuera perjudicial. Sé que no todo lo que viene de fuera es malo…, solo que es complicado acallar lo que hay dentro.

—No es necesario que hagas más. Gracias.

Estiró un brazo, recogió mis restos y metió todo en el lavavajillas. Me acarició la cabeza antes de volver al sofá y encender la televisión.

Capítulo 29
HOJAS DE OTOÑO
MOMJI

—¿Estás dormido?

Solté un suspiro sonoro.

—No —gruñí sin abrir los ojos—. Solo estoy practicando para cuando me muera.

Recibí un capón en la frente.

—No sé cómo puedes estar tan cansado. Si no haces nada en todo el día.

Me tendió una lata de cerveza y se sentó en el otro sofá subiendo las piernas hacia un lado. Oí el chasquido al abrir la suya.

—Si todo sale bien, podré librarme de esta investigación pronto. —Al tirar de la anilla de mi lata, empezó a salir espuma que comencé a sorber desesperado—. Ay, lo siento, ha rodado un poco —se justificó, pero siguió con lo suyo—. Me han informado de que saben que hay alguien siguiéndoles la pista y que están nerviosos. Creo que, si los presiono un poco más, me pueden dar la clave para destapar el fraude.

—Ten cuidado con qué los amenazas. —Me limpié la boca con el dorso de la mano—. Te dijo el agente ese que los dejaras ya a ellos. Hiciste bien en ir a la policía al final.

—No me gustó ni un pelo cederles la información que tenía.

—La que descubrí yo —tosí.

Observé la mesa baja del salón, donde descansaban el mando y unas velas decorativas.

—¿Solo has traído cerveza?

—¿Eso es todo lo que tienes que decir? —Me miró con rudeza—. He sido lo suficientemente amable como para traerte una lata a ti también. Si tienes hambre, levántate y ve a por lo que consideres.

Aquel tono oscuro de pelo le daba una apariencia más severa.

—Lo decía por ti. Es raro que no estés mordisqueando la cosa esa blanca.

—Es naranja y se llama zanahoria, aunque se me han acabado. Iba a pelar un rábano, pero me ha dado pereza.

—Me refería al rábano —refunfuñé.

Me erguí un poco en el sofá y le di otro sorbo. Noté la mirada de Suni fija en mí, que no en mis movimientos. Solía ser insufrible cuando estaba en la casa porque no hacía más que observar mis reacciones, por eso me movía lo mínimo delante de ella. La diferencia era que ahora no me estaba escaneando. Estaba pensando.

—Momji, háblame de Jun.

Dejé la lata en la mesa y me eché en el sofá.

—¿A ti qué más te da?

—Luha me dijo algo... cuando lo visité en diciembre. —La escruté bajando los párpados—. Me dijo que Jun era algo así como tu favorito.

Puse los ojos en blanco y volví a mi posición inicial.

—¿Cómo salió esa conversación?

—¿Lo sigue siendo? Te sientes muy culpable cuando hablas de él.

—Le pegaron por intentar protegerme. —Contemplé la televisión que Suni siempre tenía encendida—. Por tu culpa, por cierto.

—¿Es solo eso?

—¿Tenemos esa clase de confianza? —pregunté volteándome sobre el costado—. Pensaba que solo estaba aquí por tus remordimientos. Que querías compensarme por haberte ayudado.

—Y eso está saldado, ¿no? —Se acercó un poco más a mí y me susurró con voz tenebrosa—: Creo que no hemos hablado de cuándo te vas a marchar de mi piso.

Fingí que aquello me afectaba mucho poniendo una mano en el pecho y cara de no poder creerme lo que estaba oyendo.

—¿Quieres que una persona herida se quede en la calle malviviendo? ¿Cómo puedes tener tan poco corazón?

—¡Si ya te has recuperado!

Hizo un aspaviento con la mano y se acercó la lata a los labios. Me miró arrugando la nariz, algo enfadada.

—Siempre acabas haciendo que yo sea la mala. No soy tu enemiga. Solo tenía curiosidad. Ya no se te notan los golpes. ¿Cuánto hace? ¿Cuatro semanas, cinco, seis?

Giró el rostro hacia la televisión de la pared y suspiró.

—Yo te he contado muchas cosas de mi vida. No sé por qué te vuelves tan hermético cuando te pregunto yo.

—Sabes cosas sobre mí.

—No las que me interesan.

—¿Por qué te interesa lo que yo piense de Jun? Fue un antiguo amigo. Me trató bien cuando vino a Gyeongju. Nada más.

—Algo así me dijo Luha. Que pasasteis casi todo el tiempo juntos.

—No puedo evitar ser lo más interesante que ver en esta ciudad. —Me encogí de hombros—. Tendrá mucha historia, pero el verdadero tesoro aquí soy yo. Aunque… no lo juzgo si es el único que se ha dado cuenta.

—Te dijo que le gustabas.

Un escalofrío me recorrió la espina dorsal y bajó como una serpiente gélida por mis extremidades. Algo por dentro me dejó rígido, como si me hubieran robado todo el aire.

¿Cómo sabía eso Suni? No. ¿Cómo lo había sabido Luha? ¿Acaso Jun se lo contó a Seju esa noche y el chisme había ido rodando hasta aquí?

—Lo sé de primera mano, y que tú lo rechazaste —siguió.

—Si de verdad no quieres ser mi enemiga, no sueltes mentiras.

—Yo solo repito lo que dijo Jun. Seguro que cuando volvió a Seúl estaba destrozado. Y no solo por la paliza.

No quería que sus palabras me afectaran, pero estaba siendo de lo más irritante. Sabía que lo hacía para sonsacarme algo que ni yo mismo era capaz de pensar. No me lo permitía porque estaba mal.

—Echará de menos comprarme comida —repliqué—. No es algo de lo que preocuparse. En Seúl habrá más desgraciados a los que pueda dar su generosidad.

—¿Hace cuántos años que no lo veías?

Cubrí mis ojos con el brazo. ¿Por qué estábamos hablando de esa mierda?

—Unos tres.

—¿Se marchó para ir a la universidad?

Rumié sus palabras. Suni se fue de casa en cuanto cumplió los veinte y era dos años mayor que Luha. Sabiendo que era capaz de reconocerme como a un amigo de su hermano, nos había tenido que ver juntos en varias ocasiones. ¿Luha le contaría lo que ocurrió con Jun? ¿Ya se habría ido de casa por ese entonces?

—Jun se fue sin más —contesté.

—¿Cómo sin más? Habría un motivo. Nadie se va a Seúl sin un propósito.

—En realidad, tenía una beca —recordé—. Aunque, después de lesionarse la rodilla, no pudo optar a ella porque era deportiva. Era el mejor atleta de todo el instituto.

—¿Cómo se lesionó?

Me giré en el sofá para mirarla a la cara.

—¿No te lo contó Luha? Pensaba que erais de esos hermanos que se contaban todos los chismes y rumores habidos y por haber.

—Eres un impertinente. Él y yo no hablábamos demasiado entonces. Dímelo tú.

Suspiré. Le di un sorbo largo a la cerveza mientras Suni me observa con una fijeza incómoda.

—Jun saltó al mar desde un acantilado.

—¿Ese no fue Seju?

—No, él se tiró desde su casa. Y no tenían el mismo propósito, Suni.

—¿Seguro? ¿Eso cuándo fue?

—¡Qué más da! —Me senté en el sofá—. Uno que otro, es lo mismo. Es irrelevante. Todos hemos seguido y dejado a los otros atrás. No tiene sentido que me preguntes ahora por estas cosas. Es perder el tiempo.

—No lo es porque te importa.

—No, Suni. No me importa una mierda.

Me levanté con un gesto de dolor.

—¿A dónde vas?

—A mear.

—Serás terco.

Giré sujetándome las costillas y mirándola por última vez. Ella se reclinó en el sofá, sorprendida.

—¿Quieres saber una cosa sobre mí? Momji viene de *momiji*, que en japonés significa «hojas de otoño». ¿Y sabes qué más? Que es un dato igual de irrelevante que lo demás.

Aunque no supiera por qué había dicho eso, las orejas me

ardieron. Era algo demasiado personal, algo que solo sabía yo. Mi madre me lo había dicho muchas veces. Ella me llamaba *momiji*, y no por mi nombre. Me lo había puesto porque una tarde, estando de pocos meses, las hojas de los árboles del paseo cercano al río habían empezado a soltarse, formando una ventisca del color del café. Fue en ese instante cuando me sintió por primera vez en su vientre.

Si me concentraba, aún podía recordar su rostro, de nariz afilada y ojos estrechos, con el pelo largo y lacio rozándome la coronilla. Me sentaba en sus rodillas y me hablaba de cuando ella era joven. Las cosas nunca fueron fáciles para ninguno.

Me encerré en el baño, a sabiendas de que me había expuesto ante una desconocida, y eso lo odiaba. No me gustaba hablar de mí. Eso significaba profundizar en una relación, y con Suni no podía. Bueno, no podía con nadie. ¿Qué podía ofrecer yo? Tan solo palabras. Porque no era más que un estómago hambriento, un bolsillo lleno de agujeros, un fantasma pegado a una pared. Aún no conocía a alguien invisible que hubiese cambiado su destino. Había algo escrito que parecía decir que eso no era posible.

Respiré con dificultad. Si bien me sentía muy agradecido por poder estar protegido en una casa, con todo lo necesario para mi supervivencia, sabía que era pasajero. No podía aferrarme a nada bueno porque no había nada que durara mucho.

Oí el timbre de la entrada y las voces amortiguadas de Suni y alguien más. Por lo que tenía entendido, no recibía visitas. No se hablaba con sus padres y sus compañeros no sabían dónde vivía. Desconocía si tenía amigas. Entorné la puerta intentando no hacer ruido. Saqué el brazo y apagué la luz para que, fuera quien fuera, no supiera que estaba ahí.

—¿Pedirme qué? Te llevaste lo poco que trajiste, Seju.

—No, recuerdo que te dejé varios libros.

—¿Después de este tiempo vienes a mi casa solo a por esto?

—¿Molesto? ¿Tenías compañía? —Hubo un pequeño silencio lleno de incomodidad—. ¿O es que Momji sigue aquí?

—Era un secreto entre hermanos.

—No soy al único bocazas que conoces entonces. ¿Puedo pasar?

Suni titubeó. Me imaginé a Seju golpeando la puerta y entrando a la fuerza. En mi estado físico no podía hacer mucho. Sin embargo, me sorprendió lo en calma que parecía. Distaba mucho del chico impetuoso del instituto que siempre se salía con la suya.

—Será solo un momento.

—Pero no te muevas del salón —aceptó como si fuera una amenaza—, por favor.

—Estás muy guapa —dijo Seju cuando pasó por su lado—. Aunque el color… te hace más seria. Más del…

—… del montón. Lo sé. Es un asco. No te muevas.

Escuché los pasos de Suni perderse por el apartamento. Yo asomé la cabeza, despacio. Seju estaba dejando la gabardina y el sombrero en el perchero de la esquina. No había cambiado mucho. Quizá iba más recto y por eso parecía aún más alto. Me estaba dando la espalda, así que aproveché para apoyarme en la pared más alejada del salón y me crucé de brazos. De todas formas, él ya sabía que estaba ahí, ¿para qué esconderme?

—Así que libros. Es toda una novedad viniendo de ti.

Seju se giró, mirándome de medio lado.

—No debieron de darte tan fuerte si aún puedes hablar. ¿No te da vergüenza tener que depender así de alguien?

Torcí la sonrisa.

—¿Sabes? Es que no todos podemos gastarnos la fortuna de papi y mami.

Dio dos zancadas en mi dirección y yo bajé los brazos.

—Márchate de esta casa.

—Eso me lo tiene que decir tu ex.

—Eres un bastar…

Suni apareció con una expresión que no le había visto hasta ahora. Parecía que iba a echar fuego por la boca en cualquier momento. Llevaba varios libros en los brazos, que le lanzó de mala forma a Seju.

—Sois insoportables. ¿Tú no habías ido al baño a mear? —me espetó.

—Soy rápido. ¿Por qué lo has dejado entrar?

—Conmigo no te tienes que enfadar —replicó el otro—. Es él quien está aquí, aprovechándose.

—No empieces, Seju. Es mi invitado.

—¿Solo tu invitado?

Se sostuvieron la mirada un instante. Suni tenía la cara pequeña y ese era uno de los mejores cumplidos que te podían hacer en Corea. Suspiró, recolocándole mejor las novelas para que no se le cayeran.

—Después de ti no ha habido nadie, idiota —murmuró, lo que hizo que Seju ladeara la cabeza de forma sutil.

No era dado a creer en el amor, porque siempre acababa rompiéndose o estropeándose de alguna forma; pero debía reconocer que entre esos dos saltaban chispas y despertaban en mí unas señales de alerta. Era la intensidad, la forma en que adoptaban una pose porque sabían que el otro estaba mirando, como queriendo mostrar el mejor plano de su cuerpo, de sus ojos, de sus manos. Aunque no sabía si era una coincidencia porque ambos tendían un poco a dramatizar o porque de verdad ahí había algo.

Tosí para hacerme notar. No quería presenciar una escena empalagosa y que para nada había pedido.

—Creo que es mejor que te vayas —gruñí en un tono bajo.

Seju me echó una mirada cargada de reproche. Si hubiese podido cogerme y tirarme por una ventana, lo habría hecho. Era probable que en su mente ya hubiese ocurrido. Puso más distancia entre Suni y él y se despidió de ella de forma muy breve, con una pequeña inclinación. A mí no me dijo ni adiós.

—Lo que me has contado antes de Jun…

La miré, cansado. No se daba por vencida. Cogí los palillos metálicos que acababan en forma de flor —como todos los palillos que Suni tenía en casa— y comencé a poner la carne sobre el hornillo.

—Dices que se lesionó y que se fue sin daros una explicación —continuó—. Pero ¿ocurrió algo entre vosotros?

Convencí a mi mente de que aquella pregunta no se refería solo a nosotros dos, sino al grupo, pero los recuerdos habían aparecido antes de poder ser consciente de ello y me llevaron a la fiesta por el cumpleaños de Seju. Allí dos chicos de diecisiete años, borrachos, se habían apartado un poco de la música, notando que el alcohol iba dejándolos con un ánimo más bajo y reflexivo. Ocultos del resto, con un brillo borroso en los ojos, se habían tumbado muy cerca, tanto que solo pudieron hacer lo que sus labios se morían por probar.

—Todos estábamos metidos en nuestras cosas —repliqué cortando mis pensamientos—, ya sabes. Era el último año de instituto, decisiones, estrés, universidades…

—¿No se lesionaría aposta? —meditó cogiendo un trozo aún crudo y soplando.

—Los *doramas* están friéndote el cerebro.

Estaba casi seguro de que se había visto todos los dramas coreanos de los últimos años. Era lo único con lo que desconectaba por las noches, y a mí me tocaba tragarme cada *dorama* nuevo que ella quisiera ver. Aunque debía reconocer que *Itaewon Class* sí me había gustado un poco.

—No, escucha. —Se metió el trozo en la boca y yo reprimí una mueca desagradable—. ¿Y si a él no le gustaba correr?, ¿o no quería aprovechar la beca porque eso suponía alejarse de vosotros y por eso hizo lo que hizo?

—A Jun le gustaba correr. No fue por eso.

Suni fue a coger otro trozo y yo interpuse los palillos para que se detuviera. No soportaba que no pudiera esperar un poco hasta que la carne se hiciera. Era demasiado impaciente. Me miró con el ceño fruncido.

—Tú sabes la razón.

Di la vuelta a cada trozo con lentitud. Tampoco soportaba que se diera cuenta de las cosas tan rápido. Con un solo vistazo, era capaz de leerte. Era insufrible.

—Solo… lo intuyo —repliqué—. Jun ha sido impulsivo desde que lo conozco, así que no era de extrañar que en algún momento hiciera algo estúpido. Después del salto, Seju discutió con él, su hermano no dejaba que quedaran porque creía que era una mala influencia, Luha se aisló en sus ensayos y estudios, y yo ya había empezado a trabajar a media jornada…

—Sabía que había más. Así que no se fue sin motivo.

—¿A qué te refieres?

Sin que pudiera anticiparme, acercó su plato al hornillo y se echó diferentes trozos en los fideos instantáneos. Comenzó a comerlo todo junto y rápido para que no le pudiera decir nada.

—Ahora, cuando ha estado aquí, ¿no habéis hablado sobre ello? —preguntó con la boca llena—. Quizá la situación lo sobrepasó. Seju puede ser muy intenso y Luha hiere mucho con su indiferencia. Bueno, y tú trabajabas, así que entiendo que tampoco tenías tiempo para él.

—¿Por qué quieres entender esto? Si estás aburrida, tienes un paquete entero de series en la televisión que se mueren por que les des una oportunidad.

Se le formó una arruga entre las cejas. Sorbió con fuerza y masticó con rapidez para poder seguir hablando.

—Porque te veo sufrir. No estás conforme con cómo han acabado las cosas. Sabes que tu amigo se fue de aquí más destrozado de lo que vino. Te hubiese gustado hacer más.

Bajé los palillos.

—Déjalo —murmuré.

—Eres buena persona, no me creo que no quieras hacer algo por él.

—¡¿Qué pretendes que haga alguien sin nada por alguien que lo tiene todo?!

Suni abrió los ojos, algo asustada por mi tono abrupto.

—Lo siento…—dije de inmediato—. Quiero decir que yo… yo tengo que mendigar para sobrevivir. No tengo nada que sea realmente… mío.

Cogí su plato y lo acerqué a la pequeña parrilla portátil que descansaba sobre la mesa. Le eché toda la carne que quedaba.

—De todas formas, no quería involucrarlo en nuestras mierdas. Los de esa mafia tuya son muy peligrosos. —Dejé el plato delante de ella y me levanté—. Me voy a la cama.

Cogí mis utensilios a medio usar y los coloqué en el fregadero. Por las noches era ella quien limpiaba, aunque, en realidad, me tocaba fregar siempre a la mañana siguiente porque se le olvidaba.

—Momji —me llamó—. No quería incomodarte.

—Lo sé.

—… pero quiero que sepas que, si no das un paso, te vas a arrepentir de volver a perderlo. ¿No te hizo feliz verlo de nuevo?

Se había girado en la silla, mirándome de frente. El pijama blanco que se había puesto era algo transparente. Aparté la vista.

—Tú parecías feliz de haber visto a Seju.

Asintió con una sonrisa triste.

—Yo también me digo que no me importa. Los dos nos contamos las mismas mentiras, ¿ves?

No pude negarle aquella última sentencia. Sin embargo, sabía tan bien como yo que ninguno podía hacer nada por el otro. Era hipócrita tomar decisiones que, se suponía, serían permanentes solo por un capricho. No era justo para nosotros mismos, para nuestra integridad.

—Yo… —detuve mis pasos en el pasillo al escucharla murmurar—, yo no quiero arrepentirme en el futuro. Saber que he hecho daño a alguien que quería mucho me hace sentir mala persona, y seguir con aquella mentira, la de que ya no significa nada, solo lo empeora. ¿No crees… que podríamos dar un paso atrás, intentar que todo sea como antes…, o es un pensamiento demasiado egoísta?

—Es egoísta —murmuré.

Aun así…, Jun se había acercado a Gyeongju para hablar y Seju, a casa de Suni con la excusa de recoger unos libros. No éramos nosotros quienes habíamos forzado la situación, así que, si surgía algo, no sería egoísmo. No nuestro… Aunque eso solo era una manera ilusoria de herirnos al final.

Cada uno había retomado su camino con las manos vacías. Unos más que otros, a decir verdad. Suni tenía todas las posibilidades que quisiera de poder comenzar una relación, de continuar con Seju porque este parecía que aún sentía algo por ella. En mi caso… En mi caso solo había agujeros en cualquier plan que se me ocurriera.

—Quizá sí deberías hacer algo.

Antes de irme, oí la resolución de Suni:

—Voy a volver al pelo rosa. No tiene sentido que intente pasar desapercibida, ¿no crees? Me anula la identidad.

Sonreí, aunque no supe por qué, en realidad. ¿Había tomado esa decisión por sí misma o por aquel comentario que le había hecho Seju?

Yo desaparecí por el pasillo, rumiando las palabras de Suni. ¿Podría tener razón? ¿Podríamos darnos una segunda oportunidad? ¿Teníamos derecho?

Capítulo 30

BALANCÍN

LUHA

—¿Qué fuiste a hacer a casa de Suni? —pregunté para sacar algo parecido a una conversación.

—Fui a por el libro que te di hace unos días. Es uno de mis favoritos. ¿Te acuerdas? *Elvis en la niebla*, de Adriana Gaona.

Asentí echándole un vistazo a la portada encima de la mesa. No lo había vuelto a coger desde que me lo entregó. Era la primera vez que veía una traducción al coreano de una novela española. Me lo había prestado como recompensa dado que estaba cumpliendo el plan de las comidas y había ganado un poco de peso. Reconocía que me causaba cierta ansiedad y que me miraba más en el espejo para poder adivinar dónde estaban esos nuevos dígitos que marcaba la báscula, pero no los encontraba. Eso se suponía que era un avance positivo.

—¿Por qué, si es un libro tan especial, no lo trajiste cuando lo dejasteis?

—Suni estaba leyéndolo. No caí en ello hasta una semana más tarde de irme de nuevo con Taeju. Al hablar de él la otra noche, me acordé de que no lo tenía por casa y que, después de tanto tiempo, ella ya se lo habría acabado.

—¿Crees que me gustará? —Lo cogí y leí la parte trasera por encima. No era mucho de libros, sin embargo, Seju había hablado de él con tanta pasión que intentaría acabarlo.

—Va sobre alguien atrapado, incapaz de aceptar su realidad. Es muy bueno, como un cuento para adultos.

—Me dijiste que era de terror —me quejé lanzándole el libro al regazo. Aquello era traición.

—Te dije que había un fantasma, no que diese miedo —replicó sosteniéndome la mirada—. Va un poco de encontrarse a uno mismo y de los monstruos que hay alrededor. Está contado como una fábula, es muy original. Aprendes mucho de… de cómo dejar ir, de cómo soltar.

Pensé en que era muy apropiado. Cogió la novela y la depositó de nuevo sobre la mesa baja, con cuidado. En su rictus había aparecido de pronto una arruga, como si de un aviso de seísmo se tratara. Planté bien los pies en el suelo, preparado para lo que fuera que hubiera recordado.

—No le conté lo de mi nana —murmuró con una mueca triste—. No me parecía el momento.

—Suni no la conocía, ¿no?

Seju negó.

El timbre de la puerta nos sobresaltó. Taeju sabía el código para entrar en el apartamento, así que él no podía ser, y nunca recibíamos visitas.

—¿Estás esperando algún paquete? —le pregunté a Seju, aún con el susto en el cuerpo.

No me contestó, solo se levantó del sofá para comprobar de quién se trataba. Su semblante se había vuelto muy serio de repente. Se abrochó mejor la bata y se acercó a la mirilla, yo lo seguí. De inmediato, se giró, echándome una mirada que no supe descifrar. Parecía luchar contra sí mismo.

Con una expresión impasible, dura como el mármol, abrió. Vislumbré a alguien que, de ninguna forma, esperaba encontrar en el descansillo de la casa de mi amigo. Momji llevaba las manos en los bolsillos de los vaqueros y aquel jersey negro con una equis en rojo en el pecho que le quedaba grande. Les había dado una vuelta a las mangas. Me sonaba de la otra vez que me visitó. ¿Sería alguna de las prendas que Jun le había dejado? La última vez que lo vi me dijo que le prestó ropa.

—¿Qué haces aquí? —preguntó Seju con cierta rudeza—. ¿Cómo sabes dónde vivo?

—Suni lo sabe. No me parecía bien entrar directamente, por eso he llamado.

—Tuve más que suficiente con ver tu cara hace unos días.

—¡Momji! —dije acercándome e instándole a Seju a que lo invitara a entrar, pero este no parecía por la labor.

—¿Qué haces tú aquí? —preguntó, sorprendido al reparar en mí.

—Ahora vivo aquí —respondí, animado.

—Ah… —murmuró evadiendo el contacto con mis ojos—. ¿Cómo estás?

—Está bien —lo cortó Seju—. ¿Qué quieres?

Momji lo observó con mala cara. Las aletas de su nariz se separaron un instante, fruto de la crispación.

—Le he estado dando muchas vueltas a algo y creo que… que le tenemos que hacer caso a Jun. Intentarlo, al menos… ¿Habéis vuelto a hablar con él?

—¿Con Jun? —Yo negué, sin saber a qué se refería.

—Tenéis su teléfono, joder. ¿De verdad os importa tan poco? Él vino para pedir perdón, preocupado por nosotros.

—Lo vimos, se fue y ya está —contestó Seju sin dejar de hacer con su cuerpo una barrera para que no entrara—. Con eso tiene suficiente para otros tres años. No me importa lo más mínimo.

—Me encanta esa máscara que te pones cuando quieres pasar de un tema. ¿Puedes repetir lo mismo sin mentir? —le increpó Momji.

—¿Crees que miento?

—Chicos, parad. —Intenté poner paz—. Es cierto que no hemos vuelto a hablar con él, y eso está mal por nuestra parte. Se portó bien cuando vino a verme al hospital.

Ninguno parecía escucharme. Seju lo observaba con un rostro cada vez más arrugado.

—¿Qué quieres, dinero?

Miré con fijeza la nuca de Seju, algo atónito por sus palabras. Parecían volver a tener dieciséis o diecisiete años, cuando su relación se basaba en lanzarse reproches de forma continua y, al final, acabábamos separados en dos grupos de dos personas.

—No quiero nada de ti.

—Parad.

—¿Por qué te importa tanto ahora? —preguntó Seju.

—No es ahora —replicó—. ¿Es que no lo veis? ¿No recordáis lo que pasó antes de que se fuera? No hicimos nada por detenerlo. Se fue por nuestra culpa. Para él fue duro tener que dejar de correr, no poder andar. No hicimos nada por él. Y vosotros estabais muy pesados. No sabéis lo absorbentes que llegáis a ser cuando estáis los dos juntos. Le disteis de lado y yo tenía que trabajar. Todos pudimos haber hecho más, eso está claro. Jun nunca fue de tomar decisiones de esas magnitudes.

—Intentas defenderlo, pero no tiene excusa. Lo quieras admitir o no, Jun era como un sol de verano. ¿Y sabes qué pasa cuando no deja acercarse a las nubes ni a la lluvia? Que convierte el paraíso en un desierto.

—¿Eso crees que hizo? —Momji dio una zancada, quedándose muy cerca del rostro de Seju. Este tensó los brazos en cruz, convirtiéndose en un muro infranqueable.

—Yo ahora solo veo arena.

—Siempre has sido un desagradecido. No has podido ver más allá de tu ombligo.

—Solo me llamas egoísta porque me tienes envidia.

—Seju, no me calientes.

—Parad de una vez. —Coloqué una mano en el antebrazo de Seju para que se alejara un poco. Solo entonces se volvió un instante a mirarme—. Me estáis agobiando.

—Es él, que tiene afán de protagonismo —se justificó.

—¿Acaso lo habéis felicitado por su cumpleaños?

Aquella pregunta me desarmó. ¿Cuándo había sido? Jun era el más pequeño en edad. Cumplió los veintidós el diciembre pasado.

—Somos lo peor, Seju. Me siento fatal. Fue el treinta de diciembre.

Sus ojos oscuros me atravesaron, comprendiendo cómo me sentía. Volvió a darme la espalda y casi le gritó:

—¿Por qué demonios vienes ahora, casi dos meses después de que se fuera?

—Estaba recuperándome de unas heridas, aunque creo que eso ya lo sabíais. Pero estoy mejor, gracias por preguntar.

Yo no dejaba de darle vueltas a lo fácil que nos había resultado obviar al mundo una vez me instalé en el apartamento.

—Momji tiene razón, Seju. ¿Cómo han pasado dos meses?

—Jun se fue porque quiso —contestó mi amigo frunciendo el ceño—, se le cruzó un cable y no fuimos suficiente como para que se quedara.

—Eso no es cierto —murmuró Momji—. Hubo más. No nos portamos bien con él en esa época, en esos últimos meses. Luha estaba entrenando cada vez más duro para poder hacer las audiciones y tú estabas irritable por tus mierdas.

—¿Y tú qué? —Seju se cruzó de brazos levantando la barbilla—. Él era tu ojito derecho y dejasteis de hablar de la noche a la mañana.

Me acordé del término que utilizó mi hermana para referirse a ello, lo de ser el disparo en el brazo de alguien. Miré a Momji, que se echó hacia atrás de forma instintiva, como si Seju le hubiera lanzado algo.

—¿Eh? ¿Tú qué? —Seju dio un paso, quedándose al borde de pisar el pasillo—. ¿Qué te hizo para que pasaras de él? ¿O qué le hiciste tú?

—Eso es asunto mío —respondió, sombrío.

—Seguro. —La voz de Seju se volvía más grave. Como si cayeran truenos—. Vienes aquí, a echarnos en cara lo mal amigos que fuimos cuando ni tú mismo eres capaz de reconocer tu parte de culpa.

—Yo la reconozco —murmuró con ira, apretando los dientes.

—¿Y has hecho algo por ponerle remedio? Porque creo que lo último que le dijiste a Jun en diciembre fue que se fuera a la mierda.

No fui capaz de reaccionar antes de ver el puño de Momji cerrarse en torno a la bata de Seju, acercándolo hacia su expresión amenazante.

—¿Qué? ¿Vas a pegarme? —espetó Seju con una sonrisa en los labios.

Negué, decepcionado. Ahí estaba otra vez ese chico altivo, el que se creía por encima de todos, el que podía con lo que fuera. Aquel que brillaba sin necesidad de luces porque era su propio foco. Uno que, por desgracia, también le daba de forma directa a los ojos, cegándolo.

—No tengo por qué explicarte nada.

Seju se zafó de la mano de Momji con un solo movimiento.

—Jun se lo contó a Luha al día siguiente, ¿acaso mintió? Dijo que lo llamaste monstruo o depravado o algo así, que no lo querías ver más.

Momji se fijó en mí, con las pestañas casi rozándose, haciendo de su mirada una franja casi tan estrecha como el horizonte. ¿Estaba sopesando si había mentido? Apartó la cara, metiendo las manos en los bolsillos.

—No merece la pena esta conversación. Creía que os importaba algo.

—Sí nos importa —repliqué.

—No te justifiques, Luha —me cortó Seju—. Cada uno hemos tenido lo nuestro. Seguro que Momji también ha estado muy ocupado como para pensar en Jun.

—Para mí no ha sido tan fácil. Llamadlo.

Dio la vuelta, avanzando unos pocos pasos, pero se detuvo y se volvió hacia mí, ignorando a Seju.

—¿Tú cómo estás? De verdad.

—Bien —contesté de inmediato. Era la respuesta a todo, me salía de forma automática—. De verdad —añadí—. Estoy viendo a un psicólogo y llevo un control. Seju me está ayudando.

Asintió, pensativo, como si no terminara de creérselo. Dejó atrás el ascensor y abrió la puerta que daba a las escaleras. Fue en ese momento en que me di cuenta de que no había traído abrigo. ¿No estaría pasando frío solo con aquel jersey?

—Qué idiota. —Seju cerró la puerta de golpe—. ¿Qué pensaba que iba a conseguir viniendo aquí? ¿Que lo acogiera como lo ha hecho Suni? Seguro que se ha cansado de él y por eso se ha acercado aquí a mendig…

—No digas eso —objeté notando escozor en los ojos—. No tiene la culpa.

—Sí de aprovecharse. —Seju encauzó el pasillo y se detuvo al observar mi expresión herida. Lo esquivé y me encaminé al salón—. ¿Cuánto tiempo ha pasado desde que Jun regresó a Seúl? ¿Dos meses?

—Vino el veinti… algo de diciembre y hoy es veinte de febrero.

Restregué mis párpados. No sabía por qué me había puesto tan sentimental.

—Pues ese es el tiempo que ha estado Momji aprovechándose de la hospitalidad de tu hermana.

—Se sentía culpable, ya lo sabes. Te lo he contado.

—De todas formas, esto no venía a cuento. ¿Qué creía que iba a pasar? ¿Por qué hablarnos de Jun ahora?

—Quizá él también se siente culpable. A Momji le pegaron por culpa de Suni, y a Jun por culpa de Momji. —Bufé con rabia, andando en círculos—. Es cierto que se me pasó su cumpleaños.

Seju frunció el ceño, alargando los brazos para detenerme.

—¿Acaso lo has estado felicitando en estos últimos años?

—No, pero…

—Entonces, no pasa nada.

Lo miré y me deshice de sus manos.

—No sé por qué no quieres entenderlo, pero sí que pasa. Jun vino desde Seúl para vernos, para intentar reconciliarnos. ¿Qué clase de personas somos si no tratamos de hacer un pequeño esfuerzo a su vez? ¿Por qué no quieres reconciliarte?

—Yo no he dicho eso, pero hay que dejar atrás lo que se quedó atrás. Soy de esa clase de persona, lo siento; a las que cuando alguien les dice adiós, se van para siempre.

—Eso solo funciona con los objetos, Seju. Las personas son diferentes. Pueden cambiar, pedir perdón —murmuré—. Él ha pedido perdón. Y… quizá no tendría que haberlo pedido. —Me di la vuelta y fui a por el móvil sobre la mesa del comedor—. Voy a escribirle. Momji también ha hecho el esfuerzo de venir y seguro que no le hacía ni pizca de gracia hablar contigo.

—Porque me tiene envidia. —Me persiguió.

—Por lo que sea. Jun le importa, y debería importarnos a nosotros de igual forma. —Desbloqueé el teléfono. Tenía de fondo de pantalla el cartel de la obra que estrenamos en enero. En él aparecían algunas de las caras del elenco. Mis ojos fueron directos al lugar donde me encontraba. Lo bloqueé de nuevo—. Él… él saltó hacia el mar, ¿no te acuerdas de ese momento? Pasé muchísimo miedo. ¿No crees…? ¿No crees que

Jun sabía que le pasaría algo si saltaba desde el muro? A veces me lo pregunto. Lo debía de saber, ¿no? Y aun así…

Dejé los brazos muertos a ambos lados del cuerpo. Seju se acercó y me rodeó los hombros. Daba con su barbilla en mi sien, que le quedaba a la altura perfecta para estar cómodo. Estrujó mis miembros y me besó el pelo.

—No pienses en ello. Fue hace tres años y ya está todo bien.

—El problema es que eso es lo que a ti te parece. —Me encogí para que me soltara y volví a mi teléfono.

«¡Hola, Jun!», escribí, «¿qué tal por Seúl?».

Seju se sentó en el sofá, dejándose caer.

—Momji ya debería dejar de darnos la paliza con esto. Juro que casi me caigo de culo al verlo aquí.

Observé el chat, comprobando que lo había recibido, pero no esperaba una contestación de verdad por su parte. Solo quería cerciorarme de que lo había leído, aunque en esos pocos segundos no se había conectado.

—Yo creo que sí que estaban cogidos del meñique en la azotea del hospital —confesé.

Seju me miró e hizo rodar los ojos.

—¿Y qué? Esos dos… Ya sabes. Lo hemos hablado.

Me acerqué y me senté en el apoyabrazos.

—Lo que has dicho antes… De que eres de los que se van y ya no vuelven. ¿Por qué conmigo no ha sido así entonces? Has pasado página con Jun y con Momji, ¿conmigo es distinto?

Se giró, apoyando el codo en el respaldo y su cara, en el puño. Me observó un instante, dejando una mano libre hacia arriba para que se la cogiera.

—Tú y yo hemos hablado en estos años. —Recorrí sus dedos despacio, jugando con ellos—. Al principio, mantuvimos el contacto, aunque luego fuéramos posponiendo el vernos o cancelando planes. Supongo que la relación que tú y yo teníamos era más estrecha, más fuerte, no sé.

—Como la de ahora.

—La de ahora es diferente a la de antes, aunque me gusta más.

Abrió los brazos para que me protegiera en ellos. Había estirado la comisura de los labios, poniendo una sonrisa algo tonta, de esas que hacían que sus orejas se movieran y pareciera que tuviera cara de duende. Pero no estaba conforme con todo lo que habíamos hablado. No se había portado nada bien con Momji.

—Voy a leer un rato —dije cogiendo la novela y encaminándome a mi cuarto.

Capítulo 31

FUEGO

JUN

La gravilla en la punta de los dedos de mis pies me dio la pista para saber que había vuelto. El muro sobre el que me sostenía desapareció en un pestañeo y me encontré flotando, aunque aún me sentía estable, como si pisara una plataforma transparente. Pensaba que había vuelto a la playa, pero solo veía el agua al fondo, varios metros por debajo de donde me encontraba. Alrededor no había nada más que aquella marea azul y yo estaba suspendido a mucha altura, con la brisa acariciando la planta de mis pies desnudos.

—Hazlo —escuché a mi espalda. Reconocí la voz profunda de Seju—. Hazlo.

Seju siempre había sido el más directo, que no el más sincero. Colocó las palmas en mis paletillas, como instándome a saltar.

—¿Qué más da el resto? —siguió—. Solo importas tú. Siempre has sido así, egoísta, infantil, impetuoso. A nosotros ya nos da igual lo que hagas.

El cielo se estaba empezando a encapotar y el mar, a adquirir un tono más oscuro. Solo sentía sus yemas sobre la espalda, empujando de forma sutil.

—¿Para qué has vuelto? —escuché otra voz a mi izquierda. Momji me miraba bajo el gorro gris.

—Qué más da el por qué —rebatió Seju.

—Quizá nos echaba de menos —inquirió Luha a mi derecha. Su rostro estaba apagado, como si no me viera y solo pensara en alto—. Tiene que ser eso.

—Solo ha vuelto para que lo veamos dar el último salto, ¿verdad, Jun? Para terminar de alejarse de todo el mundo. Incluso del propio mundo.

Sus manos me echaron hacia delante y uno de mis pies dejó de tocar la superficie transparente y segura, haciendo que serpenteara el vértigo por mi estómago.

Los observé un instante. Seju no podía hablar en serio. Él no era así, no decía esas cosas. Momji observaba el mar debajo de nosotros, al igual que Luha, absortos, sin prestar atención a lo que de verdad ocurría. Como si ellos no estuvieran incluidos en la escena.

—Hazlo, o me obligarás a hacerlo a mí.

Seju se puso a mi lado. Su hombro quedaba un poco por encima del mío. Volvía a llevar aquella sudadera, la azul con las alas por detrás. Antes de poder detenerlo, se giró en el sitio y, sin apartar la mirada de mí, dio dos pasos y cayó al vacío de espaldas. Yo perdí el equilibrio al intentar atraparlo y mi cuerpo osciló hacia delante, precipitándome con él.

Abrí los ojos en la oscuridad. Grité tan fuerte con los labios apretados que mis oídos me mandaron señales para que me detuviera y mi garganta se echó a temblar. Si lo hubiera exteriorizado, no sé qué habría conseguido romper. De mí ya había poco que agrietar.

El teléfono móvil en el suelo vibraba de forma insistente. Con toda probabilidad, era la razón por la que me había despertado. Me froté los ojos y miré quién era. Antes de poder descolgar, la llamada cesó. El silencio volvió a la habitación y solo entonces fui consciente de la hora. Las dos de la mañana.

El teléfono fijo me despegó de la colcha de inmediato. Mis padres no me solían llamar, y que lo hicieran de noche solo presagiaba algo urgente.

—¡Hwan-Jun, hijo! —escuché antes de poder decir nada—. ¿Estás ahí?

—Sí, sí, ¿qué ocurre?

Oía al otro lado no solo la voz de mi padre, sino de una sirena y a mi madre muy alterada hablando con alguien.

No supe, hasta después de tres intentos, que nuestra casa se había incendiado a última hora de la tarde, cuando mis padres daban su segundo paseo rutinario. No sabían cómo se había generado, pero lo importante era que ya estaba controlado y ahora tocaba ver si se podía recuperar algo de aquel amasijo carbonizado.

No me habían llamado hasta estar seguros de que había sido lo suficientemente grave como para que no pudieran hacer noche en su propio hogar.

Colgué con el corazón acelerado. La conversación había sido breve y se habían decidido más cosas de las que se podría pensar en tres minutos de llamada. La primera, que debía volver a Gyeongju. La segunda, que debía abandonar mi pequeño piso en Seúl y que así me devolvieran la fianza. Por último, que dejara mi puesto de trabajo dado que me necesitaban allí.

Recosté la cabeza en la almohada, bullendo a toda máquina. Ninguna de las elecciones me sería complicada de llevar a cabo. Sin embargo, la perspectiva de volver a mi pueblo natal me inquietaba. Desde que me marché, no había vuelto a ponerme en contacto con mis amigos. Dada nuestra despedida, no tenía muy claro que lo siguiésemos siendo, aunque el mensaje de Luha de hacía dos días parecía bastante amable.

Encendí la luz del escritorio-mesa de comedor. No iba a poder conciliar el sueño. Me había ido a la cama antes de lo que acostumbraba, así que tampoco era de extrañar que ahora estuviera intranquilo. Solía quedarme hasta muy tarde viendo películas o jugando a juegos en el móvil.

Desbloqueé el teléfono y releí el mensaje de Luha que tenía sin contestar. Había cambiado la foto de perfil al cartel de la obra donde actuaba. Cerré la aplicación y abrí el navegador para comprar los billetes de vuelta a Gyeongju.

Capítulo 32
ESTRELLAS
LUHA

Habíamos salido a cenar fuera como parte de mi exposición, uno de los pasos más complicados a dar dentro del plan terapéutico. Aún me costaba comer en lugares públicos, con carta y con gente. Me sentía observado y no dejaba de pensar en marcharme de allí, por eso todavía no habíamos podido ir a ningún restaurante. Sin embargo, aquella noche tampoco nos acercamos a uno. Seju había propuesto realizar un pícnic nocturno en uno de los tantos parques de Gyeongju. Con la semioscuridad me sentía más valiente y menos presionado. Para mí era un avance.

—Esto parece una cita —me reí.

—¿No lo es? —se burló de mí.

Nos habíamos abrigado muy bien y Seju había traído calentadores de manos por si no soportábamos el frío. Lo cierto era que aquel plan parecía de lo más estúpido dada la fecha. Esas cosas se hacían en primavera. Pero lo había visto muy ilusionado cuando me lo sugirió, así que acepté y lo ayudé a preparar nuestra cena al aire libre, que consistió en *gimbap*, que era arroz, verduras y otros ingredientes enrollados en algas, y en unos termos con fideos instantáneos.

—Sé a lo que se refería Momji —murmuré mientras ayudaba a sacar todo de la bolsa de tela. Seju bajó la mirada al nombrar a Momji, como si no le interesara lo que fuera a decir—. Con lo de que todos teníamos culpa de que Jun se marchara. Lo he estado pensando estos días y es cierto. Yo no me porté bien con él… —Entonces Seju sí que levantó la mirada. Yo dejé las manos sobre el regazo—. No en ese último año. Lo veía más bien como… como un contrincante. Era desesperante estar a su lado cuando hacías algo físico. A él siempre le salía mejor. Me acuerdo de los meses en los que estuve esforzándome para tener más flexibilidad.

—¿Cuando te quedabas frente a la pared con las piernas abiertas un montón de tiempo?

—Entre otras cosas… —Asentí—. No sé por qué Jun era más flexible entonces y me irritaba cada vez que me lo cruzaba porque él… —Cerré los labios con fuerza, sintiendo esa misma ira de aquellos años. No podía culparlo ahora de algo así—. Él siempre era mejor en todo —murmuré. Seju me tendió uno de los termos y abrió el suyo. De la boquilla salió una pequeña nube de humo—. Me frustraba mucho que todo lo hiciera con tanta facilidad… Cuando a mí me costaba horas y horas de esfuerzo. —Bajé el rostro y destapé mis fideos, dejando que el vapor me calentara la barbilla—. Me enfadé tantísimas veces con él que dejó de pasar las tardes conmigo cuando ensayaba o entrenaba. ¿Te acuerdas? Algunos días Momji también nos acompañaba, incluso tú te quedaste alguna tarde. Vosotros jugabais y yo practicaba en el gimnasio. Luego me imitabais y sabía que no os saldría igual que a mí, pero a Jun a veces sí y lo odiaba por ello.

Seju le dio un sorbo al termo, quemándose los labios. Arrugó la nariz y abrió la boca para enfriarla.

—Pensé que ya no te quedabas después de clase para estudiar, y que por eso ya no os veía juntos —dijo Seju, que depositó a un lado el termo y luego destapó el plato de *gimbap*.

—No, dejó de venir cuando un día le grité. Fui un… Hice que se sintiera… inferior —suspiré con hastío. Se detuvo mientras buscaba los palillos en la bolsa. Me dedicó una mirada que decía que estaba prestándome atención—. ¿Por qué fui tan estúpido? Le dije que no se creyera tan importante, que no podía hacer lo mismo que yo porque él no tenía futuro en lo mío. Porque era mío y… y él no tenía nada que perseguir…

—Cada uno dijimos cosas que no debimos en momentos inoportunos. —Me tendió unos palillos—. Éramos unos críos. Para cuando llegó mi cumpleaños en agosto, él se había alejado mucho.

—Fui un egoísta.

—Todos lo fuimos —comentó. Chasqueó la lengua, como molesto—. Yo tampoco me porté como debía. —Me confesó—. También le dije cosas… muy feas. Lo tenía todo el día pegado a mí, con dudas sobre la universidad, qué hacer, a dónde ir, la beca deportiva, qué planes teníamos el resto… —Posó la mirada sobre los palillos, abriéndolos y cerrándolos—. Y un día de verano estallé y le grité que era tan pesado que me daban ganas de suicidarme.

—¡Seju! —Lo miré, reprochándole aquella frase tan hiriente—. Sabes lo mal que lo pasamos con eso.

—Sí, sí, lo sé. No creas que no me arrepiento.

—¿Por qué le dijiste algo así?

—No me recrimines esto ahora, Luha. Todos nos comportamos mal con él. Yo me acabo de enterar de tu numerito en el gimnasio, así que no me quieras pringar con las culpas.

Bajé la cabeza. Agarré bien el termo con las dos manos y bebí con cuidado, pero seguía quemando mucho. No sabía cómo Seju era capaz de soportar esa temperatura.

—Entonces Momji tenía razón —repetí—. ¿Por qué no me contaste que le dijiste eso? —Giró la cara hacia un lado, algo avergonzado—. ¿Qué te contestó?

—Nada. ¿Qué esperabas? Ya sabes cómo era, se lo callaba todo. Me miró con esos ojos enormes que ponía a veces, subió al autobús en cuanto llegó y se fue a casa. Al día siguiente, no tocamos el tema.

—No entiendo por qué se lo guardaba —comenté y le di otro sorbo al termo—. Una vez pasaba un tiempo, actuaba como si nada. Eso mismo intentó en agosto, hace tres años. Ahora lo veo. Por eso sugirió que fuéramos todos a la playa dos días después de tu fiesta de cumpleaños, para intentar recuperar la cercanía… Pero no recuerdo que Jun dijera ni una palabra, y ese mismo día fue cuando… se precipitó al mar.

—Las cosas se arreglan hablándolas —siguió masticando Seju—, no dejándolas caer en el vacío. Así solo consigues amontonar muchos problemas que acaban por aplastarte.

—¿Crees que eso es lo que le ocurrió?

Se encogió de hombros, quedándose absorto en la boquilla del termo. Después asintió, despacio.

—Aún me acuerdo de su mirada mientras estaba subido ahí arriba. Supe qué iba a hacer de inmediato. Aunque… puede que ni él lo supiera. No creo que lo pensase demasiado.

El silencio arrastró aquel día ante nuestros ojos, trayendo el olor a sal, la rugosidad del murete donde nos habíamos sentado, las piernas colgando hacia el mar…

—Momji ha dicho que él asume su parte de culpa. ¿Crees que él también se extralimitaría con Jun? Quizá lo llamó pesado o… no sé… Pasó algo.

Seju se encogió de hombros otra vez, apoyando las manos en la manta de pelo que habíamos extendido. Miraba hacia el suelo.

—¿Es posible…? —Empezó bajando aún más el tono de voz—. ¿Es posible que todos le hiciéramos algo y fingimos delante de los otros que no pasaba nada?

Lo observé, sopesando aquella sentencia tan dolorosa. ¿Habíamos sido capaces de motivar aquello? Uno le puso un peso sobre los hombros que no le correspondía, ser la causa de un posible suicidio, yo le hice sentir inferior porque me superaba, ¿y Momji? Jun lo admiraba. En realidad, nos miraba a todos como si fuéramos algo muy valioso, como si estuviera agradecido por tenernos cerca.

¿Fuimos capaces de cortar sus alas y hacerle creer que solo servía para correr? ¿Fuimos nosotros quienes lo empujamos a saltar de pura frustración? Era la medalla de oro, aunque no solo por sus piernas veloces. Si se lo proponía, brillaba en todo. ¿Nos molestaba tanto esa luz que la apagamos?

—Soportó todo eso solo por mantenernos al lado…, pero quizá lo echamos —susurré, notando cómo el vaho me rozaba los labios—. Me siento el peor amigo del mundo.

—Éramos unos críos.

—No tanto. —Le sostuve la mirada—. No tanto. Momji tenía razón en venir a visitarnos. Él siempre ha visto más que ninguno de nosotros. Al menos en Jun, que no hablaba nada. Él sabía más, lo intuía.

Era posible que él sí se hubiese dado cuenta, sin embargo, conociendo cómo era Momji, tan introspectivo, dudaba que le hubiese comentado nada a nuestro amigo. Él no era de preguntar cómo estabas, solo te daba un golpe en el hombro o te señalaba con el pulgar hacia arriba para darte ánimos. Por ese entonces Seju y yo tampoco estábamos muy pendientes de los otros.

¿Habríamos sido la verdadera razón por la que Jun se marchó?

Me tumbé en la manta, con un nudo en la garganta y el apetito por los suelos. Observé el cielo oscuro, dejando que mis ojos se perdieran en la inmensidad, en aquella profundidad ilimitada. Nos enterrábamos en nuestro dolor, focalizando solo en la herida, girando alrededor de nuestro propio ombligo, pero había mucho más si apartábamos la vista de nosotros mismos, a las estrellas, por ejemplo. A aquello que seguía existiendo, apareciendo, aunque estuviésemos demasiado ciegos para contemplarlo. Había una belleza oculta que estaba viva y que nunca desaparecía, solo cambiaba de medio, de apariencia. Nos daba tiempo para poder prestarle atención algún día, una vez estuviéramos preparados. Era una belleza colateral, la debíamos buscar cuando el dolor se hacía insoportable; siempre estaba.

Y yo la veía ahora, porque me había detenido a mirar de verdad. Me preguntaba por qué no había sido capaz de hacer aquello mismo en los años de instituto, cuando el agobio era tan grande que no conseguía despegar los ojos de los libros, o cuando esa obsesión por llevar una alimentación sana y los comentarios de mi madre derivaron en mi trastorno y me hicieron infeliz. Por qué no fui capaz de buscar esos detalles que había alrededor, a nuestro alrededor, y mostrárselos a mis amigos para que su existencia no fuera tan miserable como la mía.

—Estás respirando muy rápido, ¿estás bien?

Solo noté la mano de Seju cuando apretó más fuerte mi antebrazo. Era cierto que estaba mareándome. Cerré los ojos un instante y me senté, desviando la mirada hacia el césped. Podía escuchar el pasar de los coches, a esa hora había algo de tráfico. Si me giraba, seguramente, vería las luces y algunos intermitentes. De una ventana salía el ruido de una familia cocinando mientras cantaban y reían. Parecía un cumpleaños. Un grupo de chicos pasó a cierta distancia hablando a carcajadas.

—Creo que estoy redescubriendo el mundo —susurré.

Seju me acercó una botella de agua.

—¿Y eso te agobia?

Me tapé los ojos, incapaz de contener las lágrimas que buscaban purgar la presión en mi pecho. Quizá no debería haberme tumbado. A lo mejor era cosa del frío, o que no estaba preparado para comer fuera, o que el universo me producía vértigo.

—¿Es por Jun? —El brazo de Seju me atrajo, dándome palmadas en los hombros para que entrara en calor—. No puedes sentirte mal por algo que pasó hace tanto.

—No es eso... Es solo que... He estado ahí, centrado en mis cosas, y no me he esforzado en haceros las vuestras más fáciles. Solo he reclamado atención, os he hecho sentir mal, os he preocupado...

—No somos malas personas por lo de Jun, Luha. —Su mano acarició mi espalda con firmeza. El abrigo que llevaba era tan acolchado que no lo habría notado si me hubiese tocado de forma más suave—. Ya has dejado el modo supervivencia, ahora estás sobrepasado porque estás aprendiendo a ser tuyo de nuevo. Ves todo desde esta perspectiva y es... rara, porque es muy reciente. Pero solo hasta que te acostumbres.

Giré el rostro, notando su pelo en mi sien. Sus ojos tenían la misma profundidad que el universo, aunque, a diferencia de las galaxias, no me mareaban. Sostenían la verdad que te daba una corta vida de reflexiones y experiencia.

—Tenemos que quemar nuestros puentes para dejar de saltar por ellos —sentenció. Tenía la nariz enrojecida. En cuanto notó que lo estaba mirando, puso una sonrisa estúpida—. Parece una tontería dicho en alto, y más viniendo de mí, ¿no?

Negué.

—¿Tú cómo lo hiciste? —Me incorporé, alejándome un poco de él—. ¿Cómo pasaste de eso a esto?

—Con tiempo —murmuró volviendo a aquella expresión sombría y distante. No me gustaba esa otra cara, la que tenía aquella cicatriz que acariciaba con melancolía—. Y pidiendo ayuda, confiando, aprendiendo como tú a ser mío de nuevo. La mente... —Se apartó el flequillo con un movimiento de cabeza para mirar mejor el cielo—. La mente es muy complicada.

Pero, al final, todo acaba pasando, se deja atrás y aprendes algo nuevo.

Seju recuperó la postura encorvada frente a mí, volviendo a la comida. Lo hacía siempre de forma tan desenfadada que lo admiraba. Me hubiese gustado no sentir remordimientos y poder disfrutar de ese pícnic. Ya no me daba tanto rechazo, aunque aún conservaba mis alimentos prohibidos. No podía fingir que no luchaba mucho conmigo mismo y con la ansiedad que me producía tener que enfrentarme a un plato, aunque era cierto que mi mente no era tan severa como antes. Me esforzaba por llamar al apetito y añadir un bocado más cada vez. Notaba que iba a mejor, que tenía más libertad.

—Creo que tú y yo nunca hemos contemplado las estrellas, ¿cierto? —pregunté—. Momji y yo nos parábamos a mirarlas cuando salíamos de la biblioteca. Pedíamos deseos en silencio, y a veces en alto. A él se le ocurrían cosas disparatadas y yo me reía. Que volvieran los dinosaurios o que lloviesen trozos de carne frita en vez de agua.

—Antes estabais unidos.

—Si no hubieses sido tan cabezota, habríamos podido hacer más cosas.

—Momji siempre ha sido un grano en el culo —bufó bajando la vista a los palillos.

—Lo habrá sido para ti. —Volvió a apartarse el flequillo con un movimiento de cabeza e ignoró mi comentario—. Podemos pedir un deseo ahora —propuse mirando el firmamento con un brillo especial, un haz diferente en la mirada.

—Los deseos no se piden a las estrellas —replicó—, se piden a la cara.

Giré la cabeza y él me observó.

—Quiero que todos estemos bien —pedí, como si él fuera mi estrella fugaz.

No era la persona más positiva del mundo, pero había luchado contra un gran monstruo, y solo por haber sobrevivido ya tenía mucho mérito. No entendía la depresión, no del todo, no como él, sin embargo, sabía que las secuelas eran raíces que habían rodeado sus órganos, quedándose ahí, anidando. A veces se perdía recorriéndolas, aunque era capaz de encontrar la salida.

De todas formas, las estrellas prendían en una agonía casi eterna hasta que morían y, aun así, su luz fantasma nos seguía llegando. Qué mejor estrella a la que pedir deseos que una a la que, aun habiendo sentido esa desesperanza y dolor, podía mirar como si todo mereciera la pena. Y ahora me miraba a mí con una sonrisa amable.

—Eso no depende de ti, ni de mí —respondió con condescendencia—. Pero es un buen deseo. —Torció la cabeza y estiró las piernas, como pensando—. Yo deseo… que me cojan para el próximo anuncio que haga una marca de ropa famosísima y me paguen un buen pastón.

—Eso depende de Taeju.

—Entonces lo tengo fatal —rio en alto y yo me uní a su carcajada.

No tardamos mucho más en volver corriendo al coche. Al día siguiente, los dos andábamos por casa con pañuelos debido al frío que habíamos cogido la noche anterior.

Capítulo 33
SOMBRAS
JUN

Se nos permitía querer, ¿quién podría negarnos eso? Se nos permitía observar al otro e imaginar cómo sería sentir sus manos sobre nuestro cuerpo, sus labios sobre nuestra piel, su corazón vibrando tan cerca que se confundiera con tu propio latir. Estaba permitido que la otra persona te correspondiera, que te quisiera. Era un milagro, aunque era posible que los dos deseáramos lo mismo.

También podíamos cansarnos, dejar de querer, acabar hartos de las mismas manos, de los mismos ojos.

Se nos permitía vivir sin el otro. Se nos permitía elegir, pero, en realidad, no teníamos elección.

No podía decirle a mi corazón que volviera a funcionar. Porque, al igual que no te enamorabas de la noche a la mañana, sino que era día tras día, tampoco podía desligarme de una parte importante de una vez. No sacabas el puñal de una herida a no ser que quisieras sufrir. Y, en mi caso, estaba cansado de no poder dejar atrás lo que para otros era tan fácil. Prefería seguir mirando la empuñadura.

Los cascos amortiguaban todo el barullo de la calle principal. Había vuelto a Gyeongju dos días después de la llamada de mi padre. Creía haber batido un récord en cuanto a velocidad. Cuando le dije el día anterior a mi jefe que me quería ir, no puso ningún reparo. Parecía que esperaba algo así, por lo que tuvo la rescisión del contrato preparada esa misma tarde. La despedida con el resto de mis compañeros fue muy fría, no quise contar el motivo real de por qué me iba de Seúl. Ya no me importaba lo que pensaran. Han-soo sí se disgustó, aunque entendía mi situación y me insistió en que lo llamara si necesitaba cualquier cosa.

Tampoco había tenido ningún problema con mi casera, por lo que sabía, ya había alquilado el pequeño piso a alguien. Me había devuelto la fianza enseguida, tan rápido como lo que tardó en pasarse al final del día y ayudarme a empaquetar las cosas. Había sido algo deprimente ver sus pequeños ojos y sus manos arrugadas sobre mis pocas pertenencias. No había llenado más que un par de maletas pequeñas con zapatillas de deporte, chándales, ropa formal de trabajo, la consola portátil junto con sus juegos… y algunas cosas más de menor valor sentimental.

La casera, la señora Nim, también me trajo una olla de barro pequeña con *kimchi jjigae*, un tipo de estofado hecho con *kimchi*. Imaginaba que el rato que habíamos pasado juntos le había despertado cierta compasión y por eso me había acompañado mientras compartíamos aquel guiso naranja. Se suponía que tenía trozos de cerdo, aunque solo di con uno. Se solía preparar con *kimchi* viejo para darle un sabor más fuerte, pero intuía que la señora Nim había variado la receta y añadido algo más.

Le agradecí aquel gesto amable, aunque se me estuvo repitiendo durante toda la vuelta a Gyeongju.

Contemplar mi casa ennegrecida me revolvió por dentro. No había sido capaz de imaginármela, y el abrazo desesperado de mi madre al llegar a la mañana siguiente solo mostraba una pequeña parte de lo triste que estaba, de lo que sufría por haber visto tantos recuerdos y el trabajo de una vida siendo devorados por las llamas.

Al menos, la fachada estaba intacta. El fuego se había originado en la parte trasera, aunque los bomberos no se habían aventurado a darnos una versión de lo que había podido ocurrir. Habían apuntalado esa parte y, tras comprobar que no había peligro, dejaron que mis padres entraran a por ropa y objetos de valor.

Debía destacar las cosas buenas también, y era que mis padres estaban algo abrumados por los vecinos que se habían ofrecido el día anterior y la mañana de mi llegada a ayudar y limpiar, despejando todo para poder hacerla habitable cuanto antes. Nuestra vecina más inmediata, la señora Rhee, había acogido a mis padres esas dos noches.

La casa olía a humo. Mis padres habían abierto puertas y ventanas para que se ventilara, pero el aire gélido de febrero se colaba por todos los rincones. Unos toques en la puerta hicieron que mi madre dejara los paños a un lado y fuera a abrir. Cada vez que alguien entraba, nos lanzaba una mirada nerviosa. No era religiosa, ya lo dije, pero sí creía en algo parecido al karma, así que se arrepentía una y otra vez de cosas que había hecho o dicho, creyendo que su casa había ardido por esas nimiedades.

Eché un vistazo al pasillo, guardando cierta esperanza en que fuera Yoora; al parecer, su madre había venido el día anterior para ver si podía ser de utilidad. Pensé que era muy probable que estuviera trabajando, aunque algo me decía que lo que ocurría en realidad no tenía nada que ver con eso. Después de que se fuera de Seúl, no me había escrito más que para darme las gracias por el día que pasamos juntos. No respondió a los dos mensajes que le puse en los días siguientes preguntando por el *casting* de su hermana y por cómo estaba ella.

No me sonaba de nada la chica que acababa de entrar. Sería

una de las hijas de algún vecino. Les hizo una profunda reverencia a mis padres.

—Soy Suni, la hermana de Min Luha. —Sus ojos se encontraron con los míos un instante, como si me conociera y aquel nexo que nos unía fuera algo muy importante—. Siento mucho lo que les ha ocurrido. Quería ofrecerme para ayudarles en lo posible.

—Le agradecemos muchísimo su gesto —replicó mi madre—, pero ahora mismo nuestros vecinos están siendo de gran ayuda y no necesitamos nada de forma urgente.

—Entonces solo me queda desearles una pronta recuperación. Imagino que su seguro se hará cargo de los desperfectos.

Mi madre forzó una sonrisa y asintió. Para ella, aquello no era mentir, eso solo se hacía con palabras, y dado que ella no había abierto la boca, no se sentía culpable.

—Hasta luego.

Había algo en ella que no encajaba en aquel escenario y que no supe dilucidar hasta que la vi partir, con sus dos coletas balanceándose a ambos lados de la cabeza, el abrigo de un blanco rosado muy clarito y las botas de agua pálidas.

La evidencia me atravesó como una bala. Mis sentidos se pusieron en funcionamiento en cuanto la puerta de entrada se cerró y todo cobró sentido. ¿Cómo no me había fijado antes? ¡Su pelo! ¿Cuántas chicas podían tener ese tono en todo Gyeongju? Dudaba que hubiera alguien más con el pelo de color rosa.

Noté el latir frenético de mi corazón. Ella era la chica que me devolvió el teléfono móvil, la que vino al hotel tras la paliza. Sin duda, Suni había visto a Momji, tenía que saber cómo estaba. Aunque solo fuera por el momento en que le dio mi teléfono para que me lo trajera.

Atravesé el pasillo, pero mi mano se quedó congelada en la puerta, preparada para abrirla.

—¿A dónde te crees que vas? —preguntó mi madre cruzándose de brazos—. No tiene por qué saber las condiciones en las que estamos.

—No pensaba decirle nada, es solo que… Que no recordaba que era la hermana de Luha. Se me ha olvidado preguntarle cómo está. Lo ingresaron en el hospital cuando vine en diciembre.

—¿Ese amigo no estuvo ingresado antes?

—Sí… Voy a hablar con ella. No tardo.

Para cuando salí, la calle estaba vacía. Maldije mi mala suerte, ¿por qué era tan escurridiza? Aceleré el paso y me quedé en la intersección sin viandantes. Vivía en una de las zonas más laberínticas, así que era fácil esconderse si uno quería.

Al girarme, vi cómo dos sombras torcían hacia mi dirección. No las reconocí en un primer momento dado que, si lo hubiera hecho, habría salido disparado de allí. Ya no llevaban los pasamontañas, dejaban su rostro al descubierto.

Observé a ambos lados, rezando por que Suni no se los hubiera encontrado al salir. No me acordaba de ella, pero, por ser quien era, tenía algo de cargo de conciencia.

—Park Jun —me llamó uno—. Qué fácil ha sido dar contigo y, sin embargo, dar con tu amigo está siendo un maldito infierno.

El más alto llevaba el pelo cortado al cero, de un tono ceniza. Debía de rondar los cincuenta y las arrugas en su rostro solo hacían que pareciera un matón curtido por muchos años de experiencia. El otro, más bajo, tenía una leve cojera y una cazadora de piel echada sobre los hombros, la cicatriz que me enseñó al levantarse la manga lo delató como el que le propinó la paliza a Momji.

—¿Quieres hacernos un favorcillo? —Este último puso un brazo alrededor de mis hombros, apretando con fuerza—. La otra vez empezamos con mal pie.

Algo brillante se clavó en mi costado, traspasando el abrigo como si fuera papel. Lo observé un instante, intentando apartarme y sujetándole la muñeca, sorprendido por la punzada.

—Queremos algo muy sencillo. —El hombre más mayor se puso enfrente, con las manos metidas en los bolsillos—. ¿Dónde está Momji?

—No lo sé —contesté de inmediato.

—A ver —el de la navaja me habló al oído, apretando un poco más, hasta que mi expresión se crispó de dolor. El aliento le apestaba a tabaco—, a lo mejor no has captado bien lo que te estamos pidiendo. Sería una pena que la próxima vez que incendiemos tu casa no nos molestemos en esperar a que tus padres salgan de ella.

Me revolví en aquel cepo, incapaz de procesar lo que acababa de decir. ¡Habían sido ellos! El que me había estado sujetando levantó las manos como si fuera inocente y estiró la comisura de sus labios. Mis ojos volaron al arma, manchada de un rojo amapola.

—No nos mires así, niño —me reprendió el mayor con un gesto autoritario—. ¿Cómo te hacíamos volver de donde fuera que estuvieras? Muy mal te tendrías que llevar con ellos para no venir a echarles una mano.

—Da gracias de que empezamos por la parte de atrás y no por la entrada. No habríais podido recuperar tantas cosas sin nuestra benevolencia.

—Ahora, como muestra de respeto y agradecimiento, dinos dónde se esconde esa cucaracha metomentodo.

—No sé dónde está —repetí como un loro, presionando la herida.

—Mira tú, que no me creo una palabra de lo que dice.

—Estaba en Seúl —seguí, dando un paso hacia atrás para que el de la navaja no pudiera volver a ponerme la mano encima—, ¿cómo puedo saber dónde está alguien que vive… en la calle?

—No está en la calle —me informó el mayor—. Ya no.

Se miraron entre ellos una única vez, pero parecieron hablar en un lenguaje que ellos dos conocían bien, fruto de muchos años de ser compañeros de extorsiones.

—Te damos un día para que lo averigües. Ya no nos queda paciencia, ven con una respuesta clara y concisa.

—Si no, lo del incendio será una tontería comparado con lo que te tendremos preparado.

Pasaron por mi lado, golpeándome los hombros con fuerza. Apreté más la mano contra el abrigo. No sabía cómo sería la herida, pero había sangrado lo suficiente como para calar hasta la parte exterior. Agradecía que fuera negro y no se notara.

Regresé a casa con el pulso disparado. ¿El incendio había sido provocado? La culpa se agolpaba en mi garganta, por lo que solo pude despedirme de mis padres de forma precipitada e irme de nuevo al hotel.

Agosto

TRES AÑOS ANTES

Capítulo 34

BLUE AND GREY

JUN

En lo último en lo que había pensado esa semana había sido en el cumpleaños de Seju. Ya no teníamos clase, aunque yo seguía con los entrenamientos diarios. Hacía dos días que habíamos quedado primeros en una pequeña liga de atletismo entre institutos. Debería estar feliz, pero en la última carrera, la del premio, nadie pudo venir a verme correr. No pasaba nada, tampoco habían podido en las otras; comprendía que cada uno tenía sus cosas y obligaciones, sin embargo, esa victoria había sido un trago amargo.

Llevaba muchos años corriendo, era normal que ya no les creara ninguna emoción a mis padres o a mis amigos. Me había convertido en el paisaje que se miraba todos los días al coger el autobús o el tren, que ya no provocaba nada cuando se pasaba por delante. Un plano que se ignoraba, un filtro en la mirada que eliminaba lo de siempre, la rutina automática que se hacía sin pensar.

En aquel éxito, en vez de notar unas alas de celebración, sentía que había caído con fuerza a lo más bajo; desde una altura considerable. Había ido subiendo peldaño a peldaño hasta encontrarme de pronto demasiado arriba, oculto por las nubes, sin poder vislumbrar el suelo. ¿Por qué había escalado hasta tan alto? ¿No veía que el precipicio crecía también?

En lugar de la calidez del esfuerzo, de sentir recompensados todos mis sacrificios en esos últimos meses de dar tanto y tanto, mi mente y mi cuerpo se habían desconectado al alcanzar la meta. Mi nombre en un trofeo no tenía valor y no sabía por qué no encontraba esa alegría que sí veía en el resto de compañeros. Por qué observaba las gradas y sentía un agujero tan profundo en el estómago. Lo había hecho bien, ¿no? Habíamos ganado, ¿verdad? Ese dolor que había ido creciendo poco a poco en esos meses entonces lo noté mucho más, como un cáncer que se manifestara al fin. ¿Acaso estaba enfermo? Oí cómo algo en mi interior se resquebrajaba, aún sin llegar a romperse, pero con la certeza de que no sanaría jamás.

Habíamos recogido a Luha a la salida de la academia y Seju y él habían decidido continuar recto por la calle hacia un puesto de helados. Momji y yo los seguíamos a poca distancia.

—Les he dicho que a partir de las ocho —escuché que le decía Seju a Luha. El primero se giró un instante y me miró, como si fuese un tercer participante en aquella conversación—. Taeju pasa mañana a por vosotros sobre las seis y media para llegar a tiempo.

—¿A tiempo? —pregunté.

Mi amigo me dio la espalda con expresión mohína, como si hubiera tenido que estar pendiente de lo que estaban hablando.

—No sé por qué me molesto en hacer esto —murmuró.

Mañana era su cumpleaños y, al parecer, estaba invitado a la fiesta. Momji, a mi lado, ni se inmutó, muy concentrado en arrancarse un pellejo de uno de los pulgares. Habían discutido, como era habitual, y se ignoraban a partes iguales. Imaginaba que él también estaba invitado, porque, cuando Seju no quería que alguien fuera a algún sitio, se lo hacía saber de forma clara.

Pero si él era el protagonista, entonces podía ir hasta su peor enemigo.

Sin embargo, yo no recordaba que nos hubiera comentado lo de la fiesta o algo relativo a su cumpleaños en esos últimos días. ¿Lo había olvidado? ¿Lo había borrado? Quizá ni me lo había dicho. No sería la primera ni la segunda vez que ocurría.

Últimamente, no nos veíamos mucho. Solo quedaban Luha y él. Momji no tenía tiempo por el trabajo de repartidor y yo había estado entrenando muy duro para la liga de atletismo que habíamos ganado. Luha también tenía ensayos y Taeju requería a Seju para ayudarlo a gestionar la agencia que acababa de montar; pero sacaban algo de tiempo para quedar los dos. Imaginaba que, en cierto modo, era lógico, ya que Luha se volcó el año pasado cuando Seju… Aún no me atrevía a pensar siquiera en lo que había intentado hacer. Se me ponía la piel de gallina y se me cerraban las paredes de la garganta. A veces me sentía perdido cuando estábamos juntos, no sabía de qué hablar con él, cómo reaccionar. Como si hubiese estado viviendo en otro país y el Seju de ahora tuviera otras costumbres y pensara diferente. Por eso era normal que no me buscaran para quedar conmigo.

Al día siguiente, el hermano de Seju nos recogió puntual. Nuestro amigo nos decía que la agencia la llevaba a rajatabla, con una agenda con muchas cosas apuntadas y que era minucioso al detalle. Luha se había echado el pelo, aún de su tono castaño habitual, hacia atrás y se había puesto una camisa de manga corta a rayas, lo que para nosotros era el culmen de la formalidad. Al vernos a Momji y a mí, que íbamos como siempre, con camiseta y pantalones, se rio.

—Os va a decir que si tan poco os importa que habéis cogido lo primero que habéis encontrado en el armario.

—Es que así ha sido —respondió Momji haciendo el gesto de abrir una puerta, meter el brazo, sacar una prenda y ponérsela de inmediato sin mirarla.

—Esta camiseta está bien —comenté echando un vistazo a lo que llevaba puesto—. Creo que una vez me dijo que le gustaba.

Tenía el dibujo de un lirio colorido a un lado del pecho. Para mí eso era ir elegante o, al menos, rompedor.

Seju había alquilado una sala privada en un restaurante que había cerca de la playa, a hora y media de Gyeongju. Esa era nuestra playa, el rincón algo lejano al que acudíamos cada verano todo lo que podíamos y más. Era muy común encontrar muchos restaurantes parecidos por la costa, pero no que se cerrara para una fiesta de cumpleaños donde iba a haber menores; por eso, Taeju se había ofrecido a hacer de adulto a cargo, aunque se pasara toda la fiesta pegado al móvil sin prestarnos un mínimo de atención.

La carretera hacia la playa nos la sabíamos de memoria. Podríamos haber ido solos si alguno hubiese sido mayor de edad. A Momji le faltaba un año menos que a nosotros para cumplir los diecinueve, así que a lo mejor podía dejar esa motillo con la que repartía, sacarse el carné de conducir y llevarnos más veces.

No llegamos de todas formas tan puntuales como pensábamos. Pinchamos a media hora del sitio y tardamos incluso más al no estar muy bien explicado cómo se hacía el cambio de ruedas. Entre Momji y Taeju, descifraron los cuatro dibujos mal pintados que venían con la rueda de repuesto, pero ya eran las ocho y media cuando aparcamos.

La ansiedad que reflejaba el rostro de Luha era notoria. Se retorcía el bajo de la camisa, anticipando la reacción de nuestro amigo. La puntualidad era algo importante para él. Apretaba los labios, como reteniendo un millón de perdones que se apelotonaban por querer salir primero. Luchando contra sus propios impulsos de gritar «más rápido». Y es que Luha amontonaba sus emociones por dentro, aunque fueran muy obvias por fuera. En cuanto aparcamos cerca del restaurante Bada, abandonó el coche de inmediato, casi corriendo bajo la fina lluvia que caía. El resto lo seguimos a buen ritmo.

Seju ya llevaría allí alrededor de una hora. Había ido antes para pagar la sala privada, la mejor, cosa que no era de extrañar viniendo de él. Una de las puertas laterales daba a la playa, iluminada con lucecitas que colgaban de diferentes postes, creando una pequeña terraza antes de que la oscuridad devorara todo lo que había unos metros más allá y se adentrara hacia el mar. Había estado lloviendo todo el día, así que tampoco esperábamos salir de allí.

El dueño no nos preguntó a qué fiesta íbamos porque teníamos nuestra edad dibujada en la cara. Diferentes ritmos de música se solapaban y nosotros avanzamos hacia el fondo, donde Taeju nos señaló la puerta de la izquierda. Parecía que todo el instituto había venido. Seju era sociable, sin duda, pero había más gente de la que ninguno de nosotros conocía.

La camisa blanca de Luha destacaba, así que supimos que había encontrado a Seju cuando se detuvo de pronto para hablar con alguien. Nuestro amigo se había puesto un polo rojo y llamaba la atención una hebilla enorme de marca adornando su cinturón. No sabíamos qué ocurría, pero habían comenzado a discutir. Luha le pedía perdón con las manos y Seju pronunciaba sin parar algo mientras sujetaba un vaso de cristal ancho y señalaba con él al grupo de chicos con el que estaba.

Momji suspiró ante la escenita, metiendo las manos en los bolsillos, y giró el rostro en busca de algo con lo que evadirse. Cabeceó hacia una esquina iluminada de naranja.

—Voy a acercarme a la mesa de la comida y no me voy a separar de ella en toda la noche.

Contemplé a Momji alejarse para cumplir con aquel objetivo tan simple, aunque mi mente no podía procesarlo en aquel instante. Me sentía dividido y más solo que nunca. Reparaba por un lado en la angustia de uno de mis amigos, Luha, intentando mediar, en la indiferencia del otro y, a la vez, en el cansancio y la tirantez del resto. Noté tan cerca el corte de los lazos que nos unían que me quedé mudo y sordo en medio de la gente, con la música tan alta que me bombeaba por dentro, haciendo retumbar también una desesperanza que llevaba agarrada a mis costillas demasiado tiempo.

Decidí acercarme también a una de las mesas para pasar desapercibido. No recordaba las caras de nadie a mi alrededor porque había estado mirándome los pies casi desde que habíamos llegado, intentando no hacer contacto visual con nadie para que no repararan en mí, para no tener que hablar. Reconocí a Yoora, la delegada de clase, abandonando la mesa de las bebidas justo delante de mí. Me escabullí para que no me viera.

A pesar de ser menores, Seju se las había apañado para que hubiera alcohol. No sabía cómo lo había hecho, pero, en aquel instante, no me importaba. Cogí uno de los vasos ya preparados y le pegué un buen trago, notando cómo quemaba conforme me bajaba por la garganta.

Me fui a una esquina donde colgaban unas cortinas de cuentas rosas que debían de ser decorativas. Solo abandoné mi sitio para cambiar el vaso por uno lleno. No me di cuenta de cómo pasaba el tiempo, sintiendo que me mareaba cada vez más, dejando que mi cuerpo se balanceara al ritmo de las canciones de moda.

—Eh, vas fatal —escuché a mi lado.

Había salido por la puerta que daba a la playa, huyendo del calor de dentro y del ambiente tan opresivo. Me había quitado las zapatillas por alguna razón y me había apoyado contra la fachada, intuyendo el mar a lo lejos. No sabía qué aspecto tendría, aunque yo también notaba que no estaba muy sereno. El cuerpo me pesaba, pero a la vez se movía solo, como si mis brazos fueran globos llenos de helio y flotaran a voluntad. Me había golpeado la cara dos veces siguiendo algún propósito que no recordaba. Imaginaba que había sido sin querer. A lo mejor había intentado matar algún mosquito.

—¿Cuánto has bebido?

Seguí el sonido de su voz tenue y vi su silueta recortada por las pequeñas bombillas que iluminaban la fachada del restaurante.

Momji me quitó la copa de la mano y olió el contenido. Hizo una mueca extraña.

—¿Cómo eres capaz de tolerar esta porquería? Toma.

Cogí el vaso que me ofrecía mientras él vertía el contenido del mío en la arena. Fui a decirle que no lo hiciera, pero entonces un sabor dulce captó mi atención. No sabía qué era lo que mi amigo estaba bebiendo. Parecía que había mezclado todas las gominolas del mundo en una bebida. Arrugué el entrecejo.

—¿No te ha dado una subida de azúcar con esto?

Momji sonrió y sus mejillas se colorearon. ¿O ya estaban coloreadas cuando había llegado? ¿Había visto a Momji borracho alguna vez? Sí. Era de los que se quedaban callados, absortos, y ahora parecía algo más locuaz. Al menos, él sí parecía controlar su cuerpo.

Le tendí de nuevo el vaso y me dejé caer en la arena tibia. La vibración de la música llegaba hasta allí. Me alegré de haber salido. La cabeza se me despejaba un poco con la brisa marina. Suspiré, notando las estrellas girar en círculos sobre mi cabeza. Si cerraba los ojos, la sensación era peor, así que intenté centrarme en un punto fijo.

Momji se sentó a mi lado. Algunos granos de arena se me habían adherido a las palmas. Tenía las yemas pringosas de haber cambiado tanto de vaso y de habérmelo tirado encima cuando estaban llenos.

—¿Qué va a pasar? —pregunté después de un rato callados.

—¿Con qué?

—Con… nosotros —murmuré.

Hacía tiempo que esa pregunta bombardeaba el campo que era mi estabilidad mental y, de tanto dejarla ahí, había ido convirtiendo ese prado en un infierno. Un lugar gris lleno de boquetes que me empeñaba en tapar porque no quería distinguir la realidad. Pero lo cierto era que los estaba perdiendo.

Momji se tumbó a mi lado y me miró, aunque no adivinaba si había comprendido todo lo que contenía aquella cuestión. Él también debía de haberse dado cuenta. Siempre era el más listo, el que veía y anticipaba, pero nunca decía nada, y esa sentencia, en aquel momento, no me daba esperanzas, porque sabía que se encogería de hombros, como si no fuera con él.

Cuando mi voz se disipó en el aire fui consciente de la cercanía de nuestras caras. Se apartaba el pelo sujetándolo tras las orejas, lo tenía lo suficientemente largo como para poder hacer eso. No había sido un hándicap a la hora de encontrar trabajo y, en cierta forma, le favorecía. Era como un rasgo distintivo, lo que en nuestro tiempo era bueno. Él desvió la mirada un instante, incómodo. Se detuvo en mi frente.

—Eh —lo llamé.

—A mí háblame con respeto —me soltó volviendo a fijar los ojos medio cerrados en los míos.

—Ni te has molestado en contestar a mi pregunta.

—¿Qué quieres que te responda? ¿Que siempre estaremos juntos? Esto no va así.

Ahí estaba la confirmación que no quería escuchar. Porque significaba que no solo lo veía yo, y eso era más doloroso aún de aceptar.

Nos habíamos quedado callados, observándonos sin mirarnos. Intentaba no sucumbir a las ganas de llorar, a los pensamientos de separación. ¿Podía hacer algo por ponerles solución a todas esas tensiones? Lo cierto era que lo llevaba rumiando durante tantos meses que ya no tenía ganas de buscarle una respuesta. Quizá no tenía.

Estaba cansado. En todos los aspectos posibles. Los entrenamientos habían sido muy duros y esforzarse por encontrar algo propio cuando a tu alrededor todos tenían metas distintas para ti era difícil de gestionar. Se me debía de notar en la cara porque Momji se había detenido debajo de mis ojos, donde las marcas del insomnio habían dejado su sombra característica.

El alcohol me había llevado a un estado de sopor que no había sentido antes. No era capaz de mover el cuerpo, ni quería, quedándome de costado sin poder despegar la mirada de las dos rendijas estrechas que eran los ojos de mi amigo. Al contrario de lo que ocurría dentro de mi cabeza, él parecía muy sereno. ¿Había aceptado ya nuestro destino?

No hablábamos mucho, pero, en ese momento, sí había una conversación extraña entre los dos. Jamás me había comunicado así y no sabía cómo debía reaccionar.

Era como si algo muy importante estuviese ocurriendo, y por eso nos habíamos quedado muy serios mirando al otro, expectantes, acercándonos para resolver el enigma que nos planteaba el universo. Pensando que era un jeroglífico, un alienígena, uno de esos pasatiempos complicadísimos de resolver.

Aunque la solución era, en realidad, muy simple, porque, cuando dimos con ella, la claridad se hizo patente. Como si el cielo se despejara de pronto después de una tormenta.

Desvié los ojos, dejándolos caer por sus mejillas y deteniéndolos en sus labios. Despegué los míos sin saber de dónde nacía la necesidad de cercanía, por qué estaba haciendo lo que estaba haciendo. Quizá por el alcohol, quizá por desesperación, quizá… por aquello que siempre había estado ahí y que nunca había querido prestarle la suficiente atención porque pensaba que era un imposible.

Nuestras bocas se juntaron, despacio, tanteando en la oscuridad. Aquel era mi primer beso y no podía ser más esperado, aunque me diera un miedo terrible reconocerlo. ¿Por qué Momji? ¿Lo que sentía por él no era solo admiración? ¿Cuándo había empezado a verlo… así?

Estaba tan mareado que solo podía pensar en lo que ocurría en aquel instante. En sus manos de dedos largos apoyadas en mis hombros, tirando, queriendo tenerme más cerca. Su boca se abrió y yo respondí del mismo modo. Mi pecho subió hasta su cénit, cogiendo aire y sintiendo que, aun así, me faltaba. Agarré su camiseta, sin atreverme a tocarle la piel por si rompía ese momento, por si no era real y despertaba de pronto.

Me despegué, impresionado por todas las sensaciones que experimentaba mi cuerpo por primera vez, como las ganas de devolver todo lo que había ingerido hasta entonces. Intenté ponerme de rodillas, pero el suelo se movía y yo me encontraba débil. Reí, sintiéndome ridículo. No podía estar siendo una noche más rara.

Entré de nuevo en la fiesta y justo me encontré con Seju. Llevaba el pelo pegado a la frente por el sudor y saltaba junto con otros compañeros de clase. Parecía estar pasándoselo muy bien. Se detuvo cuando notó mi presencia.

—Felicidades, Seju —le dije demasiado alto.

Él asintió, forzando una pequeña sonrisa. Se giró para seguir bailando sin soltar el vaso medio vacío en una mano.

—Oye, ¿dónde está Luha?

—Ese no me importa —balbuceó con esfuerzo. Sin duda, iba peor que yo.

—¿Qué ha pasado? ¿Te encuentras bien?

—No seas plasta, ¿quieres? Siempre igual, despégate de nosotros, Jun, joder.

Pasó por mi lado alzando el brazo para saludar a alguien, fingiendo que hacía mucho tiempo que no lo veía. Me quedé atrás, con una sensación de quemazón en la boca del estómago, una mano apretando fuerte no solo esa víscera; como si la violencia emocional no fuera suficiente y necesitara también un puñetazo en el pecho.

Abandoné la sala en busca de los servicios, necesitaba expulsar de alguna forma lo que llevaba dentro. Descubrí una flecha inequívoca y la seguí, pero, antes de bajar las escaleras hacia los baños, me asomé a una sala de descanso. Encontré a alguien que, por el corte de pelo y la camisa blanca que destacaba, no podía ser otra persona más que Luha. Sus pies sobresalían por el otro lado de la butaca. Entré balanceándome, todavía flotando, y me apoyé en el respaldo para poder verle la cara. Estaba en unas condiciones pésimas, agarrándose las costillas con los brazos cruzados. Le costaba abrir los ojos. Había estado llorando, tenía las mejillas aún húmedas y moqueaba de forma lastimera.

—¿No estás incómodo? —pregunté.

Luha me miró. Las lentillas azules debían de picarle porque tenía los ojos rojos. Destensó un poco el cuerpo y puso los pies en el suelo ayudándose de las manos para no caerse; no es que estuviera ebrio, solo alicaído. Estaba en ese estado que parecía de embriaguez, pero solo por haber llorado mucho, cuando se te inflamaban los ojos, tenías la cabeza embotada y el cuerpo te pesaba y dolía.

—No dejan de ocurrir desgracias —farfulló frotándose los párpados—, uno de nosotros tiene que ser gafe.

Observé su coronilla. Estaba cansado de discusiones, de ese tira y afloja que no nos abandonaba. Todos sufrían en mayor o menor medida y nuestros dedos estaban fatigados de intentar agarrarnos las manos. Cada uno estiraba hacia un lado. Y quizá estaba siendo egoísta al intentar mantener ese círculo cerrado, esas manos unidas.

Aquel fue mi momento de lucidez; me di cuenta de que ese al que se refería Luha era yo. No podía ser otro. Si yo me soltaba, si desaparecía de la ecuación, el efecto mariposa se detendría también. Dejaríamos de estar así a cada instante. El dolor nos daría una tregua. Yo me lo llevaría.

Una hora después, abandonamos la fiesta, todos en el coche de Taeju. El silencio no era solo por la borrachera de cada uno, sino porque, en ese momento, nadie hablaba con nadie. Incluso Momji me ignoraba desde que nos habíamos vuelto a encontrar en el aparcamiento para que el hermano de Seju nos condujera de vuelta a Gyeongju.

Mientras intentaba quedarme dormido en la cama, la grieta que había nacido en mi interior me inquietó con una decisión. Y era que, si todas las personas que quería habían perdido interés en mí, quizá lo mejor que podía hacer era marcharme.

Capítulo 35

TE NECESITO MOMJI

No era época de nieves, pero el cielo estaba blanco, preparado para romperse y caer sobre nuestras cabezas con su baile lento. Suni me había regalado un supuesto abrigo antiguo, aunque me quedaba algo ancho de hombros, por lo que sabía que, en realidad, lo había comprado para mí. Como era bastante despistada con sus cosas y dejaba el portátil encendido todo el día, había visto en la página de su banco *online* en qué tienda lo había conseguido y lo que le había costado. Lo acepté, en primera instancia, para poder salir a la calle y no depender siempre de que fuera ella quien hiciera los recados. Sin embargo, tras ver el precio y saber que era de segunda mano, le cogí más cariño a la prenda.

Me calé el gorro gris hasta las orejas, haciendo que apenas viese una pequeña franja de calle. Por lo que había descubierto Suni al acercarse a la casa de los padres de Jun, ellos estaban hospedándose en casa de una vecina y Jun estaba en un hotel. Quise tentar a la suerte y me acerqué al Sugar Hotel, el mismo de la otra vez.

Esperé pacientemente a que el recepcionista abandonara un instante su puesto y se fuera al servicio para colarme detrás del mostrador e inspeccionar los nombres de las reservas y el número de habitación. Rezaba por que no ocurriera ningún incidente en el día y no les diera por mirar las imágenes de las cámaras de seguridad.

Subí por las escaleras hasta la segunda planta y localicé su habitación. Me desabroché el abrigo, sintiéndome algo ahogado.

Suni, en realidad, me había dicho que no me acercara esa misma mañana. Habíamos discutido largo rato, hasta que casi perdió los papeles. Estaba al lado del sofá y yo, en la cocina. Le había contado que pensaba probar suerte en el Sugar Hotel y, de inmediato, ella había mirado el jarrón de su derecha, en la mesilla, desvió después la mirada hacia las llaves en su mano y acabó por lanzarme uno de los cojines cercanos.

—Vas a echarlo todo a perder —me recriminó sentándose de golpe en el sofá.

—Han sido ellos, fijo —bufé, cruzado de brazos.

—Sí, y por eso no podemos hacer nada. Sabes cómo son, si quieres venganza, lo tienes muy crudo. Ellos son profesionales.

—Es que sí la quiero —espeté girándome en la banqueta de la cocina.

Me recorría un impulso que me hacía no poder estar en la misma posición durante mucho tiempo seguido, y eso no me había pasado jamás. Mi posición natural era estar tumbado, nunca había tenido problema para dormir en cualquier lado o para encontrar una postura cómoda y descansar. Ahora no podía dejar de morderme las uñas, tirando de los pellejillos de alrededor, ni de permanecer sentado en el sofá, desde el que Suni me miraba.

—No puedes ir a verlo, Momji. Estamos muy cerca de conseguir pruebas, solo deben bajar la guardia y exponerse. Hay que esperar un poco más.

—¿Esperar a qué? ¿No crees que ya es suficiente? Tienes

información como para cerrarles el local de por vida, solo que aspiras a encontrar al que mueve los hilos desde arriba. También hay que saber cuándo parar.

Volvió la vista hacia el frente, dolida. Me levanté del taburete alto y recogí el cojín.

—Escucha, oye, eh. —Me puse a su altura y llamé su atención dándole un pequeño toque en el brazo con el cojín—. Si cogemos a estos, está bien. Que del jefe se encargue la policía. No es tu competencia. Ya hemos pasado por demasiado.

—Eres el peor inquilino que alguien pueda tener —murmuró—. Hemos llegado muy lejos. Tenemos una especie de red de contactos, una tela que se extiende casi al completo por Corea del Sur, y, aun así, no hemos llegado al fondo de toda esta mafia del café. Yo quiero…

—Dar con el que empezó esto, sí, yo también. Pero estoy cansado. —Me restregué los ojos con el dorso de la mano—. Solo imagina que esto se lo hubieran hecho a tu hermano.

—Momji…

—Lo sé, ahora imagina lo que me duele a mí. No puedes convencerme de lo contrario. Voy a ir a ver a Jun.

Le habían dado una habitación diferente a la de la otra vez, mirando hacia el otro lado. Me acerqué a la puerta, recordando el pequeño esquema que me había preparado de lo que quería decirle. Había contemplado varios escenarios de lo que pudiera pasar. Que no estuviera allí —aunque por eso había escogido acercarme de noche, esperando encontrarlo—; que no quisiera hablar conmigo y que ni me abriera la puerta; que me escuchara y no dijera nada y cerrara sin más; que me echase en cara mi comportamiento de la última vez y me diera con la puerta en las narices…

Apreté los dedos contra las palmas y los relajé. Toqué mentalmente las teclas blancas de una melodía familiar. La presión exacta, el pie en el pedal, el piano respondiendo, cantando. Aquello hacía que la respiración se acompasara, que la mente se despejara y así pudiera enfrentarme a aquella resolución. Echaba tanto en falta un piano en mi vida. Durante todo ese tiempo habría dado lo que fuera por volver a tocarlo una vez más.

Cerré el puño y golpeé la puerta con suavidad. Esperé unos pocos segundos y volví a llamar. No escuché nada al otro lado hasta que, desde dentro, el manillar cedió y distinguí la silueta de Jun asomar con timidez por un resquicio. Sus ojos se agrandaron y sus yemas dejaron de sujetar la puerta sin ser consciente. Alargué el brazo, impidiendo que se cerrara, pero sin empujarla tampoco para no presionar a Jun. Aquel gesto había sido del todo imprevisto, así que respondió a mi movimiento abriendo, permitiéndome ver parte de la habitación psicodélica que le había tocado esta vez.

—La bañera seguro que está en el centro —lo saludé.

Jun estaba algo despeinado, como si hubiese estado durmiendo. Se giró un instante para observar el dormitorio y luego asintió.

—Van a tener que pagarme la factura del hospital si sigo dándome en las rodillas —murmuró.

No se había anudado el cordón del pantalón de su pijama oscuro y a duras penas se mantenía bajo la goma de la ropa interior. La camiseta negra de manga larga tenía el cuello dado de sí y se le marcaban las clavículas. Parecía otra clase de Jun, uno al que no podía dejar de mirar, más adulto, aunque también más desesperado.

—Lo siento —dije mirándome las manos—. Lo de la última vez… Yo… Solo quería que te marcharas. Y, al final, te he involucrado en esta mierda.

—Han prendido fuego a la casa de mis padres.

—¿Crees… que han sido ellos? —pregunté, nervioso.

—Me los volví a cruzar… Han estado esta tarde cerca de mi casa. Me han preguntado dónde estabas.

—No les podías responder, no lo sabías.

—No, no lo sabía… ¿Quieres pasar? Es mejor no hablar esto… aquí.

Asentí. Jun avanzó por aquel diminuto pasillo y yo cerré la puerta tras de mí.

Las paredes de la habitación eran blancas y naranjas. El mobiliario era muy parecido al de la otra vez, pero aquella bañera redonda pegada casi al lado de la cama deshecha y del escritorio era un despropósito.

—Desconocía que se habían quedado con tu cara y que podrían encontrarte. Era algo entre Suni y yo. Deberían habernos hecho algo a nosotros si es que eso era lo que querían.

Aquel silencio fue más elocuente de lo que esperaba, y que me diera la espalda solo acentuó mi congoja.

—Dime que no te han hecho nada —pedí cogiéndolo del antebrazo un instante.

Lo solté en cuanto sus ojos se posaron en mi gesto. Había sido algo impulsivo y no quería incomodarlo. ¿Cómo me había atrevido siquiera a hacer bromas al saludarlo si por mi culpa lo habían herido?

—Uno llevaba una navaja. —Detuvo una mano en el costado, pero sin llegar a tocar su piel. Hizo una mueca extraña con la cara, se giró y luego bajó el brazo—. Sabían que no tenía ni idea, pero me amenazaron con hacerme algo peor si no descubría dónde vivías ahora.

—¿Has intentado buscarme? —pregunté buscando su rostro, sosteniendo su mirada triste. Él negó y se volvió otra vez con los hombros caídos.

—¿Qué más da?

—¿Te han dicho algo más? ¿Te han dado un plazo?

—Un día —murmuró mientras se acercaba a la ventana.

Solo un día. Bajé la cabeza, intentando tramar un plan, buscar una solución, algo que pudiera prometerle y cumplir.

—Lo voy a arreglar. Tú no hagas nada. Solo… no te muevas del hotel.

Jun giró la cabeza, observando cómo me aproximaba a la puerta. Casi parecía que me quería decir algo, así que me detuve por si abría los labios, pero solo nos quedamos mirándonos. La tensión era demasiado cargante y el desasosiego que aplastaba a Jun me preocupaba. Como si se hubiera dado por vencido.

Cuando abandoné el hotel, los copos de nieve se arremolinaban en el aire, haciendo tirabuzones sin un ritmo fijo. Me abroché bien el abrigo, sin poder evitar echar un último vistazo al primer piso, donde aquellos colores estruendosos me dejaban vislumbrar una cabeza asomada hacia la calle. No estaba seguro de que fuera Jun, pero mi lengua solo quiso pronunciar su nombre en alto. La desaté para que se lo dijera al frío. Era la primera vez que lo saboreaba sin remordimientos.

Por él, debía solucionar aquel embrollo cuanto antes.

Capítulo 36
FILTRO
LUHA

Los sobresaltos parecían sucederse uno detrás de otro. No nos habíamos recuperado de la muerte de la nana de Seju, cuando mi madre me llamó para contarme que la casa de Jun se había incendiado hacía unos días.

—No quise acercarme porque, ya sabes, me preguntarían por ti.

Recordé las sesiones con mi psicólogo y comencé a contar hasta cinco, respirando despacio. Aquellas frases que pronunciaba mi madre eran más venenosas que el picotazo de un escorpión. Tenía que saber controlar cómo me afectaba esa toxina, canalizar mis pensamientos para que no se me enquistara aquel comentario y surgiera en cualquier momento en el que estuviera bajo de reflejos.

Forcé a mi boca a hablar, pasando por alto que aprovechara cada rato para llamarme enfermo.

—¿Estaban todos bien?

—Los vi a lo lejos —suspiró con cierta incomodidad—. Ahí estaba también su hijo, ese amigo tuyo. No parecía que necesitaran ayuda, la verdad. Tendría que haberme acercado, aun así. Digo yo, no es su culpa que sean educados y pregunten por mi familia. Aunque tampoco quería que me restregaran lo orgullosos que están de su hijo que vive en Seúl y lo bien que le va. No es una competición, pero ellos ganarían.

—Me pasaré con Seju por su casa, no te preocupes, mamá.

—Es mejor que no. —Oí al otro lado como si se hubiera incorporado en aquella butaca que chirriaba cada vez que te movías un milímetro—. Si lo que yo quería era evitar que supieran de tu estado.

—No se me nota «mi estado».

Seju alzó la cabeza, intentando escuchar algo de la conversación. Yo me alejé por el pasillo.

—Ah, ¿no? —replicó—. ¿Has engordado en estas semanas, acaso? ¿Has abandonado la compañía? ¿Ya no te ejercitas?

—Sigo en la compañía y… estoy más sano ahora.

Me acerqué de nuevo al salón. No era bueno que me aislara para hablar con ella. Seju había bajado la revista que estaba leyendo para mirarme. Leí en sus labios un: «Corta, di que tienes algo que hacer».

No me dio tiempo a abrir la boca cuando escuché:

—Que te has relajado, entonces —resopló con tono de decepción.

—Tengo que colgar, mamá.

—Sí, tendrás mucho que hacer en casa de tu amigo, sentado en tu trono del fénix cual rey.

Cogí aire.

—Hasta luego, espero que todo esté bien y que descanses.

No esperé a que contestara; colgué directamente. Observé la pantalla del teléfono, temiendo volver a encontrarme la imagen de mi madre llamándome porque no había podido despedirse. Era agotador, ahora lo veía. Las sesiones con Ricco Fischer estaban ayudándome a tener recursos para enfrentarme a esos diálogos llenos de reproches.

Sentía la mirada de Seju juzgando la situación, intentando discernir cómo me encontraba. Procuré abstraerme de sus ojos oscuros, de aquel gesto que intentaba disimular, pero tampoco mucho por si yo le decía algo. Por si decidía abrirme. Miré la fecha: veintitrés de febrero.

—Deberíamos ir a ver a los padres de Jun. Me ha contado mi madre que hubo un incendio en su casa.

—¿Cómo? —preguntó Seju irguiéndose de pronto.

—Y que también ha visto a Jun.

—¿Tan grave ha sido que ha tenido que volver?

—No lo sé. No me ha dicho mucho más porque no se acercó a preguntar.

—¿Quién ve que una casa se ha quemado y no se ofrece por si necesitan algo?

Estiré la comisura de los labios en una sonrisa forzada. No me apetecía seguir hablando de mi madre.

—¿Vamos o qué? —preguntó de pie, tirando la revista de moda en la mesilla baja.

Yo asentí. Aquella mañana había vuelto muy pronto del ensayo y Seju se había escapado de la agencia de su hermano para estar conmigo. Yo no tenía que cambiarme de ropa, iba cómodo con la camiseta de manga larga blanca y la chaqueta enorme de punto azul claro. Lo esperé hasta que se probó tres modelos diferentes y encontró un conjunto adecuado. Se estiró del jersey verde oscuro y me miró cuando le dije:

—¿Te acuerdas de cómo ir?

—Ah, ¿no conduces tú? —preguntó poniéndose la gabardina marrón—. No puedo quitarme los zapatos para conducir. No es legal.

Levantó una pierna para que me fijara en los zapatos de marca que estrenaba. Probablemente, le hiciesen rozadura en algún momento y querría poder estar sin ellos todo el tiempo posible. Siempre que montábamos en coche, él se descalzaba.

—Tienes un problema con tus pies —dije peinándome con la mano frente al espejo de la entrada. Esa mañana me había levantado con un lado rebelde y no había forma de domarlo.

—No soy yo, es la industria del calzado.

—¿Sigues algún concepto cuando te quitas los zapatos? Porque yo creo que se rompe el hechizo.

—A las mentes pequeñas se les romperá, pero sigue conservando la esencia Seju.

No objeté y cogí las llaves. De todas formas, yo usaba más aquel vehículo que él. Era con el que iba a los ensayos y a las funciones de los viernes, sábados y domingos.

A pesar de no haber vuelto a caminar por aquel distrito, Gyeongju seguía intacta en mi mente. Conocía sus carreteras anchas, sus casas bajas y sus parques enormes. Aparcamos muy cerca, notando un cosquilleo extraño en las yemas. Tendríamos que haberlo hecho tiempo atrás.

—¿Cuándo se cambió Jun de casa? No me acuerdo de esta —comentó Seju cerrando la puerta del coche y encajando bien el talón en los zapatos marrones.

—Mi madre me dijo que los padres de Jun pasaron por muchas dificultades económicas y que se mudaron a una más pequeña y alejada. Te acordarás del piso donde vivían antes, ¿no?

Él asintió con un cabeceo.

—¿Nos invitó alguna vez a esta?

—Yo sí he estado, pero solo dos o tres veces. Recuerda que justo esa fue la época en la que estabas mal.

Seju me miró un instante e hizo un ruido con la boca, comprendiendo por qué no le sonaba ese barrio. Yo retenía esa clase de detalles. Desconocía si era algo bueno o malo, pero, en cierta forma, me sentía especial cuando podía decir en alto cosas así. Seju no lo recordaba porque pasó mucho tiempo en el hospital, rehabilitándose, y, además, fue la época en la que quedábamos más los dos solos. Jun, probablemente, sentiría que aquella relación tan estrecha que tuvieron durante el instituto se había debilitado. Tampoco mostró interés en recuperarla, aunque a veces parecía ansioso a su alrededor.

¿Por qué me daba cuenta de esas cosas ahora? ¿Por qué, de pronto, reconocía que había estado sufriendo y en su momento no supe verlo ni reaccionar? Quizá solo era capaz de guardar los pequeños detalles, los minúsculos e inservibles; los grandes se desintegraban como arena entre mis dedos.

Capítulo 37

NINGÚN SUEÑO

JUN

Mis pies se movieron despacio hacia la calle, sin avisar de que me iba. Mis padres estaban hablando en la cocina con un par de vecinos, demasiado centrados en la conversación, así que no se percataron cuando cerré la puerta.

Fue una necesidad, como las manos que acudían a una herida, las uñas que rascaban la picadura de un mosquito aun cuando no sabías que te había picado. Esa quemazón surgió en mí, tan inmediata como ineludible.

Las zancadas en el asfalto se hicieron cada vez más grandes, hasta que las piernas se alzaron y comencé a correr. La sudadera me sobraba, aferrándose a los brazos, al torso, dificultando mis movimientos. El viento me acariciaba las mejillas, enrojeciéndolas, besándolas con su frío. La herida en mi costado me tiraba, aunque aquel pinchazo me hacía querer ponerme más al límite. No había sido un corte profundo. Cuando regresé al hotel y me miré bien la herida, parecía más grave por la sangre seca alrededor, pero no necesitaba acercarme a un hospital para que me dieran puntos. Aunque yo qué iba a saber. Solo ardía.

Me detuve frente a la parada de autobús que había al torcer la esquina. Sabía cuál tenía que coger para llegar a mi destino, sin embargo, una voz detuvo mis divagaciones y me giré hacia la silueta que había adelantado sin darme cuenta.

Yoora llevaba un gorro de lana y una bufanda enorme que le tapaba la nariz. No la habría reconocido si no hubiese estado pensando en ella durante esos últimos días. Se despejó la frente y me dio la sensación de que estaba calva. No se veían chicas con el pelo corto muy a menudo.

—Hola —repitió, algo molesta—. ¿Por qué corres?

—¿Vas a coger el autobús? —pregunté, aunque, por la cara que puso, pareció algo obvio y estúpido de preguntar.

—Voy a hacer unos recados. —Llevaba las manos metidas en su grueso abrigo—. Tenéis a todo el barrio volcado por lo de tu casa.

—Ah..., ya. Yo... pensé que te pasarías.

—He estado trabajando —dijo de forma cortante. Luego suspiró. Se miró un instante los pies—. ¿Sabes? No tenemos por qué fingir. Sé diferenciar las líneas que dividen a dos personas. Siempre las he visto, y me atrevo a decir que mis limitaciones son numerosas. No sientas pena por mí. Estoy bien.

—No respondiste a mis mensajes.

Asintió con convicción.

—No quise y no voy a hacerlo tampoco en un tiempo.

Me sorprendió esa respuesta. Le había hecho daño y no tenía ninguna intención de que retomáramos la relación. Lo merecía.

—¿A tu hermana le fue bien en el *casting*?

Yoora no me miraba. Sus ojos vagaban hacia uno y otro lado de la calle, deseando dejar la conversación.

—No la cogieron, yo creo que por la edad. Le dijeron que practicara canto durante un año y le recomendaron una academia. Estoy segura de que, si sigue sus consejos, entrará en cuanto vuelvan a abrir convocatorias.

Mi autobús torció la calle y Yoora me miró con extrañeza cuando me adelanté un paso.

—¿A dónde vas?

—A la playa —respondí.

Se puso a mi altura y yo bajé la mirada. Seguía con una arruga entre las cejas, aún incómoda por habernos encontrado.

—Está a hora y media de aquí. ¿No te necesitan en casa? ¿Por qué te vas tan lejos?

Sopesé aquello un instante y, aunque se pudiera pensar que hacía más falta al lado de mis padres, yo sentía cómo me ahogaba en mi ciudad natal.

—Allí estaré mejor que aquí —murmuré—. Seguro. Además, solo voy a dar una vuelta.

Mi mente estaba hecha un lío, como si fuera los cables enredados de unos cascos. Intentaba tirar de uno de ellos, queriendo desenmarañarlos, pero solo conseguía empeorarlo.

Decidí ir a la playa, el lugar donde tomé la peor decisión, porque parecía que era lo único que se me daba bien: elegir y equivocarme.

Aun así…, quizá no lo había hecho tan mal, al menos, en mi vida personal. Quizá había conseguido más cosas de las que creía. En esos tres años en Seúl, había tratado de sobreponerme a la lesión de rodilla, seguir con el deporte, perdonar, procurar comer más sano, aunque acabase tirando por lo más fácil, había estado trabajando en algo que más o menos me gustaba y eso no solía ser lo normal.

Cuando se me ocurrió la genial idea de volver a Gyeongju pensé que era lo natural, mi objetivo era muy sencillo de conseguir: quería reparar nuestra amistad. Decirle a Seju que podía cambiar y no ser tan pesado, demostrarle a Luha que él siempre sería mejor, probarle a Momji que ese beso sí importó. Pero mi valentía no servía, yo no servía. Ahora me daba cuenta de que fui demasiado ambicioso.

¿Por qué me había costado tanto acercarme a ellos? Sentía lo mismo que en aquellos años en los que fui ese amigo que solía ir detrás del grupo, como cuando no cabían más de dos o tres personas en la acera y decidías por voluntad propia ser el eslabón que se quedaba en la retaguardia. O cuando decías que te esperaran y no lo tomaban en serio, y luego tenías que correr si no querías que se fueran sin ti. Era ese amigo por el que ni siquiera se giraban un instante a comprobar que los seguía. Aun así, pensaba que no pasaba nada, que yo había tomado ese rol de alguna forma.

Había tenido pesadillas otras veces, ya habían aparecido muchas noches para hacerme saber que los extrañaba y que había hecho mal en irme. Sin embargo, también había nacido una voz que me decía que estaba mejor solo, aislado, planificando una nueva vida. Seúl aparecía ante mis ojos como una oportunidad, un lugar donde hacer realidad sueños y conocer gente nueva; pero fue una calle sin salida, un muro contra el que chocar una y otra vez. Nunca nada era tan sencillo. Si surgía la chispa de una posible ilusión, la ciudad la destruía. Me quedé vacío, sin metas, sin sueños.

La parada del autobús se situaba al pie de la cuesta que subía al aparcamiento. A la derecha tenía la playa, a mi izquierda, la carretera ascendía bastante. Aceleré el ritmo para dejar el mar a mi espalda cuanto antes y, en unos minutos, alcancé el pequeño aparcamiento situado en lo alto de la colina. Lo atravesé y observé la valla cerrada. Llegaba a la cintura, así que la gente la saltaba y se acercaba al muro para contemplar mejor el mar. Eran unas vistas preciosas, aunque la altura causaba vértigo. Miré alrededor y pasé despacio por encima de la valla. Me apoyé sobre el muro y me impulsé para subirme en él. Al fondo del precipicio, unas piedras enormes trepaban por la pared mientras las olas las sometían con sus embestidas.

El frío era terrible ahí arriba. Había apagado la música por si alguien me veía y me reprobaba. Me temblaban las piernas, como si fuesen un edificio a punto de derrumbarse. Creía que tenía algo de fiebre. La herida en el costado me dolía.

En el instituto me llamaban «la medalla de oro» y yo creía, al igual que ellos, que eso me otorgaba alguna clase de cualidad especial. Como un magnetismo que atrajera la buena suerte. Aunque lo único que me importaba era girarme en la línea de meta y ver a mis amigos alegrarse de mi victoria. Sus sonrisas, su entusiasmo cuando gritaban mi nombre, era más satisfactorio que ganar. Ese era el único momento que de verdad valoraba.

Sabía que no era invencible, pero, con aquel nombre, quizá sí lo era. Llevaba a casa los trofeos y los colocaba sobre la cómoda baja porque a mis padres les gustaba pasar por delante de mi cuarto y ver aquellos metales baratos brillar.

Con los años, las carreras se volvieron más exigentes y tuve que aprender a soportar el cansancio y la frustración. Surgieron nuevos contrincantes, nuevos objetivos y nuevas dudas. Era algo que hacía porque se me daba bien, el esfuerzo no era tan titánico como entonces se volvió. Mi entrenador me ponía al límite y a veces colapsaba en pista, me caía y vomitaba. Se convirtió en algo que me costaba apreciar y, si llegaba al final, nunca me sentía satisfecho. Si él decía tres vueltas, yo hacía cuatro; si solo teníamos una hora de entrenamiento, yo volvía a casa corriendo por una ruta más larga. A veces los músculos me dolían y pesaban hasta el punto de no poder levantarme de la cama o de subirme un poco la fiebre.

Me lancé a través de la niebla espesa que se formaba en mi mente y no dejé que nadie se metiera ahí conmigo. Yo no veía futuro, no en aquel dolor. Sin embargo, era lo único en lo que destacaba y por lo que todos me alentaban. No podía abandonarlo solo porque lo odiara.

Pero empezaron a mostrar menos interés conforme yo intentaba dar más y más de mí. Quería convertirme en aquello que me llamaban para que siempre estuvieran orgullosos, para que esos días dorados permanecieran hasta que acabáramos el instituto. Como si quedar en primera posición fuera la única opción de retenerlos, como si con ello consiguiera que me quisieran más. Porque ¿qué otra cosa podía hacer si solo servía para correr?

Supuse que superé el límite con creces al saltar desde aquella altura hacía tres años, casi cuatro. Algo dejó de funcionar dentro de mí y ni siquiera fui consciente de que me había transformado en una especie de zombi adicto a contener el aire; de que había renunciado a mí mismo. Me sentía como una lata vacía.

Con solo mirar hacia abajo y contemplar el mar, deseabas bajar del murete e irte para no volver. ¿Cómo pude tener el valor de dar un paso al frente?

Entonces noté la grieta, demasiado conocida. Su sonido característico ya no me asustaba. Había llegado a abrazarla tan fuerte que no me importaba caer, perderme en ella.

Alcé los brazos y los puse en cruz. El viento me azotaba el cuerpo, desestabilizándome un poco, meciéndome. Cerré los ojos, notando un nudo tan apretado en el estómago que parecía real, como un gusano comiéndose a sí mismo. El olor a salitre era tan intenso que casi cortaba mis pensamientos. Era lo que más deseaba en aquel momento, dejar de pensar, de ser.

Porque me había vuelto, otra vez, invisible.

Capítulo 38

QUERIDO AMIGO

LUHA

Seju me cogió de la manga y me apartó de la trayectoria del autobús que se marchaba. Estaba tan absorto que no me había dado cuenta de que íbamos por el medio de la calle. Después de la conversación cuando fuimos a ver estrellas, algo se había suavizado entre nosotros. Aquel secreto que no compartimos en su momento nos había liberado, había pulido aún más nuestra relación.

—Llevo colores claros —objetó, molesto—, ¿me pagas la tintorería si te atropellan?

—¡¿Me has subido a la acera por eso?!

—La sangre sale fatal —comentó como si nada—, lo dicen en un montón de películas.

—Iba a darte las gracias, pero ya no las mereces.

Unas pisadas aceleradas llamaron nuestra atención. Nos detuvimos. Seju pestañeaba, no muy seguro de si conocía a la chica que se nos había acercado. Ella, definitivamente, nos había reconocido.

—Seju, Luha. —Hizo una pequeña inclinación—. Cuánto tiempo.

—Yoora, ¿qué tal todo? —la saludé con la misma reverencia—. Vaya cambio de imagen.

Se llevó una mano al gorro que ocultaba su cabello corto. Asintió con vergüenza. Llevaba una bufanda enorme alrededor del cuello, casi parecía que una cigüeña anidara sobre sus hombros.

—Es como el de Soojun —comentó Seju refiriéndose a una de las chicas del grupo de k-pop más conocido del momento.

—¿Vais a la casa de los padres de Jun? —nos preguntó.

—Sí, mi madre me ha contado lo del incendio. No nos habíamos enterado.

—¿No os lo ha dicho Jun? Pensaba que algo tan importante… Bueno, tampoco ha sido tan grave —rectificó—. Han recuperado casi todo y solo tienen que arreglar un poco la estructura de atrás. No tengo muy claro si se lo cubre el seguro —nos confesó—, porque mi madre se ha enterado de que Jun ha pedido la fianza del alquiler para ayudar a sus padres…

—¿Insinúas que ha vuelto para quedarse? ¿Y su trabajo en Seúl?

—Quizá lo haya dejado. No creo que, habiendo renunciado al piso donde vivía, pudiera irse a algo aún más pequeño de lo que tenía.

—Independizarse es muy caro —coincidí—. Seguro que en Seúl es peor.

Mi amigo me observó de reojo. Entendí que era mejor movernos.

—¿Quieres venir con nosotros? —sugerí señalando el final de la calle.

—No, no —se excusó—. De todas formas, Jun no está allí.

Seju se aclaró la garganta, desencantado por aquella revelación.

—¿Cómo que no está? —preguntó de malos modos.

—Lo he visto coger el bus —dijo levantando el brazo hacia

la parada cerca de la esquina—. En realidad, me ha extrañado que no estuviera en su casa. Que yo no soy quién, pero, si ha vuelto de Seúl para ayudar a sus padres, debería estar ahí con ellos, no yéndose a dar paseos tan lejos.

—¿Tan lejos? ¿Sabes a dónde iba?

—Me ha dicho que a la playa. Vete a saber tú para qué. Con el frío que hace. No habrá ni un alma, ni un triste perro callejero que se atreva a ir hacia allá. No sé, tengo la sensación de que no ha ido a dar solo una vuelta. Estaba como… como muy Jun, supongo. No el Jun del instituto, el otro, el de este tiempo. Como ausente.

La expresión de Seju no me pasó desapercibida. La comisura de sus labios temblaba y sabía que luchaba contra sí mismo por no salir corriendo en dirección al coche. Que su destino fuera precisamente la playa no me hacía augurar nada bueno.

—Si no está Jun, entonces nos vamos, ¿no? —Seju se había erguido y había mudado su expresión a una mucho más afable, imagino que para despedirse de Yoora de forma cordial—. Te queda bien… Eh…, el gorro.

Posó las manos en mi espalda instándome a andar hacia donde teníamos el coche aparcado.

—Gracias —murmuró juntando las cejas. No había sido un piropo muy elaborado—. Ya os veré la próxima vez.

Nos alejamos con una leve inclinación de cabeza para excusarnos y apreté el paso porque Seju ya estaba a varios metros de mí. Tenía las piernas muy largas y los modales un poco desgastados.

—¿Qué piensas? —lo urgí en cuanto saqué el mando del bolsillo gigante de mi chaqueta y lo accioné.

Abrió la puerta del conductor y se subió.

—¿C… conduces tú? —pregunté apresurándome a entrar por el lado del copiloto.

—Sí. Tú eres muy prudente.

Con esa sentencia, salimos de Gyeongju dirección este. La playa no estaba cerca. Solíamos tardar una hora y veinte en llegar en coche, pero Seju no despegó el pie del acelerador y llegamos mucho antes. El trayecto en carretera me había puesto muy nervioso. El silencio de Seju tampoco era alentador. No sabía qué estaba pasando por su mente, aunque no me cabía duda de que un mal presentimiento era el que nos estaba acercando de nuevo a aquel lugar que no habíamos vuelto a pisar.

El aparcamiento estaba al final de la cuesta, en lo alto del precipicio, a un lado de la playa. Nos gustaba sentarnos en aquel muro para contemplar el mar. No había ni un solo coche, así que, en cuanto tuvimos plena visión de la valla, Seju se detuvo con unos ojos enormes y unos nudillos pálidos de coger con demasiada fuerza el volante.

Los dos distinguimos al mismo tiempo aquella silueta subida al muro, con los brazos extendidos.

—¿Qué hacemos? —dije en un hilo de voz, temiendo que mi aliento pudiera desequilibrarlo.

El coche se había quedado mal parado en medio del aparcamiento. Mi amigo abrió la puerta con demasiada urgencia y salió como una exhalación. Lo imité. Rescaté mi gorro de lana de la parte trasera del coche y me lo puse a toda prisa. Caminamos despacio, pero sin perder de vista aquella sudadera conocida, mostaza y negra. ¿Por qué le tendría tanto cariño?

Me agarré del antebrazo de Seju para mantenerme firme, porque verlo ahí subido, con las ráfagas de aire zarandeando su cuerpo, me causaba un vértigo terrible.

Seju lo observaba con aprensión. Estaba demasiado cerca del borde. Mi mente superponía las imágenes de aquella vez que saltó con el momento presente y me bombardeaba con el desenlace fatal que podría tener Jun.

Noté un tirón. Seju me había soltado la mano y avanzaba con

lentitud, pidiéndome que me quedara en un segundo plano.

—Jun —lo llamó con su voz de trueno.

Nuestro amigo bajó muy rápido los brazos y volvió la cabeza encapuchada. Tenía las mejillas y la nariz enrojecidas. No sabía si de llorar o del frío. Me quedé mudo cuando sus ojos tristes repararon en nuestra presencia. Cuando su mirada conectó con la mía.

Parecía como si estuviéramos de más en aquel lugar, como si hubiésemos interrumpido algo sagrado o descubierto algún secreto. ¿Qué pensamientos pasaban por aquella mente que sentía tan distante? ¿Qué habría estado hablando consigo mismo?

—Jun, ¿qué haces ahí arriba? —preguntó Seju con las manos hacia delante. Aún nos separaba la valla metálica.

—¿Qué hacéis vosotros aquí? —Le temblaba la voz. Quizá lo habíamos asustado—. ¿Cómo habéis sabido dónde estaba?

—Yoora te ha visto coger el autobús. Nos la hemos encontrado yendo a tu casa.

—¿A mi… casa? —casi murmuró para sí mismo.

Su expresión se turbó. Casi parecía que hubiésemos desaparecido de la escena. Mi pecho vibró con la tristeza de que no entendiera aquella frase. Que pensara que nadie iría a verlo cuando lo necesitara.

—Queríamos saber cómo estabais. Tu familia y tú. —Me adelanté unos pasos—. Mi madre me dijo que había habido un incendio.

Seju llegó a la valla y se impulsó para pasar al otro lado. Su mirada no dejaba de oscilar entre la cara de Jun y sus pies. La gabardina marrón no era muy gruesa, aunque Jun llevaba menos ropa de abrigo todavía y tiritaba.

—Baja, Jun, hablemos.

Mi amigo se extrañó, medio girado. El pelo se le pegó más a

la frente al meter las manos en los bolsillos y llevar la capucha puesta. Observó un instante el fondo del acantilado, con el mar furioso, y luego volvió la cabeza hacia nosotros. Algo en su mirada se aclaró.

—No voy a saltar como Seju… —susurró.

—Deja de llamarlo así —dijo el aludido bajando los hombros, cesando con su avance intermitente—. Yo no salté. Me intenté suicidar. Me tiré desde la azotea de mi casa y caí sobre el coche que había aparcado justo debajo. Eso me salvó la vida. —Apretó los puños—. Y sí, puedo decirlo y llamarlo así porque estoy aquí, ¿entiendes? Me alegro de estar aquí, aunque creas que no, aunque creas que eres el único que sufre. Aunque sé, Jun, sé —remarcó— que esa no es la solución. Lo aprendí tarde, pero es una lección que no voy a olvidar. Nunca, óyeme, nunca una muerte arregla nada. Solo trae más dolor. Y si alguna vez me has tenido en cuenta, haz caso a esto. Solo a esto.

Se quitó los zapatos y los lanzó a un lado. Observé aquel gesto con una expresión de alarma, tan angustiado que di un paso en dirección a Seju. Siguió desabrochándose la gabardina y la lanzó al suelo.

—¿Qué haces? —pregunté pasando por encima de la valla con torpeza. Recogí la prenda.

No creía que Jun se hubiese dado cuenta, pero tenía la boca medio abierta. Sin duda, igual de sorprendido que yo.

—Si piensas que no voy a saltar detrás de ti todas las veces, aunque me ahogue —respondió mirándolo a los ojos—, no sé qué piensas que significas para mí. Esto, si bien se ha enfriado mucho, sigue siendo amistad. —Se frotó las manos, muerto de frío—. No quiero que te pase nada, Jun.

Había escuchado el motor de un coche a lo lejos, pero no podía volverme a ver quién podía ser. Tenía las pulsaciones disparadas y sufría solo de contemplar a Seju con el fino jersey que se le pegaba al cuerpo.

Capítulo 39

MI HORA
JUN

¿Por qué me había vuelto a poner esa sudadera amarilla y negra? ¿No había aprendido nada? No pegaba con aquel lugar, con lo que mis amigos pensaban que iba a hacer. Pero ¿cómo explicarles que necesitaba esas palabras? ¿Que, aunque lo pareciera, mi intención no había sido la que ninguno pensaba? ¿Que, en mi dolor, había espacio para la cura y que lo veía justo en aquel momento?

No quería alargar su sufrimiento, así que, despacio, me agarré del muro y fui descendiendo en silencio hasta sentarme. Necesitaba unos segundos de estabilidad antes de poner finalmente los pies en el suelo. Estaba mareado y todo sucedía a cámara lenta. Me ardían las mejillas y me pesaba el cuerpo. Entonces oí las voces. Dos personas hablando en alto se acercaban a nosotros. Uno de ellos me llamó repetidas veces por mi nombre. Alcé la cabeza y me quité la capucha siguiendo aquel sonido.

De la impresión, volví a ponerme en pie sobre el muro. Seju debía de estar absorto mirándome, así que él también reaccionó a mi movimiento y sus manos apresaron mis vaqueros rasgados a la altura de las rodillas, temeroso de aquel gesto inesperado. Me desestabilizó notarlo tan cerca, pero yo solo pensaba en que debían marcharse. Echar a correr.

¿Cómo habían sabido dónde encontrarme? ¿Acaso me habían seguido? ¿Los habían seguido a ellos? Mis labios parecían pegados, no era capaz de abrir la boca para gritarles a mis amigos que se alejaran de inmediato. Algo debieron de percibir en mi mirada, ya que los dos se giraron para encarar a los matones.

—Te has ido lejos, chaval —dijo el más joven, que llevaba una gorra negra de marca—. Pensábamos que nos estabas intentando dar esquinazo, pero luego, al llegar aquí y verte ahí, nos hemos dicho: «Oye, a lo mejor se quiere borrar del mapa». Estos chicos de hoy en día son tan susceptibles, ¿eh? A la mínima dramatizan las cosas.

—¿Tienes nuestra información? —gritó el más mayor sin rodeos. Unas gafas redondas ocultaban su mirada, dándole un aire más severo.

—Creo que hemos interrumpido algo.

—¿Quiénes son, Jun? —me preguntó Seju. Se le habían escurrido las manos hasta mis zapatillas desgastadas.

—Los que nos dieron la paliza a Momji y a mí —dije con voz ronca, sin apartar la vista de aquellas dos siluetas mientras se acercaban a la valla y se apoyaban en ella, envalentonados.

Luha se pegó a nosotros, agarrando con demasiada fuerza la gabardina de Seju. Parecían unos perros sarnosos rodeando a unas crías de liebre.

—¿Estos también saben quién es Momji? ¿Es famoso o qué? —preguntó el más joven, metiendo la mano en uno de sus grandes bolsillos. El abrigo que llevaba parecía pesado, como si el interior fuera de pelo más que de plumas. La gorra oscilaba en su cabeza rala—. A ver si hemos estado haciendo el gilipollas alrededor de ese y los que nos interesan son estos dos.

Conforme hablaba, había ido sacando la mano muy despacio, hasta enseñar una pistola que cogía como si fuera un chicle o un secador, sin darle valor. Parecía que no tuviera fuerza en la muñeca. Nos señaló aleatoriamente. Luha se encogió y Seju se pegó más al muro.

—¡No! A mí —pedí extendiendo los brazos para llamar su atención.

Aquel hombre no controlaba hacia dónde apuntaba. Si no cogía mejor el arma, dispararía sin querer y no podía permitir que les pasara nada a mis amigos. Luha volvió el rostro pálido hacia arriba, contemplándome con su aura inocente. Era una diana fácil, con su chaqueta azul extragrande y el gorro orejero a juego. Mi mente bullía trazando un plan para intentar distraerlos y que así ellos pudieran salir corriendo, pero no se me ocurría nada. Además, Seju iba descalzo, podría hacerse daño. Quizá, si echaba a correr por el muro para que me siguieran, les daba una oportunidad, aunque temía despeñarme.

—Pues vale —contestó el joven, disparando hacia un lateral, cerca de donde me encontraba.

Los tres nos encogimos, sintiendo la explosión dentro de nuestros estómagos. Yo trastabillé. Por suerte, Seju reaccionó rápido y me agarró con fuerza. Me hizo caer hacia delante. Mis piernas respondieron a su vez y se dejaron hacer. Me golpeé la rodilla y frené un posible golpe en la cabeza con el hombro. Mis miembros se quejaron.

—¡A la próxima no fallaré! —gritó el joven—. ¿Dónde está Momji?

—¿Estás bien? —preguntó Luha ayudándome a que me pusiera en pie.

Unos mechones rubios se escapaban bajo el gorro azul. Los cordeles que colgaban de los lados se balanceaban y me rozaban la cara. Ni siquiera le había preguntado cómo se encontraba.

El hombre de las gafas golpeó la valla con violencia para que volviéramos a prestarle atención. Me recordaba a Morfeo, de la película *Matrix*. Pero daba más miedo porque era real.

—Chico, el fin va a ser el mismo estando encima de esa cornisa o aquí abajo. Dinos dónde está ese maldito chivato y os dejaremos en paz.

—¡¿Cómo vamos a saberlo?! —bramó Seju, inflando pecho, con los puños apretados—. No tenemos relación con él desde hace años.

La mirada de los dos se oscureció. El mayor acababa de perder la poca paciencia de la que disponía y su mano buscó a tientas dentro de la enorme chupa de cuero. Retrocedimos hasta chocar de nuevo contra el muro.

—¡Eh! ¡Cabrones!

Una voz a lo lejos hizo que todos nos giráramos. Luha no había soltado mi mano, lo supe cuando se quejó en voz baja porque había apretado demasiado fuerte de la impresión. Sus ojos azules parecían desbordados por la ansiedad.

—El puto Momji —masculló el mayor con sorpresa.

Era cierto, bajo un abrigo enorme a cuadros, asomaban unas piernas delgadas. Llevaba el inseparable gorro gris encajado hasta las cejas. Avanzó despacio, con su habitual forma de andar, desgarbada y encorvando un poco la espalda.

Verlo en el hotel la noche anterior me pilló desprevenido, sobre todo después de nuestra despedida en diciembre. Esas palabras me habían dolido mucho, pero él parecía no recordarlas o no darles importancia. Había entrado en mi habitación sin más, solo preocupado por si me habían hecho algo. Momji no era una mala persona, me decía, si estaba ahí era porque le importaba un poco.

—Por fin la comadreja sale de su madriguera.

—En realidad, soy el dios que baja de la montaña para castigar —indicó con socarronería.

Aquello me transportó al momento en el autobús en que me dijo que no podía comportarme como en una leyenda coreana, que no iba a arreglarle la vida de repente con mi magia.

—¿Tú? ¿Un dios?

—¿Qué hace? —murmuró Seju temblando de frío—. Está loco. Lo van a matar…

Observé al hombre de las gafas, que ahora también llevaba un arma, algo más grande que la de su compañero. Tragué saliva, dando un paso en aquella dirección, soltándome de Luha. Este agrandó los ojos, pidiéndome en silencio que me quedara a su lado.

—Me ha llegado el rumor de que me buscabais —pronunció Momji.

—Te ha llegado por los pelos.

—Es que el olor a casa chamuscada no me atrae mucho —replicó encogiéndose de hombros. Todavía estaba a unos veinte metros de ellos.

—Seguro que te habría parecido mejor que la fogata hubiera sido más grande —respondió el más joven, que lo señaló con la pistola ladeada—. Anda, vente con nosotros, tenemos que charlar un ratito.

—Yo es que soy de pocas palabras. Ya he dicho todo lo que tenía que decir. —Se rascó la nariz hacia un lado, como restándole importancia. Aún no había cruzado la mirada con nosotros tres. ¿Cómo era capaz de estar tan tranquilo?

—Demasiado has hablado ya —dijo el mayor avanzando hacia él.

Momji retrocedió un paso, algo turbado. Quizá pensaba que tenía controlada la situación. Había llegado al coche de Seju y se había quedado ahí, ocultando la mitad de su cuerpo.

—Aparte de vender una mierda de café, del que espero que no ganéis un mísero won, lo que me tiene intrigado es lo otro. Imagino que sabéis a lo que me refiero. Lo de los sobres de azúcar que no contienen azúcar. —El de las gafas de Morfeo se detuvo. El brazo le dio un espasmo—. Sí, sí, lo vi hace tiempo. Recibíais y enviabais muchas cajas llenas de *azúcar* a diario. ¿Qué tipo de droga era?

El mayor apuntó con bastante tino, sujetando el arma con firmeza. Momji miró hacia el cielo un instante, haciéndose el despistado.

Los zapatos de Seju eran robustos. De esos que sabes que son nuevos porque aún no tienen ni una sola marca en la suela de haber pisado la calle. Tenían la punta ligeramente más estrecha y un poco de tacón. Por lo general, solía dar de sí la parte trasera del calzado porque se lo ponía a modo de chanclas, dejando el talón por fuera, combando el género. Pero estos estaban intactos, a unos metros de nosotros. Pensé en cogerlos y lanzárselos para que la atención volviera a mí, aunque también podría recibir una bala, o peor, podrían matar a Seju o a Luha.

—Creo que era cocaína —siguió Momji—, no estoy seguro. ¿No se os perderían algunos sobres por el camino? A lo mejor alguien se los llevó, se los dio a la policía y los analizaron.

El rosto del joven de la gorra estaba empezando a enrojecer. ¿Qué quería conseguir Momji con esas confesiones? ¿Cabrearlos aún más?

—¿Y tu amiga? ¿La puta del pelo rosa? ¿Dónde está esa zorra metomentodo?

Momji torció la boca en una sonrisa, sin sacar las manos de los bolsillos.

—Denunciándote para que vayas a la cárcel.

No sé muy bien por qué lo hice. Me puse muy nervioso al ver que aquellos hombres se crispaban y colocaban los dedos sobre los gatillos. Sabía que no dudarían en disparar si seguía con esa retahíla de comentarios maliciosos. Momji estaba medio protegido tras el morro del coche de Seju, pero eso no le garantizaba que saliera indemne de un tiroteo.

Ante aquella imagen de humo y sangre, solo pude echar un último vistazo a mis amigos antes de soltar las cadenas que me fijaban a la gravilla. Seju me había sostenido la mirada durante aquella milésima de segundo. Fue más que suficiente para que entendiera lo que me proponía hacer, aunque ni yo lo supiera aún. Como si compartiéramos la misma neurona, como quien se dejaba caer hacia atrás con fe ciega en que iba a ser recogido por unos brazos.

Mis pies se movieron hacia delante, impulsándome con rapidez para que saltara la valla y pillara desprevenido al de la gorra. Era el más inestable y temía que fuera el que disparara primero. En cuanto rodeé sus brazos con los míos, el arma rugió. Me fijé en la trayectoria del humo, asegurándome de que no había impactado contra nadie. Apreté más fuerte, inmovilizándolo y haciéndole la zancadilla con una pierna para que acabara sentado en el suelo.

Noté a alguien a mi lado y me asusté, llevándome conmigo al más joven hacia un extremo. Seju acababa de saltar la valla y forcejeaba con el mayor, intentando arrebatarle el arma. Aun sin zapatos, era más alto que él. ¿Qué hacía? ¿Por qué se exponía de aquella forma?

Sentí un tirón en las muñecas, el hombre trataba de zafarse, retorciéndose y procurando girar la boca del arma hacia mí. Me tiré al suelo de lado, arrastrándolo conmigo, y me raspé los nudillos. En aquel momento, no me importó porque solo veía la pistola. Tenía que quitársela como fuera.

—¡Jun!

No sé quién pronunció mi nombre, quizá fueron todos. Al igual que aquellas veces que cruzaba la meta y, entre los vítores, sonaba esa sílaba como un: «Bien hecho, buen trabajo, lo has conseguido». Pero, al igual que el tiempo había ido dotando a aquella palabra de menos entusiasmo, este nuevo Jun solo lo pronunciaban tres personas. O ni eso. A lo mejor me lo había inventado. A lo mejor solo fue una.

Lo agarré de la muñeca, intentando que soltara el arma, que se disparó de nuevo hacia el cielo, y yo me encogí ante el estruendo. Unos pasos se acercaron a la valla metálica. Eché un vistazo. Luha había cogido uno de los zapatos de Seju y apuntaba al hombre mayor, aunque no se atrevía a lanzarlo porque no dejaban de moverse.

Recibí un puñetazo inesperado en la mandíbula que me desestabilizó. Intenté subirme encima del hombre para controlar la situación, aplastándole la mano contra el asfalto.

Escuché otro disparo y un grito asustado.

Descargué un puño contra su muñeca, consiguiendo que abriera la mano y soltara la pistola. La atrapé, preparado para lanzarla lejos, y, entonces, al levantar la vista, vi a Momji. Había ido acercándose poco a poco. Tenía las manos extendidas hacia mí, como si recogiera agua. Le lancé la pistola, esperando que la atrapara al vuelo. Se oyó otro disparo y otro más. Puse todo mi peso sobre el hombre, inmovilizándolo, y giré el rostro un instante hacia Seju, con ojos desorbitados. No sabía cómo había pasado, si le habían dado un puñetazo o qué, pero le sangraba la nariz. Sin embargo, tenía la pistola del mafioso en su poder, metida en la cinturilla de los pantalones. Lo cogía del cuello para que no se la arrebatara, apretando con fuerza, enseñando los dientes.

—¡Arriba las manos! ¡Arriba las manos! —Un montón de voces se solaparon en un momento y apareció un grupo de policías armados. El que iba delante nos miró con urgencia, gritándonos—: ¡Apartaos, apartaos!

Seju y yo alzamos las manos para que comprobaran que no teníamos nada. Nos erguimos, alejándonos de los dos hombres y dejando que los agentes hicieran su trabajo no sin esfuerzo. El más joven intentó ponerse en pie y huir, pero lo placaron entre dos.

Momji llamó a alguien en concreto y le tendió el arma que le había lanzado. Parecía muy calmado, como si todo lo hubiese previsto. También le pidió a Seju que le tendiera la del otro hombre. Se la sacó de la cinturilla y se la entregó con rapidez. Enseguida señaló al hombre mayor, indicando que era suya y que él solo se la había quitado para que no hiriera a Momji. Este torció el gesto ante lo último. Seju sonrió con nerviosismo frotándose las manos, fingiendo llevarse bien con él. Hasta le dio un golpe en el hombro. El agente sacó un pañuelo para que Seju pudiera secarse la sangre. Hizo un gesto de dolor al rozarse la nariz y encajó ahí aquella bola blanca, apretando.

—¿Y Luha? —escuché la voz nasal de Seju amortiguada por el pañuelo. Giró sobre sí mismo hasta encontrarlo en la valla, de donde no se había movido—. Lu…

Mi amigo emitió un gemido sordo. La gabardina y el zapato de Seju descansaban en el suelo, como si le hubieran estorbado y los hubiese dejado ahí tirados. Luha se sujetaba al metal con una mano, de rodillas, con la cabeza torcida en un ángulo extraño. Solo veíamos su gorro orejero. Casi parecía que descansaba, que hubiese hecho un esfuerzo titánico y no tuviera fuerzas para más. Pero entonces el grito de Seju me alertó de que no estaba recuperando energía. Fue como si hubiesen tirado del cuello de mi sudadera hacia delante, devolviéndome a una realidad que me negaba a aceptar.

—¡Luha! —Seju lanzó el pañuelo lleno de sangre, esquivó a algunos agentes, que no esperaban esa reacción, y saltó la valla de improviso. Se agachó a su lado y alzó su barbilla.

Cruzaron la mirada. La preocupación de uno era la expresión de dolor del otro. Apretaba los dientes y tenía la frente perlada de sudor. Unas lágrimas cálidas descendían por sus mejillas. Bajó la cabeza, haciendo que mi amigo pudiera reconocer el origen de su sufrimiento.

—¡Sangre! —vociferó Seju al contemplar las gotas en el suelo. Siguió aquel reguero hasta su brazo—. ¡Una ambulancia! ¡Llamad a una ambulancia, joder! ¡Le han disparado!

Los dos agentes se miraron entre sí y avisaron al que Momji le había dado las pistolas. Por cómo iba, parecía el jefe.

Me había quedado rígido. En aquel momento, era una estatua que no podía reaccionar, incapaz de unir dos ideas para ayudar. Luha se había hecho sangre en el labio inferior al morderlo tan fuerte, procurando no gritar. Aun en aquella situación, no quería hacerse notar.

Las piernas me temblaban y el calor era terrible. La imagen de las gotas en el suelo se difuminó y mis rodillas cedieron, al igual que cedí a la inconsciencia y todo se volvió negro.

Capítulo 40
VOLVER A EMPEZAR
MOMJI

Suni le devolvió a Seok el chaleco antibalas que me habían dejado. No lo estimé necesario hasta que me vi desprotegido en medio del aparcamiento. No iba a negar que notar su peso me hizo sentir algo más arropado, aunque aquella confianza cayó a mis pies en cuanto me apuntaron con las pistolas.

Me habían asegurado que no me pasaría nada, que habría varios agentes muy cerca por lo que pudiera ocurrir, pero no contaron con que los dos energúmenos perseguirían a Jun hasta la playa. Además de la pendiente que subía hasta el aparcamiento, que era un hándicap. No podían quedarse muy cerca porque los verían enseguida. Así que confiaron en mí, ocultándose y dándome unos quince minutos de ventaja. Grabarían lo que consiguiera sonsacarles para que luego ellos solo tuvieran que arrestarlos. Aunque otro factor del todo imprevisto fue que también estuvieran Seju y Luha. ¿Qué demonios hacían ahí?

—Esto no debería haber pasado —murmuró Suni cuando llegó hasta mí.

Nos habían acercado al hospital donde habían ingresado a Luha y estábamos esperando en el pasillo. La estancia no tenía ninguna ventana, pero habíamos llegado bajo un cielo en el cual las nubes se empujaban y no dejaban pasar la luz. No nos perdíamos nada.

—Joder, es una mierda —gimió en voz baja dando un zapatazo en el sitio.

—Al menos, ha sido solo en el brazo. El doctor ha dicho que no es grave.

—Han disparado a mi hermano, Momji, por Dios.

—Ya estamos en empate —repliqué enseñando los dientes.

Suni me miró ceñuda, cruzándose de brazos.

—No es lo mismo.

—No, no lo es. Y, sin embargo, la culpa siempre te va a perseguir —repliqué—. A ti por tu hermano, a mí por Jun.

Ella asintió, mirándome de pronto con compasión, como si de verdad sintiera que ambos estábamos pasando por lo mismo. Pero el sentimiento no podía ni acercarse: a Jun le pegaron directamente por mi culpa, a Luha le habían disparado por culpa de Seju.

El muy idiota fue justo a por la pistola en vez de a por el tipo. ¿En qué pensaba? El arma se disparó varias veces, y una de esas balas rebotó contra el muro del aparcamiento y le hizo un corte profundo en el brazo a Luha. Fue terrible verlo sangrar.

No había quien se hiciera con Seju. Se metió en la ambulancia el primero, sin siquiera preguntarle a su hermana si prefería ir ella. Aunque sabía que no había sido algo que le molestara, entendía la relación que había entre ambos y, en realidad, le enternecía que Luha le importara tanto. De todas formas, lo sacaron de inmediato porque tenía que declarar. Se puso a gritar, y menos mal que la ambulancia arrancó, sino el idiota habría hecho cualquier estupidez.

—Si me hubieran disparado a mí, ¿también estarías tan preocupada?

—Suficiente he sufrido contigo —contestó con sorna—. Si te dispararan, sería el menor de mis males.

—Acabarás en una cuneta con esa lengua.

—A ver si te voy a arrastrar conmigo —replicó.

Jun se desmayó en el aparcamiento. Tenía fiebre a causa de una herida infectada. No nos lo había querido confesar, pero algo me decía que se la hicieron esos dos. Se la habían curado y después lo habían acercado a comisaría para tomarle declaración. Seju ya estaba allí, una suerte, pues así habíamos podido pasar esos primeros instantes algo más tranquilos.

Recolectando las monedas que tenía guardadas en el bolsillo interior, saqué un café de la máquina de la sala de espera para Suni. Probablemente, sería un mejunje asqueroso, pero quería tener un detalle después de lo que había hecho por mí esas semanas. También me sentía mal por lo de Luha, no iba a mentir.

Los médicos no tardaron mucho en curar a su hermano y nos dejaron entrar a la sala de observación. Era una habitación semicircular de grandes dimensiones con varias camas separadas por cortinas. En el centro, había una pequeña recepción con equipo médico.

Encontramos a Luha por su pelo rubio, que destacaba entre los tonos verdosos de las cortinas. Al parecer, no lo habían dormido, solo le habían anestesiado el brazo para desinfectar el corte y coserlo. Nos habían dicho que necesitaría reposo; para que la herida se cerrase, era imprescindible la quietud.

Suni sentía una agonía difícil de digerir. Una vez había asumido lo del disparo, su mente había ampliado la lista de razones por las que culparse, como las consecuencias directas en cuanto saliera del hospital: por el momento, su hermano no podría seguir bailando.

Suni echó un vistazo, reparando en su expresión de derrota. Él también debía de estar pensando que no iba a poder continuar con las actuaciones de los fines de semana.

Antes de que pudiéramos decirle nada, una fuerza de la naturaleza pasó por nuestro lado, cogiendo del brazo a Suni y volviéndola hacia ella. Tampoco era un volcán en erupción, pues, a pesar del enfado, la firmeza con la que hablaba no dejaba lugar a dudas de que tenía razón. No te salpicaba la lava y te hería, sino que sus palabras eran directamente una quemadura sobre la piel, una sentencia.

—¿Qué te crees que estás haciendo? ¡Es tu hermano pequeño! ¡Cómo has permitido que le pase eso!

Los dedos de Suni se tensaron alrededor del vaso de café. Fue una suerte que le hubiese puesto una tapa, o del agarre de su madre se habría caído todo el contenido al suelo.

Era una mujer de piel estirada y figura tiesa. Llevaba una coleta alta y pendientes de los caros. Apenas se había maquillado, y entonces entendí por qué mi amiga no invertía mucho tiempo en arreglarse. Tenían lo que se consideraba una belleza natural, aunque nada me aseguraba que, tras aquella naturalidad, no se escondieran muchos años de cuidados de la piel.

—Este mediodía he hablado con él y estaba de una pieza, ¿qué ha pasado para que haya acabado en una cama de hospital? —Sus ojos no brillaban, ni con ira ni con congoja, lo que le restaba humanidad—. ¿Cómo puedo confiar en ti si le haces esto?

—¿*Eomeoni*? —oímos al otro lado de la cortina. Luha se sujetaba el brazo, inclinándose hacia un lado, intentando averiguar quiénes nos escondíamos tras el telón—. ¿Qu…?

—Luha. —La mujer apartó a su hija de malos modos y cerró la cortina tras de sí, dejándonos fuera. Observé a Suni con el ceño fruncido, dispuesto a volver a abrir, pero algo en su expresión me indicó que era mejor no hacer nada. Su rostro se había petrificado, como si hubiese visto un fantasma—. Hijo, mírate, otra vez en este sitio. Dios mío, ahora sí que van a echarte de la compañía.

—¿Quién… te ha avisado? —La voz le tembló un poco.

Aquella pregunta me descolocó. ¿No se suponía que debía agradarle la visita de su madre?

—Te va a quedar una cicatriz —se lamentó. Chascó la lengua—. Tu cuerpo no era perfecto, pero esto ya lo deforma para siempre.

Observé la otra mano de Suni, aferrada a la tela que tenía enfrente. Sus yemas sabían lo que quería en realidad: interponerse en aquella visita. Tenía los labios apretados, imaginaba que al igual que el corazón, que las tripas. Algo se removía por su interior con mucha fuerza. Me sorprendía que dudara ante aquella presencia, como si fuera una especie de pared impenetrable.

—¿Luha está ahí? ¿Ya podemos verlo?

Seju me ignoró y solo habló con Suni. Estaba desabrochándose la gabardina, avanzando a grandes zancadas hacia nosotros. Me fijé en que estaba sucia por un lado y por una de las mangas de cuando Luha la había dejado en el suelo. Tenía la nariz enrojecida, aunque ya no sangraba. Ella le correspondió con una mueca extraña y entonces reparó en las dos siluetas que se intuían tras la cortina.

—¿Está el médico dentro?

—He llamado a mi madre —respondió ella observando el vaso de café—. Debía saberlo. Es un disparo... Yo... —se justificó mientras alzaba el rostro hacia Seju, que al oír lo primero apretó la mandíbula.

Sin embargo, este no dudó. Cogió el extremo de la cortina y se metió sin permiso. La boca de Suni se quedó estática, formando una «o». Yo me giré hacia el pasillo que conectaba con la sala donde estábamos, por si habían venido Seju y Jun juntos, pero no había nadie más. ¿Seguiría declarando?

—Seju. —Luha ahogó un grito.

Volví el rostro, aunque realmente no distinguíamos nada. Parecía un teatro de sombras chinescas, uno donde debías adivinar todo lo que sucedía porque no había ni una silueta definida. Solo bultos que se movían. Tampoco podía forzar a

Suni a hacer lo mismo que él, a que no le importara lo que su madre pudiera pensar. Sin embargo, algo le impedía reaccionar. ¿Qué la ataba a este lado del mundo?

—Estoy aquí —murmuró Seju—. Respira. Mírame a mí, ¿cómo te encuentras?

—¿Cómo puedes ser tan maleducado? Estaba hablando con mi hijo

—Disculpe —dijo Seju con tono cortante. Era capaz de crearse una cubierta de hielo alrededor del cuerpo. De aquel gélido vaho se impregnaban sus palabras—, ahora mismo no debería estar aquí. ¿Ve el sudor de su frente? Se lo está provocando usted y no lo que le ha ocurrido hace unas horas.

—¿Cómo te atreves?

—¿Por qué cree que no ha ido a visitarla durante todo este tiempo a pesar de su insistencia?

Los hombros de Suni se crisparon, decidiéndose por fin. Me tendió el vaso, aunque más bien me lo tiró al pecho, y yo reaccioné cogiéndolo al vuelo. Movió la cortina y dejó de ser un mero espectador.

Era curioso que, dependiendo de la voz que escucharas, te pudieras quedar clavado en el sitio o batallar con fiereza. La voz grave de Seju había hecho palanca en los contras de Suni para que se decidiera a actuar.

Su madre tenía una mano apoyada sobre el colchón y la otra, sobre la pierna de Luha; Seju se había situado al otro lado de la cama y cubría su mano. Se observaban con rostro pétreo, inmutable. Como jugando a ver quién apartaba antes la mirada. No sabía qué estaba ocurriendo en aquella escena, por qué Seju parecía tan resentido. Tampoco entendía la expresión de Luha. Podía sentir su congoja al mirar a su progenitora.

—Mamá, Luha está bien. Creo que deberías irte.

Su madre la miró de reojo durante un segundo. Su nariz se arrugó en un gesto que no me gustó. Después volvió la cara hacia su hijo.

—¿Tú quieres que me vaya?

Luha observó la mano que sujetaba su pierna y tragó saliva. Sin mirarla, asintió despacio. Supuse que tampoco tenía por qué entenderlo todo y reaccioné como el arisco que todo el mundo consideraba que era.

—Es por aquí —apremié descorriendo más la cortina e indicando la salida—. Justo por esa puerta, tuerce a la izquierda, coge el ascensor y ya está fuera.

Sonreí por dentro cuando se puso muy recta y salió con la cabeza alta. No sin antes volverse para decir:

—Te he dado la vida. Te he alimentado, vestido, regalado todo lo que tenía para que fueras feliz. Si no lo has sido, es porque aún te queda mucho por esforzarte, por llegar a ser perfecto. Pero, si te conformas con la mediocridad, yo no puedo fingir que voy a estar ahí viéndote fracasar.

—Y menos mal —murmuré dejando que la cortina volviera a crear un espacio solo nuestro.

Un pequeño silencio pareció sobrevolar nuestras cabezas. Luha se rozaba el codo, como si le molestara el cabestrillo. Suni se había quedado absorta mirando el hueco que había ocupado su madre un instante antes. Yo le di un sorbo al café, aunque se había enfriado y fue del todo decepcionante.

—Lo siento —dijo Seju, que retiró la mano y se sentó al lado de Luha en el colchón, dándome la espalda.

Había recuperado su arrogancia de príncipe, con los hombros en alto y la pose que, intuía, había practicado miles de veces delante de un espejo. Parecía relajado pero solemne. En uno de sus lóbulos brillaba un diamante rojo bastante grande. Me imaginé quitándoselo y lanzándolo por una de las ventanas. Aunque, si lo empeñara, seguro tendría para comer dos veces al día durante varios meses.

Luha alzó la cabeza hacia su interlocutor. Aquellas palabras lo habían sorprendido y, tras el último acontecimiento, parecía no saber gestionar bien lo que estaba pasando. Sin embargo, algo captó su atención y estiró el brazo, cogiendo la manga de la gabardina de Seju.

—Es sangre —murmuró—. Lo siento mucho, tendría que haberla dejado donde te la quitaste.

Seju bajó la mirada, observando las salpicaduras. No podía verle la expresión, aunque seguro que tenía el rostro contrariado. Ensuciar su abrigo de marca lo enfadaría como al que más.

—No pasa nada —respondió, tranquilo—. Solo es ropa.

—Pero esta gabardina te gustaba mucho. Era tu favorita.

Seju abrió la boca. Intuyendo que iría a decir algo cursi, tosí haciendo mucho ruido.

—Que ha dicho que le da igual —repliqué—. Se puede comprar veinte iguales.

Noté que el cuello de Seju se tensaba y yo sonreí. Suni se inclinó sobre el hombro de su hermano sin llegar a apoyarse, como si le contara un secreto. Llevaba el pelo rosa suelto y contrastaba con todo lo triste que era estar en un hospital

—Al final, yo tenía razón —señaló, divertida—. Seju es tu disparo en el brazo. Ahora de verdad. Vas a tener una cicatriz por él.

—Si ha sido *su* culpa —gruñí—. No le quitemos el mérito de no tener un cerebro para pensar.

Seju se volvió, ahora sí, para mirarme molesto.

—Intentaba ayudar a Jun.

—Sí, has sido de gran ayuda. Creo que Luha te está muy agradecido por ello.

—Si te hubieses acercado, a lo mejor él no estaría aquí. Pero has preferido ocultarte tras mi coche.

—Si me hubiera acercado, habría acabado en una de las camas de aquí al lado. O muerto, quién sabe. Seguro que eso te habría gustado.

—Dejadlo ya. No fue su culpa —saltó Luha enseguida—. Yo no estaba en el lugar idóneo.

—Tendrías que haber tirado ese zapato —comenté señalándolo con el vaso de papel—. No le habrías hecho una mierda a Chul, pero seguro que su reacción habría sido divertida en cuanto se diera cuenta de con qué lo habías golpeado.

—Ya… —Bajó el rostro, avergonzado, y se peinó el flequillo rubio de forma distraída—. Lo he pensado luego, que con un zapato no le habría hecho daño a nadie. Es que… no sabía cómo ayudar. Estaba muerto de miedo.

Suni abrazó a su hermano, arrimándolo a su pecho.

—Lo siento tanto.

—Esta es la segunda vez que me ingresan por ti —bufó contra la blusa, separándose un poco.

—No digas esas cosas. Preferiría que estuvieras en cualquier lugar menos aquí.

—¿Le van a ingresar? —preguntó Seju mirando a Suni, en busca de una confirmación—. ¿No se iba en un rato?

—¡Pero si me han disparado!

—Y ya te han curado y estás bien —lo tranquilizó Suni mesándole el pelo.

—Por cierto…, ¿sabéis si los han cogido? Habrán encerrado a esos dos, ¿no? —me preguntó directamente—. No los soltarán hasta que haya juicio y condena y…

Me encogí de hombros.

—No se sabe, todo es posible. Lo único seguro es que se habrán quedado con vuestras caras.

—¿Qué?

—No lo asustes —me regañó Suni.

—Yo creo que te vio con el zapato en alto. Esas cosas no se olvidan.

Capítulo 41

TODAVÍA AQUÍ

JUN

Durante el interrogatorio, lo único que notaba eran las paredes de mi garganta cerrarse; por mi mente solo cruzaba una y otra vez el mismo pensamiento: Luha siendo operado, imaginándome un escenario mucho más macabro de lo que en realidad sería.

Por los mensajes que me había mandado Seju y que leí al salir de comisaría, a él lo habían acercado al hospital después de declarar, pero yo había tenido que esperar a que me curaran, me dieran algo para la fiebre y me tomaran declaración.

A mí nadie me había ofrecido llevarme al hospital. Se entendía que, como venía de allí, me iría directamente a casa. Tuve que coger dos autobuses diferentes para llegar a mi destino. No sabía si a Seju lo habrían llevado por haberlo reconocido del anuncio de colonia o porque se había puesto tan histérico que vieron más seguro que fuera a ver a su amigo cuanto antes.

La canción *Love and fake tears*, de Boys of Gold, retumbaba en mis oídos como si quisieran decirme que ellos también sufrían por alguien. ¿Por qué habían elegido llamarse Chicos de Oro? ¿Por qué no bajar las expectativas? Cuando se referían a mí en el instituto como «la medalla de oro», no había sido consciente de la verdadera presión del calificativo hasta que empecé a dejar de brillar e intenté esforzarme por algo que se volvió cada vez más inalcanzable. ¿Ellos sentirían esa misma angustia para seguir en el foco? Eran el grupo más famoso de k-pop en toda Corea del Sur. ¿Cuánto duraría su época dorada? ¿Cuánto habían tenido que sacrificar para mantenerse en la cima?

Encajé las manos en los bolsillos de la sudadera amarilla y negra mientras subía el último tramo de cuesta hasta el hospital con cierta rapidez, mirando hacia el suelo, esquivando a la gente que iba o volvía de ver a alguien. Aún estaba mareado, aunque el frío aceleraba mi marcha.

Uno de los cascos inalámbricos se desprendió de mi oreja de un tirón cuando Taeyang cantaba su estrofa: «… copos de nieve en mi corazón, por culpa de una primavera que no llega». Rápido, moví el brazo para atraparlo y volverlo a colocar en su sitio, pero entonces una voz detuvo mis músculos.

—Escuchar música así de alto es también una forma de autolesión, ¿lo sabías?

Saqué el móvil y bajé el volumen de la música, esperando que, al volver a mirar, aquella visión se hubiera esfumado, como en un sueño. Sin embargo, Momji seguía ahí, con uno de mis cascos en la mano, enseñándomelo, quizá queriendo que dijera algo. Y es que no podía dejar de mirarlo, tampoco podía despegar los labios. Las últimas veces que habíamos coincidido había parecido un fantasma, uno que no podía retener por más que quisiese.

Le había crecido un poco el pelo. También parecía haber engordado algo, lo que, en su situación, era extraño. No me había podido fijar en el aparcamiento porque estaba mucho más lejos. Tenía ojos de tigre, casi tapados por su gorro.

—Luha está bien —dijo.

Luché contra el nudo en mi garganta y las lágrimas calientes que buscaban derramarse. Sentía una presión terrible en el pecho por mi amigo, aunque en ese momento no sabía por cuál de ellos.

Suspiré y cogí el casco que me ofrecía. Me quité el otro y los guardé en un bolsillo de la sudadera.

—Le han tenido que dar puntos, pero ya está recuperándose. Los médicos han dicho que ha tenido suerte y que no ha sido realmente importante. Tú… Imagino que has estado en comisaría. ¿Te encuentras bien?

Asentí.

—Momji, ¿qué quieres?

—Solo hablar… Yo… Te he visto bajar del autobús y quería… hablar.

Momji giró la cabeza hacia un lado, rehusando mis ojos. Yo volví a suspirar, mirándome la punta de las zapatillas.

—¿Y ya has acabado?

Abrió la boca un instante y la cerró de nuevo, echando un vistazo alrededor. Las volutas de vapor que salían de su boca desaparecían al momento, sustituidas por otras mientras hablaba.

—Oye, no, en serio, hablemos, ¿de acuerdo? La última vez me comporté como un capullo, lo sé. Solo… me gustaría explicártelo.

Lo observé, esperando hasta que ese espacio de incertidumbre se hizo insostenible y Momji se atrevió a enfrentar mi mirada.

El hospital estaba a unos cuantos metros de nosotros. Si me hubiese girado, habría podido contemplar el aparcamiento cuadrado a un lado de la carretera y algunos tejados más abajo. Pero ese era el fondo que tenía Momji, y a mí me apremiaba la necesidad de deshacerme del frío y de ver a mi amigo.

—Me gustaría ver a Luha primero —comenté, volviendo a andar.

—Nos… —Su mano me detuvo sin atreverse a tocarme—, nos hemos ido de ahí porque tenía que cenar. Bueno, Seju nos ha echado. Nos ha pedido que, por lo menos, les diéramos una hora a solas. Creo que está mejor, aunque tiene que hacer progresos a su ritmo… Ahora no podemos entrar.

Se tocó las puntas que sobresalían por el borde del gorro de lana. Parecía muy nervioso, pero yo estaba algo cansado de esos diálogos que no nos llevaban a nada, y también temeroso de por dónde podría salir. Ya había aplastado los bordes de mi corazón con las últimas palabras que me dedicó aquella noche de diciembre. No quería volver a dejarle mi caja torácica si solo pretendía jugar con lo de dentro.

—Por favor, hablemos.

Asentí tras una pausa, rodeándolo para llegar al hospital cuanto antes. Momji solo había estado unos minutos fuera y, aunque llevaba aquel abrigo enorme a cuadros, ya se le habían enrojecido las mejillas y la nariz.

La cafetería no era un sitio acogedor. Estaba abarrotada de gente por todas partes. Algunos tomaban café de pie, apoyados en las paredes. Otros se agolpaban alrededor de una misma mesa, hablando muy rápido. Encontramos unos taburetes en un extremo con una diminuta barra y nos sentamos.

—No me dijiste que te hirieron.

—No le di importancia… No me dolía mucho. —Me rocé el costado. No me habían dado puntos, pero sí llevaba un apósito que me tiraba—. Solo espero que a Luha no le duela mucho.

—Le han suministrado sedantes y esas cosas —me tranquilizó Momji poniendo la cara encima de la taza para entrar en calor—. Jun…, dime algo…, ¿por qué no me hiciste caso? Te pedí que te quedaras en el hotel.

—Ah… Me… Me ahogaba, supongo —murmuré.

—¿Y tuviste que irte tan lejos a coger aire? —Me observó de reojo—. ¿Por qué allí? ¿Por qué… te subiste al muro?

Me centré en el líquido marrón de mi bebida, mudo. No sabía si a Seju y a Luha les había quedado claro que solo me había apetecido subirme, recordar una sensación, un momento. Quizá había sido cosa de la fiebre. No imaginaba que pudieran pensar que quisiera lanzarme al mar.

—En realidad, por nada —respondí del mismo modo—. Solo quería alejarme. No pensé que nadie fuera a seguirme.

—Te habían amenazado. —Sorbió del café oscuro. Le había echado tanto azúcar que esperaba una mueca de desagrado. Solo asintió, satisfecho—. Te habrían perseguido donde quiera que fueses.

—Me refería más a Seju y a Luha.

Palpé mis vaqueros, sin saber dónde había puesto el móvil. Revisé entonces uno de los bolsillos de la sudadera, encontrándolo junto a los cascos. No tenía ninguna notificación. Lo volví a guardar.

—Si ellos no hubieran aparecido, no sé dónde habrías acabado —masculló Momji, sin dejar de beber para no tener que mirarme.

—Pero tú estabas al tanto, ¿no? Vosotros también me estabais siguiendo.

Sus dedos largos rodeaban la taza. Eran huesudos y pálidos, al igual que la muñeca, que asomaba bajo el jersey negro que le presté y cuyas mangas le quedaban demasiado grandes.

—Y menos mal.

—¿Por qué dijiste eso del dios que bajaba de la montaña?

—Ah… —Estiró una de la comisura de sus labios, sonriendo—. No sé por qué, al verte, me vino eso a la mente.

—Los enfadó aún más oír eso.

—Ya habían sacado las pistolas —dijo, molesto—, y vosotros no tendríais que haber estado ahí. ¿Qué querías que hiciera? Debía llamar su atención. Ya sabes que, aunque sea listo, a veces hago estupideces como esa.

Se entretuvo repasando el borde de la taza con la yema de uno de sus dedos.

—Siento no haberte podido explicar nada de esto, ni de lo que pasó cuando volviste a Gyeongju. Me puse borde contigo porque necesitaba mantenerte lejos. No sé por qué tienes esa facilidad de estar cerca de la gente siempre que está en peligro.

—¿Por qué te pegaron? Esa noche.

Suspiró con resignación y se rascó la frente bajo el gorro.

—Me pillaron fisgoneando en su almacén de madrugada. Salí por patas antes de que pudieran alcanzarme, pero, justo cuando me iba de tu hotel, vi uno de sus coches pasar por la calle. Pararon de golpe, salieron esos dos y me persiguieron.

—Al menos, dejaron de pegarte cuando aparecí.

—Para darte a ti, qué buen plan.

Rodeé la taza, ya templada. Sus dedos rozaron la punta de mi flequillo oscuro. Estiré la espalda ante aquel gesto inesperado.

—¿Tu madre te permite tener el pelo así?

Apartó la mano, despacio. ¿Estaba intentando cambiar de tema? Abrí la boca emitiendo un ruido torpe. Me aclaré la garganta, convenciéndome de que Momji en otra época también había sido así. Te rozaba solo con las yemas o tocaba aquello que le gustaba, como una textura extraña o si veía un perro por la calle.

—No le ha dado tiempo a decirme nada. Creo que solo es capaz de ver su casa llena de ceniza. A ti también te ha crecido.

—Estoy esperando a que alguien me lleve a la peluquería. Suni me lo quería cortar, pero le prohibí que se acercara. No tiene ese talento.

—Deberíamos subir. No sé cuándo acaba la hora de las visitas.

—Se supone que Luha no se iba a quedar esta noche.

Momji me cogió con dos dedos de la muñeca para observar mi reloj. Asintió dándole un último sorbo a la taza.

—Solo quería decirte… lo siento.

Sus dedos se despegaron de mi piel, dejándola fría.

Era la primera vez que los cuatro nos encontrábamos en la misma sala y que no era una casualidad. Parecía que nos habían cogido a finales de diciembre del año pasado, nos hubiesen embadurnado en pintura y nos hubiesen estampado en un papel. Como si fuera la misma situación, pero en otras circunstancias.

Luha estaba en la cama, y el resto estábamos visitándolo. El flequillo rubio, que normalmente lo llevaba hacia un lado, le caía por la frente y le aniñaba la expresión. Llevaba el brazo en cabestrillo y, quizá por la medicación, estaba a punto de dormirse cuando llegamos. Seju estaba de espaldas a nosotros, haciéndole caricias lentas en el brazo que descansaba desnudo por encima de las sábanas.

Al vernos, Luha se restregó los ojos para despejarse y Seju se sentó en una silla cercana.

—¿Cómo estás? —pregunté quedándome a los pies de la cama.

—Bien, creo —contestó Luha, que se incorporó, despacio—. Aunque noto todo esto dormido. Es raro y me revuelve el estómago.

—¿Te han...?

—Me han dado puntos —adivinó mi pregunta, abriendo mucho los ojos, como si estuviera orgulloso de ello—. No sé cuántos, pero a lo mejor me queda una cicatriz.

—Imagina qué te hubiese quedado si te hubiesen atravesado el brazo, ¿quieres que los llame y lo vuelvan a intentar? —bromeó Momji.

Una arruga distorsionó la expresión de Luha y sus labios se curvaron, casi haciendo un puchero. Seju le lanzó una mirada envenenada a mi amigo y luego la volvió hacia mí.

—Y tú, ¿estás loco o qué? ¿Qué hacías ahí subido? ¿Y por qué te lanzaste a por el tipo ese? Podría haberte matado.

—Pero si tú fuiste justo detrás —le recriminó Luha.

Seju se giró de nuevo, abriendo los brazos.

—Pues claro... ¿Qué podría haber hecho? ¿Tirarle un zapato?

—Oye, no te rías de mí —se quejó escurriéndose por las sábanas, avergonzado. Entonces me miró—. Por cierto, ¿tú cómo estás? Seju me dijo que te desmayaste.

—Ah... Me subió un poco la fiebre... —Asentí, abrazándome los costados—. Pero no te preocupes, ya estoy bien.

—¿Has ido a la policía? ¿Qué te han dicho? Los meterán en la cárcel, ¿no? Nosotros íbamos desarmados y ellos...

Gesticuló con la mano libre como si tuviera un arma. Me encogí de hombros.

—Solo me han hecho algunas preguntas, no me han dado más información. Lo cierto es que quería salir cuanto antes para venir a ver cómo estabas.

Se pasó la mano por el brazo, asintiendo lentamente. Seju lo miraba de reojo y Momji casi no se había despegado del comienzo de la cortina.

—Si no nos hubiésemos abalanzado sobre ellos, no habrían disparado a Luha —masculló Seju. Se apartó con el meñique el largo flequillo, echándoselo hacia un lado.

—Eso no podemos saberlo —murmuró Momji—. La policía habría intervenido y, quizá, en vez de una persona herida, habría algún muerto.

—¿Tú te oyes? ¿Por qué eres siempre tan cenizo?

Momji dio un par de pasos hacia delante, encarándose con Seju.

—Si te hubieses visto desde fuera... —dijo señalándolo—. Te habría dado vergüenza ver cómo le pegabas.

Seju se puso en pie para defender su honor. Los reproches se sucedieron en ambas direcciones y hubo un instante en el que Luha y yo nos miramos y sonreímos de forma triste. En el instituto éramos espectadores de esas riñas casi cada día y, aunque nos traía recuerdos de una época más amable, la realidad era que no nos había unido nada amable esta vez. Habíamos acabado reunidos en un hospital después de un momento de mucha angustia y caos.

Me observé las manos, agarrando los pies de la cama, y relajé la postura.

—Jun —me llamó Luha, haciendo que la disputa quedara en un segundo plano—. ¿Es cierto que nos viste en un sueño y que por eso volviste?

Observé a Momji de forma instintiva. Se había callado de pronto y había cruzado los brazos sobre el pecho, como disimulando. ¿Cuándo habría hablado con ellos? Él era el único que sabía la razón real de mi visita en diciembre.

—Los sueños... —Apreté con más fuerza alrededor de la barra blanca para poder centrarme en otra cosa y no sentirme vulnerable al hablar de aquello. Tenía que empezar a sincerarme, me lo había prometido—. Los sueños creo que expresan deseos. Cosas que no sabemos que queremos y que no nos atrevemos a decir en alto. Imagino que os extrañaba y por eso vine. Pero... no pensaba que fuera a acabar así.

—Nadie podía prever esto —murmuró Momji—. De todas formas, ahora que estás aquí... Creo que es una buena ocasión para que Seju y Luha te digan algo.

—¿Y tú no? —preguntó Seju frunciendo el ceño.

—Yo ya he hablado todo lo que tenía que hablar con Jun.

Luha me observó abriendo mucho los ojos. Me fijé en que llevaba las lentillas azules. Se acomodó mejor en la cama, como si fuera a dar un discurso que se sabía de memoria, como si lo hubiera estado ensayando.

—Jun, no te tratamos bien. —Luha y Seju se miraron un instante—. Lo hablamos hace un tiempo. No nos habíamos parado a pensar en ello... Poniéndonos en tu lugar. Verte encima del muro me ha hecho pensar en que no quería que ocurriera nada si antes no te pedía perdón. Pero quiero saber algo, porque ahora sé que sufrías y no nos dijiste nada. ¿Por qué…?

Ahí estaba de nuevo la pregunta. Por qué salté. Sin embargo, no era tan molesta como había pensado que sería ni me sentía tan ahogado en mí mismo. Ahora era más sencilla de responder.

—Correr se convirtió en una tortura —confesé con una pequeña sonrisa para liberar de tensión mis palabras—. Se… se volvió muy duro y ya no veníais a animarme… Perdió sentido esforzarse tanto. Lo empecé a odiar… Y entre nosotros cada vez había más distancia. Supongo que estaba cansado y algo perdido. Pero fue mi culpa por no decir nada.

—No, no lo fue —habló Seju—. Después de todo lo que habíamos pasado juntos, no tendría que haber ocurrido lo de la playa. Tú no tendrías que haber llegado a ese límite.

Bajé la cabeza, estirando los brazos y la espalda.

—Y hoy… no iba a hacer nada. Solo quería recordar lo que era ir juntos a ver el mar. No os chocaba que me pusiera de pie sobre el muro el resto de veces que lo hacía, solo os fijasteis en ello la última vez, cuando salté. Pero lo hacía siempre. El aire soplaba un poco más fuerte ahí y el sol calentaba un poco más. Al menos, esa era mi percepción.

—Te lesionaste y no pudiste luchar por tu sueño.

—Correr no era mi sueño. —Me encogí de hombros—. Aunque vosotros parecíais felices cuando ganaba. Era lo único que se me daba bien. Destacabais en tantas cosas que yo pensaba que solo servía para eso. Cuando pasó de ser algo que se me daba bien a algo por lo que llorar, supongo que terminé por estallar.

—Y en vez de decírnoslo… —comentó Seju.

—Era lo único por lo que estabais orgullosos de mí.

—Eras más cosas que unas piernas veloces, Jun —pronunció

Momji—. Tenías determinación y, aunque no sobresalías con las mejores notas en el instituto, se te daba bien todo lo que te proponías. Eras y eres mucho más.

Ahora Momji sí me miraba y eso solo significaba que decía la más pura verdad. No sabía por qué tenía ese nudo en la garganta, como si fuera una corbata demasiado apretada.

—Eso que ha dicho Momji… —reflexionó Luha—, llega tarde para ti, ¿verdad? Te lo tendríamos que haber dicho mucho antes. Opino como él, eras excelente en muchas cosas. Yo te tenía envidia. Y él era demasiado orgulloso. —Señaló con la barbilla a Seju, que levantó la mirada, sorprendido.

—Yo no tengo remordimientos —confesó. Luha abrió la boca, pero Seju añadió enseguida—: Ya sabes cómo soy. Aunque también es verdad que reconozco mi parte de culpa. Todo el mundo me molestaba en esa época.

—¿Solo en esa época? —farfulló Momji.

Suni asomó la cabeza muy despacio, llamando la atención de Momji y luego de Seju, que se levantó enseguida.

—Siento molestar, chicos. La enfermera me ha dicho que, al final, Luha se va a quedar esta noche en observación, que se ha hecho tarde. —Bajó la mirada enseguida cuando hizo contacto con la de Seju—. La hora de visitas ha acabado. Deberíamos irnos.

—¿Prefieres quedarte esta noche con él? —preguntó Seju dando un paso hacia ella.

Luha alzó la mirada y aquel gesto no nos pasó inadvertido a ninguno. Casi le faltó cogerle de la manga y hacer que volviera a sentarse a su lado.

—No, definitivamente, te necesita a ti. —Retrocedió un poco, inclinándose—. Gracias por cuidarlo.

Capítulo 42

ÉL
MOMJI

Quería hablar con Jun a solas. Tenía el extraño presentimiento de que, si no lo hacía ahora, no tendría ocasión. No quería perder la oportunidad de sincerarme del todo con él. No quería esconderme más, porque ese miedo solo me convertía en alguien más miserable.

—¿Puedo… puedo acompañarte al hotel?

Jun giró la cabeza. Su nariz asomaba bajo la capucha de la sudadera. Volutas de vaho ascendían hacia su frente, como si quisiesen colgarse alrededor formando una aureola.

Suni se había ido a su apartamento, decía que prefería estar sola. Darse un baño caliente con sales, ponerse una mascarilla y desconectar ahora que todo parecía haberse solucionado. Aunque la realidad era que se había dado cuenta de que todas las personas teníamos nuestras prioridades, y que, en aquel momento, ella no encabezaba la lista de ninguno de los que habíamos ido a visitar a Luha.

—Podemos pedir comida china —accedió Jun.

Yo asentí y lo seguí. Estaba deseando sentarme y descansar también de aquel día tan tenso y largo, pero mis músculos aún no podían relajarse porque faltaba lo peor, enfrentarse a la verdad. No quería volver a ver en sus ojos esa tristeza de la noche anterior, cuando fui a comprobar cómo estaba y me dijo que lo habían amenazado. Ese abatimiento, esa desesperanza.

No me acordaba de la habitación estridente que le habían dado esa vez, con aquella bañera redonda en el centro. Los colores blancos y naranjas tomaban el control, sucediéndose de forma aleatoria. Jun se acercó al escritorio, pegado a la mampara que separaba el baño. Quitó la bolsa negra de viaje y la dejó a un lado de la cama. También arrimó un taburete para que pudiéramos cenar juntos.

Observé su espalda mientras se sentaba para llamar al restaurante y se liaba con los platos que habíamos decidido pedir. Le susurré varias veces de carrerilla lo que debía decir hasta que todo estuvo bien.

—Creo que queda algo pendiente —dije sin poder contenerme una vez colgó. Yo seguía de pie, con los bazos cruzados.

Alzó sus grandes ojos, abriéndose un poco el flequillo oscuro. Se había quitado la sudadera amarilla y negra y la camisa de manga larga que llevaba debajo, quedándose con una camiseta negra de manga corta. El cuello era algo amplio y podía ver parte de su clavícula. Luché contra mí mismo por no desviar los pensamientos a imágenes que no venían al caso. Yo había dejado mi abrigo estirado en la cama, pero me había quedado con el jersey negro al que tanto cariño había cogido.

—No sé —murmuró echando hacia delante los hombros—. No sé si quiero seguir con esto, Momji. Algo me ligaba siempre aquí. Mis sueños me insistían una y otra vez en que me acercara, que os viera, que recuperara la relación, nuestra amistad. Y he salido con más heridas de las que ya traía… Incluso Luha…

—Ni siquiera tienes un porcentaje pequeño de la culpa del disparo. No te hagas eso.

—Tendría que habérselo contado en el hospital —habló consigo mismo—, a los dos, que voy a irme de nuevo.

Si mi corazón estaba algo tranquilo, después de aquella confesión me dio un pinchazo, empezando a bombear con demasiada intensidad.

—No lo dices en serio.

—¿Qué he conseguido, Momji? —Negó con la cabeza—. Esta segunda visita tenía fecha de caducidad. No quería repetir lo mismo de la primera vez. Esto sería venir, ayudar a mis padres en lo que pudiera y volver a Seúl. Han-soo me aseguró que podía irme a vivir con él hasta que encontrara algo y, mientras, puedo ponerme a trabajar en una cafetería cualquiera para ayudar con los gastos…

Se retorció las manos en el regazo. Jun era inseguro en el instituto y lo seguía siendo ahora. Quizá había pensado que aquí no había nadie que quisiese tenerlo al lado, por eso su único pensamiento era regresar a Seúl en cuanto pudiera.

—¿Eso es lo que quieres? —pregunté cogiendo el taburete y sentándome a su lado.

—No. —Se miró las manos—. Pero quedarme sería perder oportunidades…

—De trabajar en una cafetería. —Levantó el rostro. Una de sus piernas había empezado a moverse, nerviosa—. Seju y Luha te han pedido perdón. Yo creo que si sigues en Gyeongju podréis volver a ser lo que erais. Al menos, Luha sí tiene esa predisposición. Y Seju no estará tan ocupado si ha sacado todo el tiempo del mundo para estar con él. También lo sacará para verte. Ahora viven juntos, Luha tirará por ti.

—¿Viven juntos? No lo sabía… —Echó la espalda hacia atrás, apoyándose en el respaldo—. En el aparcamiento parecían muy preocupados. Seju se descalzó porque decía que, si saltaba, él iría detrás.

—Sigue siendo igual de inconsciente.

—Fue… Creo que, si hubiese oído eso entonces, algo me habría detenido. No me habría ido de Gyeongju y, quizá, me habría convertido en el atleta que buscaba el profesor Suh.

—¿Y qué más?

—Los cuatro habríamos seguido siendo amigos.

Suspiré. Jun no era de los que pillaban indirectas. Debías darle un plano muy claro si querías que llegara a una conclusión concreta, aunque me había puesto muy nervioso que soltara que se iría de nuevo.

—Voy a serte honesto… Desde ese beso en la fiesta de Seju… —murmuré—. Y antes, creo, para mí siempre has tenido un hueco. Aunque peleé mucho por no dejarme llevar, por levantar una pared de desapego porque no lo entendía. —Lo observé de reojo, ya que no apartaba la mirada de mí—. Pero solo actuaba el miedo. Después de que me besaras, me quedé en blanco y, aunque no quería, solo me salía ignorarte. Siento si te herí con eso y si fue decisivo para que te marcharas. No te traté bien.

—No me fui por eso. —Bajó la mirada—. No fue solo por eso.

—Siento lo de diciembre también. Dije todas esas cosas horribles porque me asustaba que siguieras sintiendo algo por mí. Y que intentaras besarme otra vez fue la gota que hizo verter el té. Era peligroso que estuviéramos juntos. Si los mafiosos te relacionaban conmigo te podrían… —bufé—. Aunque no sirvió de nada intentar alejarte… —Jun se llevó una mano al costado herido de forma instintiva. Sujeté aquella mano y me miró con sorpresa—. Sé que estuvo mal, que te dolió. He tardado mucho en darme cuenta de que no pasa nada por sentir esto, es instinto, ¿no? No puedo parar lo que siento cuando estás cerca… y no pasa nada conmigo ni contigo. Quería decirte que siempre has sido mi persona favorita y que ese puesto no lo ha ocupado nadie más. Y lo siento si sueno egoísta, no quiero, pero no puedo más.

Asintió con una diminuta sonrisa. Se le formaron unos hoyuelos en los carrillos, iluminando un poco su mirada.

—No voy a hacer ninguna estupidez como irme de pronto o soltarte cosas que puedan dañarte si... —continué bajando la voz— si finalmente rematas aquello que no terminamos en el hotel la otra vez. Es... Yo... No reaccioné bien. Tendría que haberte correspondido, porque te costó mucho confesármelo, pero... —Me humedecí los labios, notando que me faltaba un poco el aire—. Pero, más allá de lo de los mafiosos, no dejaba de preguntarme: ¿qué podía ofrecerte yo? No tenía nada. Ni empleo, ni casa, ni estabilidad. Mi vida era pura supervivencia. Bueno, lo sigue siendo: vivo en el piso de una periodista peligrosa.

—Es que..., Momji, tú eras suficiente. Lo eres.

Aquella frase me desarmó. Claro que Jun seguía teniendo cierta inocencia intacta, pero en esos tres años había crecido y madurado. No era un niño. Ya no. Era extraño no tener nada que decir, no poder rebatirle después de haberme tirado un buen rato hablando como si fuera un monólogo estudiado. Su mirada se endureció con cierta determinación.

—No voy a besarte. No quiero que estés incómodo —murmuró. Miré hacia el frente, con el estómago encogido—. Tuve... tuve una experiencia bastante mala con una amiga. Allí, en Seúl. Decía que quería ser mi novia porque era la única persona que conocía, que su madre le insistía en que debía emparejarse. No quería que se sintiera mal, porque no era por ella. Ella es genial y muy lista, sin embargo, más que rechazar su petición, intenté que entendiera por qué no podía ser yo. Lo que buscaba no era una relación. Solo algo para crear una especie de comodidad. —Torció la cabeza hacia un lado—. Eso no ayudó a que se sintiera mejor. Iba borracha y se puso muy triste. No quiero que la gente que aprecio esté triste.

—Sabes que eso no es algo que puedas evitar, ¿verdad? Las personas tienen derecho a llorar y a sentirse mal. Lo que ella te pedía... Tú no podías encajar en ese plan.

Notaba en el pecho una carga demasiado pesada que me hundía hacia abajo. Había dejado las manos encima de la mesa y se las miraba, absorto.

—Lo que quiero decir es que… la rechacé porque, desde que volví a verte, no ha habido día en el que no hayas ocupado un pequeño espacio de mi mente. Y, durante estos tres años, sentía como si te hubiese visto justo el día anterior. —Se señaló el pecho sin darse cuenta, rascándose—. Recordaba ese beso y me decía que no podía haber sido solo cosa del alcohol. Y luego me cogiste del meñique en la azotea cuando fuimos a visitar a Luha en diciembre.

Giró el rostro y me miró con ojos grandes.

—No pude contenerme —reconocí bajando la mirada—, estaba feliz de verte.

Jun me sonrió con timidez. No era capaz de mitigar el dolor en mi pecho. El corazón me latía tan rápido que parecía todos los instrumentos de una orquesta sonando a la vez.

—Tienes mucho que ofrecer —siguió—. Sé que no lo ves porque la vida te ha tratado de forma injusta y crees que el dinero es importante. Pero… eres la persona más inteligente que conozco. Y valiente. Me gustan tus gestos, tus manos y tus dedos largos. Tu voz suave, como un murmullo. Cuando sabes qué piensa cada persona que hay en una misma habitación y cuando te preocupas por la gente, aunque finjas que todo te da igual. También tu… —Reparó en mi expresión y algo en ella le hizo callarse de golpe —. Lo siento.

—No, está bien. Es solo que nunca nadie me ha dicho eso de… de esta manera. ¿No tienes nada que opinar de mis piernas musculosas?

Me palmeé los muslos estirando los pies hacia delante.

—Se parecen más a unas patas de pollo.

Su carcajada me tranquilizó y yo sonreí. No era capaz de enfadarme por algo así. Tenía razón. Contemplé mis rodillas huesudas. Que yo recordara, las había tenido siempre igual que ahora, y tenía la certeza de que no había crecido más por culpa de las carencias en mi alimentación desde muy pequeño.

Sus manos habían ido acercándose a las mías y nuestros hombros estaban a punto de rozarse.

Jun dio un salto en la silla cuando llamaron a la habitación. La comida acababa de llegar. Se levantó corriendo para abrir. Volvió con una amplia sonrisa, enseñando los dientes, algo avergonzado porque se había olvidado de coger el dinero. Desde el asiento, podía ver lo alto que era, cómo sus hombros se habían ensanchado por el deporte, la cintura se había estrechado y aquellos vaqueros se adherían con demasiada pasión a sus muslos.

—No sé de qué hablábamos.

—Decías que te gustaban tantas cosas de mí que no sabías con cuál quedarte.

—Ah… —rio con nerviosismo, abriendo la bolsa donde venía nuestra comida en pequeños paquetes blancos.

Alargué la mano, agarrando la parte baja de su camiseta oscura para que reparara de nuevo en mí. Se sentó.

—En diciembre parecías mucho más decidido.

Movió la cabeza hacia las bombillas del techo, intimidado.

—Estábamos a oscuras… Ahora no.

Comprobó qué había en cada caja de cartón blanco y me tendió dos. También unas servilletas, unos palillos de madera y una cerveza. El flequillo largo le rozaba las pestañas, y era tan oscuro como su camiseta. Retuve su mano cuando cogí la lata, dejando la mía encima, observando los músculos del brazo en tensión. Entendía aquel miedo, aquella inseguridad, por eso quería allanarle el terreno, que no rehuyera mi mirada por más tiempo.

—Por si no he sido claro, voy a añadir algo…

Y entonces me quedé en blanco. Abrí la boca, decidido, sin

embargo, solo pude carraspear. Dejé de encerrar su mano y la apartó con lentitud, observándome con los labios separados.

—Creía que era bueno con las palabras, pero ahora no las encuentro… —Me rocé la nuca, intentando darle un momento a mi cerebro para volver a conectarse y poder formar dos frases con sentido—. Solo quería pedirte que estuvieras tranquilo. Cuando te dije que podías terminar lo de la otra vez, era cierto. En realidad —reí con timidez, casi sin creer lo que iba a soltar—, llevo pensando en ello desde que hemos salido del hospital.

—De eso hace más de una hora.

—Imagina mis ganas. —Bajé la voz.

Observé su expresión, esperando que pusiera esos ojos enormes de cervatillo, sin embargo, rio de forma suave, llevándose una mano a la cara, apartándose el flequillo de un manotazo torpe. Giró el cuerpo por entero y sus manos atraparon mis mejillas, acercándose rápido y besándome de forma fugaz. Antes de que se apartara más, le sujeté la nuca y lo volví a acercar, convirtiendo aquel primer roce en algo más profundo.

No sabía qué podía ver en mí, qué podía atraerle, pero, fuera lo que fuera, sus manos lo buscaban con mucho ahínco, como queriendo llevarse todo de por medio y decirme que no importaba lo que mi mente pensara, que solo me quería a mí. Y yo rebusqué también en aquel anhelo que me ardía en las yemas y que amenazaba con prenderme y acabar en llamas si no lo saciaba. Su cuerpo estaba esculpido en dureza y yo me afanaba en reblandecerlo con mis besos, acariciando su desnudez.

Cuando nos pusimos a cenar, todo estaba frío, excepto nuestros corazones. Aquella complicidad y felicidad inesperada valían mil comidas heladas.

No recordaba una noche mejor que aquella. En el piso de Suni había descansado con todo lujo de comodidades, aunque había seguido cohibido, encerrado en lo que sentía y que no quería contarle a nadie. Ni siquiera a mí mismo. ¿Cómo se aceptaba algo así? En soledad no le encontraba sentido, pero Jun le había dado miles de respuestas a mis dudas más primarias. Había plantado la semilla de la certeza con lo que habíamos compartido.

Me gustaba. Esa era la verdad irrefutable. Lo que mi corazón, demasiado excitado como para intentar dormir, me gritaba.

Sin embargo, la oscuridad trajo una mala compañera, la inseguridad: ¿Quién era yo para retener a nadie? Acaso si se lo pidiera…, ¿tendría sobre él algún poder? Me había contado sus planes, iba a regresar a Seúl, a los grandes edificios y a ese estilo de vida que me era tan ajeno. ¿Cómo podía atreverme a pensar en pedirle que se quedara aquí?

Observé su perfil un instante, moviéndome lo mínimo para no despertarlo. El dorso de su mano descansaba rozándome el costado. Había ido escurriéndose de mi tórax conforme su sueño se volvía más profundo.

¿Podía permitirme un momento para soñar que era posible? Durante una noche, solo por unas horas. ¿Qué más daba si no tenía nada que ofrecer? Estábamos ahí, juntos, sinceros. ¿No era suficiente? Incluso si se iba, incluso si me hería. Eso era lo más real que había sentido nunca. Pero no podía ser mío, no teníamos esa libertad. Casi no teníamos ni esa posibilidad. Lo único seguro era que solo tenía el ahora.

La noche fue incómoda. No conseguí dormir en condiciones. Jun seguía moviéndose en sueños como cuando tenía quince años. Me había relegado a un lado del colchón, así que ahí me quedé. Al despertar, uno de sus brazos lo tenía en el cuello, casi ahogándome. Lo bajé, despacio, acomodándolo sobre mi cintura. Él gruñó, adormilado, y me abrazó con más fuerza.

Un mensaje en el móvil de Jun lo avisó de que lo habían añadido a un grupo nuevo de a tres. Yo no me podía unir porque no tenía teléfono propio. Habían puesto de perfil una foto de Luha y Seju usando un filtro que les hacía parecer *Hwarang*, con sus coletas altas y sus espadas. Seju estaba conectado. Añadió un par de frases en las que decía que Luha había pasado buena noche y que regresaban al apartamento.

Yo salí de la habitación temprano para no despertar sospechas. Fingí que tenía mucha prisa y abandoné la recepción como una exhalación. Me despedí de Jun con un beso en la coronilla, sin saber si lo volvería a ver.

Abril

PRESENTE

Capítulo 43

DÍA DE PRIMAVERA

JUN

No regresé a Seúl y eso trastocó los planes de Han-soo, que ya se imaginaba compartiendo gastos. A pesar de haberlo tenido tan claro al comienzo, conforme pasaba los días en Gyeongju, mis ganas de enfrentarme de nuevo al cambio fueron disminuyendo. Allí no había tenido una vida feliz. La soledad había agrietado aún más mi interior, y ni con una larga carrera era capaz de recomponerme. Así que, ¿para qué volver? Quedarme era la mejor opción, aunque también trastocara los planes de mis padres.

Busqué empleo para ayudar a reconstruir la parte trasera de nuestra casa y, de paso, arreglar las humedades y hacer algunas chapuzas que mi padre ansiaba. Es decir, que cuando tachábamos una cosa de la lista, aparecía otra y se convertía en la obra de nunca acabar. Les hubiera gustado transformar mi habitación en un vestidor, pero, dado que había decidido quedarme de forma indefinida, se centraron en otros cuartos.

Los cuatro prometimos mantenernos en contacto durante ese tiempo, aunque no fuimos fieles a nuestra palabra. No en lo de vernos, pero sí en lo de hablar más a menudo. El grupo de a tres solía estar lleno de mensajes de Luha con emoticonos felicitándonos por alguna fiesta o intentando que hiciéramos planes juntos. Sin embargo, acabábamos posponiéndolos porque cada uno tenía unas prioridades distintas.

Después de la noche en el hotel, vi a Momji casi todos los días. Nos comportábamos como siempre en público, en una ciudad, fuera grande o pequeña, no podías dejar que se rumoreara en ese sentido sobre ti. En Corea del Sur no había representación del colectivo en televisión ni en la literatura. Un presentador que salió del armario hacía muchos años fue vetado y le costó muchísimo encontrar trabajo de lo mismo después. Ahora era algo que se tenía más o menos asumido y volvía a tener relevancia en programas, pero ya no había más celebridades que hubieran hablado abiertamente de su sexualidad. Algunos *idols* sí que apoyaban la lucha por los derechos del colectivo *queer*, pero, más allá de eso, casi era una sentencia a la marginación. Me impresionaba que en otros países no solo pudieras salir por ahí con tu pareja, sino que habían aprobado los matrimonios entre personas del mismo sexo. Ante eso me reía. No imaginaba a Momji llevando un anillo por mí.

Fue una suerte que la hermana de Yoora necesitara clases de piano. Yo les recomendé a Momji, que fue muy reticente y terco al principio. Decía que no recordaba muchas cosas y que había perdido práctica y oído. Sin embargo, como Mim-mi tenía que aprender todo desde cero, sí que pudo serle de ayuda. Así empezó a ganar algo de dinero. Después llegaron los demás alumnos gracias a las buenas palabras de la hermana de Yoora.

—Mira los cerezos —comentó cuando volvíamos de un paseo nocturno cerca del río.

Decían que los cerezos en flor eran bonitos, pero de noche estaban cargados de magia. Destacaban sobre la oscuridad. Era como pasar por debajo de unas nubes violetas. Los pétalos flotando en el agua, el olor que desprendían… Creaban una estampa de postal.

Las manos de Momji eran pequeñas en comparación con las mías, pero sus dedos largos y huesudos se habían ido deslizando, interponiéndose entre los míos. En noches como aquellas, en las que soplaba una brisa fría, la piel podía calentar más que un guante. Aquel roce era como una chimenea que, incluso nevando, ardía y te protegía, aunque estuvieras temblando.

Nos detuvimos frente al puente Woljeonggyo, sin intención de cruzarlo. Conservaba la estructura tradicional de madera y unía el palacio Wolseon con la montaña Namsan. Contemplamos sus grandes columnas rojas, coronado por un tejado verde.

—Ojalá hubiera una forma mejor de expresarlo que con un «te quiero» —susurró Momji—. Porque tengo este sentimiento aquí atravesado y no sé cómo darle sentido.

Me besó rápido y giró la cabeza en derredor para comprobar que seguíamos solos, siempre alerta. Apreté su mano entre las yemas, queriendo que viviera esto conmigo, aunque mi corazón también latiera inquieto.

Pocos días después, Luha propuso hacer una escapada e ir a uno de los parques más grandes para ver los cerezos en flor. No es que fuera una costumbre arraigada. En Corea del Sur era un acontecimiento más improvisado que en Japón, que oganizaban toda una serie de eventos alrededor de ello. Preparamos un pícnic y nos recogieron cerca de mi casa. Había estado rebuscando en las cajas de mi habitación hasta que di con aquel bulto pequeño que recordaba aún más diminuto.

Luha conducía, así que, al montarnos en el coche de Seju, este dio un giro de ciento ochenta grados observando nuestras orejas. Le había pedido a Momji que se pusiera aquel pendiente que nos regaló hacía años y que significó tanto para los cuatro. Me sorprendió un poco que todavía lo conservara. Podría haberlo empeñado o tirado por ahí. Seju parecía sobrecogido.

—Aún los conserváis.

—Son un poco horteras —comentó Momji—. Podrías regalarnos otros.

Seju juntó los labios y cabeceó en señal de aprobación.

—El mío lo perdí —nos confesó.

—¿Lo perdiste? —Luha se volvió hacia él con una expresión de horror—. Pero si fue un regalo. Era nuestro amuleto.

Seju subió los pies desnudos al asiento, quitándole importancia.

—Momji tiene razón, están pasados de moda. Aunque lo conservara, tampoco me lo pondría. Gracias por el detalle, aun así.

Desde el asiento trasero, vi sus orejas alzarse un poco, lo que significaba que sonreía.

Estiramos una manta al lado de uno de los pocos árboles que quedaban libres. El parque rebosaba de vida y casi ni podías contar las cabezas que se congregaban en grupos sentados. Se solapaban las canciones que ponían unos y otros para amenizar el pícnic y el olor a comida casera era espectacular.

Luha se alejó un poco para sacar fotos. Unos estudiantes se apartaron hacia un lado para que pudiera tener una mejor visión del espectáculo, aprovechando que soplaba el viento. Sus ojos desaparecieron en finas líneas cuando les dirigió una sonrisa y se inclinó, agradeciéndoles el gesto. Solía quejarse de que odiaba reír porque no conseguía ver y solía trastabillar y caerse de bruces.

—¿Cómo está? —preguntó Momji.

Sujetaba un vaso amplio con *tteokbokki* que pinchaba con un palillo largo y que se iba comiendo con calma. Seju levantó la mirada del móvil hacia Luha y luego nos volvió a mirar.

—Mucho mejor. Lo animó incorporarse otra vez a sus funciones los fines de semana.

—Lo has hecho muy bien —murmuró Momji—. Sí, a mí también me ha sorprendido que seas capaz de cuidar a una persona.

—Es importante.

—Creo que todos lo habríamos intentado por él —coincidió, echándole un vistazo mientras su risa nos llegaba como un bálsamo.

—«Podría pasarme días enteros rascando su espalda solo para que viera el comienzo de sus alas» —recitó Seju tecleando en el móvil—. Es de uno de mis libros favoritos. Esa frase me recuerda a él.

—Qué profundo.

—Y bonito —apunté.

—Ya he dicho que es importante —repitió frunciendo el ceño, como recriminándonos que no lo hubiésemos escuchado la primera vez.

Luha volvió corriendo a nuestro lado, bajo el cerezo más esmirriado que había. Giró la pantalla del teléfono móvil para que viéramos las fotos que había sacado, orgulloso. Tenía las mejillas encendidas y la respiración acelerada.

—Si lo del baile te aburre, te puedes pasar a la fotografía —comentó Momji apuntándolo con el palillo.

—De bailar no se aburre nadie —protestó—. Por cierto, Jun, ¿qué tal están tus padres? Arreglaron ya la casa, ¿no?

Asentí mientras se sentaba frente a nosotros con las piernas cruzadas cual indio.

—Decidieron demoler la parte de atrás. La han reconstruido y apenas se diferencia de cómo estaba antes.

—¿Les contaste lo de los mafiosos? —preguntó Seju.

—No. Tampoco lo del disparo de Luha. Se llevarían las manos a la cabeza si supieran lo de la paliza y que casi nos acribillan a tiros.

—Más os vale no decirle nada de eso a nadie —nos amenazó Momji.

—Taeju tampoco lo sabe —se defendió Seju, a quien no perdía de vista—. Si me hubiesen herido de gravedad, quizá, pero solo me golpearon en la nariz.

—Dejemos de hablar de esto, por favor.

Luha destapó unas brochetas de cerdo que hizo que se nos abrieran los ojos y olvidáramos la conversación. Seju sacó un par de botellas de *soju* y nos sirvió en vasos demasiado grandes.

—*One shot*! —brindó, alentándonos a que nos bebiéramos el contenido de un trago.

Luha hizo un ruido extraño y depositó el vaso a un lado. No le agradaba el sabor.

—¿Sabéis? Mi hermana se equivocaba al traducir *shot in the arm* de forma literal. No es que alguien sea tu disparo en el brazo. Se traduce más como «inyección de energía» o «estímulo». Quiere decir que todos tenemos ese algo o alguien que provoca un efecto positivo en nosotros y que nos provee de coraje.

Nos contempló con una sonrisa risueña. Seju asintió con ímpetu a su lado sin mirarlo y le tendió una de las brochetas para comérsela a medias. Estaba enfrascado de nuevo en su teléfono, hablando por mensajería con su hermano, que quería que saliera en un anuncio de toallitas y que él rechazaba tajantemente. Luha le dio varias vueltas a la brocheta y mordisqueó el primer trozo, mudando a una expresión de sorpresa y agrado ante el sabor. Me gustó verlo relajado, disfrutando.

Me eché hacia atrás, adoptando la misma postura que Momji a mi lado. Piernas estiradas, mirada hacia la copa de los árboles y los brazos soportando el peso del cuerpo. Íbamos abrigados, aunque había abandonado su inseparable gorro para que viéramos el nuevo corte de pelo. Sus dedos se acercaron a los míos hasta terminar posando la mano encima como si tal cosa. La observé un instante y sonreí sin separar los labios. Significaba que estaba cómodo, tanto que se permitió el lujo de cerrar los ojos.

Bajé un poco la cabeza y reparé en la mueca contrariada de Seju tecleando en su teléfono algo airado. Noté cómo unos ojos azules me escrutaban y me volví hacia Luha. Nos miraba señalándonos con la brocheta, dándose cuenta de nuestras manos entrelazadas. Nos había pillado.

Escurrí la mía hacia un lado, separándome de la de Momji. Este se volvió extrañado y me interrogó con la mirada. Luha carraspeó, divertido, sabiendo que había sido el único que había desvelado un gran secreto. Las comisuras de sus labios se ampliaron en una sonrisa muda cuando contempló que Momji se llevaba un dedo a la boca de forma distraída. Como confirmando algo que tampoco se le daba bien expresar. Sus ojos desaparecieron en un regocijo que me hizo sonreír también.

—Todos tenemos nuestro *shot in the arm*, supongo —susurró y le tendió la brocheta a Seju, que le dio un mordisco de forma automática.

—Este verano tenemos que ir al lago Bomun —sugirió este último, que se echó hacia delante para vernos las caras, bajando el móvil—. He oído que vienen algunos artistas muy importantes.

—¿Los Chicos de Oro? ¿BOG? Si no son esos, a Jun no le importa una mierda —se mofó Momji de mí.

—Ah, pero ¿no somos nosotros los chicos de oro? —preguntó Seju guardando finalmente el móvil.

Tuvimos que jugarnos la última brocheta de la bandeja a piedra, papel o tijera porque todos la queríamos. En dos partidas, gané.

Esos últimos años habían sido como si hubiese estado escribiendo sobre una hoja arrugada, manchada y rota por las esquinas. Mi caligrafía no era bonita, pero, sobre aquel pedazo desastroso, era ilegible. Al volver a Gyeongju, mis dedos empezaron a prenderse con el fuego que se había generado en ella, quemándome las yemas, desesperado por no soltar aquel papel.

Decidí soplar, intentar separarme de él porque no podía soportar el dolor; pero el recuerdo y la esperanza eran un pegamento demasiado persuasivo como para rendirme aun en mi límite.

Entonces unos dedos aparecieron sujetando un extremo, intentando enderezar aquella hoja maltratada; y se incorporaron otras dos manos, por lo que cada uno estiraba de uno de los lados, como si fuéramos puntos cardinales. Constelaciones que, unidas, formaban la ilusión de una vida, de algo que aún no sabía qué era, pero que volvía a tener cuerpo, a poder leerse.

Observé las caras de mis amigos en un momento en el que el tiempo se detenía y congelaba sus expresiones relajadas. ¿Era aquello? ¿Era lo que había echado tanto de menos? ¿Lo que tanto había anhelado?

Quise llorar, camuflando aquel sentimiento con una carcajada a la que le siguió otra y terminó por hacer que me pusiera rojo. Sentía una luz por dentro, violeta, como el amanecer a cierta hora, cuando el sol bosteza y empieza a salir. Quise correr, expresar aquella fuerza que nacía en mi pecho y que iba a ser disparada como un cañón. Quise abrazarlos, decirles que los quería. Coger sus manos y hacerles promesas. Qué difícil era intentar explicar lo feliz que me sentía.

Quise… volver atrás en el tiempo solo para decirle a ese Jun asustado que un día todo estaría bien.

Suspiré, ocultando mis lágrimas y mi gran sonrisa.

—No quiero perder esto.

Entonces di con la palabra. Esa luz violeta clara, como la del amanecer, que me hacía reír y llorar, querer correr y gritar de felicidad, se llamaba euforia. No sabía si había estado conmigo todo ese tiempo, dormida, en la oscuridad, oculta. Esperando en un pliegue de esa hoja arrugada que, una vez rozada por los dedos correctos, había sido liberada.

Fuese como fuese, tenía la certeza de que recordaríamos esos días, los meses y años dorados, por el resto de nuestras vidas.

FIN

JUN

LUHA

MOMJI

SEJU

PLAYLIST

Euphoria — BTS.
Somewhere only we know — Lily Allen.
Blue — Keshi.
Eight — IU, Suga.
Too sad to cry — Sasha Sloan.
Lovely — Billie Eilish, Khalid.
First love — BTS.
In silence — Janet Suhh.
Liability — Lorde.
Tear — BTS.
Before you go — Lewis Capaldi.
Sweet night — V.
Trampoline — Shaed, Zayn.
Black Swan — BTS.
What about us — P!nk.
Sorry — Halsey.
Hate to see your heart break — Paramore.
Leave a light on — Tom Walker.
Ending Scene — IU.
Spring day — BTS.
Like you —Tatiana Manaois.
So far away — Agust D, Suran.

AGRADECIMIENTOS

He aprendido, después de escribir unas cuantas novelas, que acabar un manuscrito es un momento de alegría y alivio por partes iguales. Pero con esta historia no tuve ninguna de las dos. Me había exigido un ritmo de escritura muy alto y, al no cumplirlo, algo por dentro se fragmentó. Lo acabé y no volví a escribir hasta dos meses después, fruto del bloqueo. Entonces tomé la decisión de no publicar durante un año, darme tiempo y seguir escribiendo sin prisa, sin presión, intentando reconciliarme con esta historia. Ese año ha sido el más bizarro de todos, 2020. Con una pandemia de por medio, mil planes cancelados, distancia social, mascarillas y la creatividad siendo aniquilada con cada mes que pasaba. Ha sido un año muy difícil, pero Euforia se ha abierto camino, trayendo de nuevo la esperanza y haciéndome amar cada palabra de esta novela.

Quería agradecer primero a mi familia: mis padres, mi hermana y mi pareja, por ser los primeros en querer leerme y por darme alas para que siga con la que saben que es mi pasión y, aunque cueste verlo, mi trabajo. Alberto, gracias por estar siempre ahí en cada proyecto, interesándote, aportando, proponiendo matar o herir, diciéndome que apague el móvil. Eres imprescindible. Os quiero.

Gracias a las tres amigas a las que les dedico este libro, mis escritorachas: Rolly, una mami maravillosa por partida doble, la pirata de mi corazón, el apoyo y ánimo constante, la pluma de mil aventuras; a Lidia, correctora increíble, mi oído confidente, una escritora con un talento enorme, gracias por decirme que Euforia es tu novela favorita y por hacerme querer tanto a mis niños; a Carol, mi *soulmate*, compañera de escritura y vida, gracias por todo lo que trabajaste conmigo a Luha, por las largas charlas sobre TCAs y por toda la teoría que me pudiste facilitar para hacerlo lo más creíble posible, gracias por leerme la primera cuando más lo necesitaba. Las tres sois una parte fundamental de mi vida.

Un gracias especial y enorme a mis betas. Fue difícil, esta vez hubo mucho espacio de tiempo entre unos y otros, bien porque no era el momento o bien porque estabais con mucho trabajo. Pero contar con vosotros ha merecido mucho la pena: Fran Targaryen, el más rápido en acabarlo (¡menos de dos días!). Jamás olvidaré ese audio de nueve minutos en el que esperaba el «pero» entre tantas cosas buenas y que nunca llegó. Me diste luz.

María, una lectora inesperada que me ayudó y asesoró sobre K-dramas. Gracias por ofrecerte cuando a mi alrededor solo veía sombras y dudas.

Aurora, amiga y psicóloga de confianza. Sé que siempre puedo contar contigo. Viste con mucho tino el interior de cada personaje, incluso el de Seju, que puede pasar desapercibido, pero que tiene mucha tela. Adoré esa conversación eterna.

Gracias a Cris N. por toda la emoción y la amistad tan bonita que nos ha traído este 2020, gracias por todo el material audiovisual, las fotos, montajes, clubs de lectura, el apoyo inmenso… Siento (en verdad, no) haberte metido en el fandom de BTS hasta llegar a mi misma obsesión. Tenemos un concierto pendiente y varios abrazos que darnos.

Sam, mi Sam. Me marcaste un montón de frases que te gustaron y tu emoción hizo que me entraran ganas de seguir escribiendo más sobre mis niños.

A Silvia Aliaga y a Andrea Tomé. Jamás creí que iba a poder tener un *blurb* de alguien a quien admiro tanto. Gracias por vuestras palabas valiosísimas. Fuisteis las ultimísimas betas y os escogí a cada una por los temas que más conocéis: una sobre Corea del Sur, la otra sobre salud mental. Se me queda corto un gracias.

A Sergio Salvador, por esa foto de solapa maravillosa y por la sesión en la que fuimos a la búsqueda de almendros en flor y volvimos con mucho material bonito. Gracias por tu profesionalidad y por hacerme reír siempre.

A Arantxa Comes, la correctora de esta novela y, casualmente, amiga desde hace ya unos años. Gracias por tu paciencia y por tus comentarios pidiendo un beso ya entre cualquiera de los personajes. He aprendido mucho y he fangirleado mucho también.

Gracias a Inma Moya por una portada tan espectacular. Costó muchas semanas tenerte libre, pero madre mía si mereció la pena. Gracias por leerme, por ser tan profesional y por poner en imágenes tan increíbles lo que mi mente a duras penas bocetaba.

Gracias a la inspiración base de esta historia, al grupo BTS. Sin ellos, no habría conocido otra cultura, otro país, otra pasión. Gracias mil veces a su música, bálsamo y fuente de energía, sobre todo en estos tiempos grises. Hacía mucho que no me obsesionaba tanto con algo y me hacía tan feliz. Descubrir Corea del Sur, sus costumbres, idioma… ha sido toda una experiencia y un quebradero de cabeza. Gracias a las series coreanas, que me han hecho más fácil ese acercamiento, y también me han creado una nueva adicción.

No me puedo olvidar de mis trayectos en tren, donde se escribió gran parte de la historia (por eso aparecen tantos trenes o estaciones). Y a esa biblioteca a la que fui en la recta final, que potenció mi productividad.

Un gracias gigante a Marta, editora de Munyx, por su cariño y amistad en estos años. Por apostar una vez más por mí. Recuerdo en Sant Jordi de 2019, esperando a embarcar en el avión que me llevaría de nuevo a Madrid, que me preguntaste si había acabado ya esa historia sobre Corea. Gracias por pensar en mí, por preguntar. Ya la tienes.

Y, por último, aunque no menos importante, gracias a ti, lector. Gracias por elegir esta novela, gracias por leerme.